第二故乡的恋歌

DI'ER GUXIANG
DE
LIAN'GE

壮 民 著

漓江出版社

图书在版编目(CIP)数据

第二故乡的恋歌 / 壮民著. --桂林：漓江出版社，2020.4（2022.6重印）
ISBN 978-7-5407-8758-5

Ⅰ.①第… Ⅱ.①壮… Ⅲ.①中篇小说—小说集—中国—当代 Ⅳ.①I247.5

中国版本图书馆CIP数据核字(2019)第227091号

第二故乡的恋歌

壮 民 著

出 版 人 刘迪才
责任编辑 霍 丽
助理编辑 李 慧
装帧设计 黄 洁 谭惠方
责任监印 张 璐

出版发行 漓江出版社有限公司
社 址 广西桂林市南环路22号
邮 编 541002
发行电话 010-85893190 0773-2583322
传 真 010-85890870-814 0773-2582200
邮购热线 0773-2583322
电子信箱 ljcbs@163.com
微信公众号 lijiangpress

印 制 河北浩润印刷有限公司
开 本 787 mm × 1092 mm 1/16
印 张 13
插 页 2
字 数 200千
版 次 2020年4月第1版
印 次 2022年6月第2次印刷
书 号 ISBN 978-7-5407-8758-5
定 价 49.00元

序

一幅时代的画卷

覃悦坤（广西民间文艺家协会专职副主席兼秘书长）

“知青”是一个特定时代的产物。壮民是最早的百色老区知青，他直接参加了知识青年上山下乡，把自己和伙伴们的亲身经历以文字的方式记录了下来，体现了作者对农村和农民的深厚感情。

作者把当时插队的地方称为第二故乡，因为他与当地的农民已经结下了深厚的情谊。作者在右江河谷的田阳县插队，那里淳朴的民风、多彩的民俗、艰苦的生活熏陶了作者这一代青年，使他们对农村、农民和农业产生了深厚的感情。到了今天，仍令知青们眷恋。这是留给那一代青年的一笔厚重的精神财富，让他们有了时代的回忆，也有了他们的第二故乡。

《第二故乡的恋歌》共分为七个部分。作者从知青参加农村的生产和融入农村的生活、建设水库、担任小学代课老师、开展农村多种经营、农科试验、文艺宣传、青年婚恋等角度，描绘了二十世纪六七十年代的乡间生活，展现了一代青年的生活画卷，为后人研究时代的发展留下了较为宝贵的资料。

作品通俗易懂、文字流畅、内容丰富，故事情节真实感人。阅读过程中，读者仿佛身临其境，当了一次插队知青，经历和感受农村劳动、生活的艰难困苦与悲欢离合。作者原是一位厂矿的工程师、国家干部，现已退休。他老当益壮，至今仍然勤奋笔耕，真是精神可嘉，可喜可贺！

我认为，《第二故乡的恋歌》一书，值得广大读者阅读与珍藏。在不久的将来，《第二故乡的恋歌》如果能够拍摄成电视连续剧，将更加受到读者和观众的欢迎与喜爱。

是为序。

2015年10月10日

目　录

前奏曲

在20世纪60年代末、70年代初，中华大地掀起了一场轰轰烈烈的知识青年上山下乡运动。在此期间，先后有几批来自南宁市、百色市及周边县城村镇等地的中学、大学毕业生，响应党中央号召，来到桂西地区的山乡村屯插队锻炼。

他们在农村的劳动与生活中，谱写了一篇篇可歌可泣的动人故事，唱响了一曲曲青春的恋歌……

本作品集中收录的故事均为作者从知青中采访、整理、加工而成。

尖坡山下

一　婚礼

1971年12月22日，冬至，我和桂芳选择在这一天结婚。我还记得结婚的那天早上，十里的乡亲都赶来岳父李勤奋家帮忙，男人们从早上就开始杀猪杀鸡宰鸭。其他妇女同志，如桂芳的姑妈和表嫂，都在帮忙布置厅堂及新房。我已经记不清当时是怎样的感觉，脑海之中，只有一个个电影画面般的片断仍记忆犹新——姑妈捧来一个长方形木托盆，上面摆放着四个大号瓦碗，分别是一碗红枣、一碗花生、一碗桂圆、一碗莲子，她将这些物品规规矩矩地摆放在厅堂的八仙桌上。过了不久，表嫂就抓起一些红枣、花生、桂圆及莲子，一边往新房床铺上撒，一边嘴里反复唱念着“早生贵子”的祝福语。

在忐忑的等待中，终于到了下午5点。平泗屯内，传出一阵阵欢乐的唢呐声和噼里啪啦的鞭炮声，到处洋溢着喜庆的气氛，充满了人们的欢声笑语。厅堂内，30多位亲友和嘉宾将我和桂芳簇拥在圆心里。

桂芳家的一个大伯做婚礼主持人，他声音洪亮地说：“各位亲友、各位嘉宾，杨潮东和李桂芳的结婚仪式现在开始。首先，请平泗屯的黄勇才队长致贺词！”

黄队长走上前，大声说道：“今天，是插队知青杨潮东和本村屯姑娘李桂芳结为夫妻的大好日子。我们大家祝愿他俩婚姻幸福、生活美满、早生贵子、相亲相爱、白头偕老!”

黄队长说完，大家都鼓起掌来，主持人接着说道：“第二项，新郎、新娘给双方父母敬茶。”

我和桂芳按着壮家婚礼的仪式，一步一步地进行下去，而我的思绪，回到了1969年3月初的一天下午。

二　落户

那天下午，在一阵阵锣鼓声和欢呼声中，我们知青从广西南宁市和百色市乘坐解放牌汽车，来到了田阳县头塘公社革委会办公室所在地——二塘街。

头塘公社领导先是为我们举办了学习班，还邀请一位贫农老大妈“忆苦思甜”，对我们进行阶级教育。最后，大家一起吃“忆苦餐”。“忆苦餐”就是用米糠拌着苦麻菜等野菜煮成的稀粥。学习班结束后，我们被分配到本公社的8个大队插队落户。

知青生活究竟是什么样，大家都不知道，心里未免有些忐忑不安。

我们乘坐的拖拉机沿着南百公路慢速行驶，再沿乡道颠簸地行驶了一段时间，来到了一个晒谷场旁。

晒谷场上，早已围着许多男女老少。大家用好奇的眼光盯着我们，我们想看又觉得不好意思细细打量。一个中年男社员说了一下屯里的情况，因为目前没有那么多空房屋，也没有空闲的仓库库房，知青全部被安排到社员家居住。

当时，我所分配到的社员家，房东叫作李勤奋。

三　头塘大队

头塘大队有10个自然屯，大部分社员都讲壮话，少部分社员讲“蔗园话”。李勤奋大叔家是讲蔗园话的，与南宁市郊区的心圩公社及那洪公社讲的平话有些相似。这种方言，我基本听得懂，也会讲一部分。

当天吃过晚饭，为了让我尽快地熟悉与适应新的生活环境，李大叔带着我在屯里闲逛了一大圈。村子里约有五六十间泥砖土瓦木梁结构的小平房，参差不齐地分布在绿树丛中。在屯中央，有一栋二层四开间的旧楼房显得格外醒目，那便是头塘大队队部办公大楼。

村头有一方两个篮球场面积大小的荷塘。每年夏天，满塘翠绿的荷叶被数枝含苞欲放的荷花点缀着。荷塘内，草鱼、鲢鱼及鲤鱼等鱼儿在水中竞相追逐，活脱脱就是一幅“鱼戏荷塘”、“映日荷花别样红”的风情画。

一条笔直的323国道从屯尾经过。国道旁有一所创办于1918年的头塘平泗小学。

站在323国道上，面朝东北方向看去，前方约一公里处是连绵起伏的尖坡山岭。距离平泗屯100多米处有一座小桥，人们称之为“平泗桥”。

磺桑江支流及百东河水库排泄的河水汇集形成一条小河，人们称之为“小百东河”。清澈的河水是当地农民饮用的水源。河水流淌至平泗桥下，急转一个约90度的弯之后，沿着323国道一直流到田州大桥下，最后注入右江。

四　语言误会

落户的第二天上午，在屯中的一棵大榕树下，我们知青遇见黄勇才队长。黄队长问：“你们知青来的这两天，适不适应？有没有什么要求？”

“没有什么要求，但是，我，我要提一点意见。”人群中的一个知青梁中骅壮了壮胆，说，“昨天晚餐，我刚刚吃一碗饭，房东夫妇就叫我‘得啦’‘德啊’，叫我不要打饭，不让我吃那么多。”

黄队长笑着说：“壮话‘得啦’‘德啊’，是叫你舀饭，让你吃饱饭的意思。”

“是吗？原来如此。对不起，是我错怪房东夫妇了。”梁中骅恍然大悟。

后来，我经常看见梁中骅主动去向社员们请教壮话的意思。

语言不通给大家的生活和交流带来许多不便，像梁中骅遇到的，只是一些小笑话，有时候不明白对方的话，可能还会出现大问题。

一天上午，知青张健雄打算走小路去附近村屯探访一起来插队的亲友。他来到一条小溪边，遇见一位老大爷，便用手指着小河：“请问大伯，这水深不深？”

大伯答道：“勒啊！”（白话“勒”，是荆棘或草木小刺的意思；壮话“勒”，是深的意思。）

张健雄用白话说道：“勒，我不怕，我穿有皮鞋。”说完迈步向前走去。不料小溪边水草打滑，一脚踩空，跌落溪中，衣服及挎包全被泡湿了，眼镜也掉进了水里，活像一只“落汤鸡”。他慌忙站起身子，溪水竟漫到自己的腰部。张健雄弯腰在水底乱摸了一阵，想找回那副近视眼镜，可是怎么也找不着，他又担心水里有蛇，只得先走回岸上，一下子不知如何是好。

这时，一位年轻的男社员走过来，问清情况后，立刻脱去衬衫与长裤，跳进小溪中来回仔细摸寻，终于帮找到了那副眼镜。

“谢谢你。”张健雄感激地说。随后，他狼狈地返回平泗屯房东的家里。探访亲友一事只好改期了。

还有曾祥瑞，他在学习壮语的过程中，也曾闹过几次笑话。

例如一个青年男社员曾故意教他：“‘大姐，你好’壮话叫作‘盟哩，古麦盟’。”

他就把这句话记了下来。没过多久的一天中午，曾祥瑞看到邻居家的一位年轻村姑迎面走来，便主动和她打招呼：“盟哩，古麦盟。”

想不到，这位村姑听后脸颊绯红，含情脉脉地望着他，微笑着离去。

后来他才知道，这句话是“我爱你”的意思，而因这句话引发的情缘乃是后话了。

五　春耕春插

插队知青初到农村，首先要经过劳动这一关。我们这些城市娃仔、妹仔，对农活与农业生产常识一窍不通。站在田埂上，望着田里绿油油的禾苗，还以为是韭菜呢。

每天清晨，黄队长拿着一个小喇叭，一边走一边用壮话大声喊着：“出工啦！做工了！”

在春耕春插大忙季节，男社员主要负责犁田、耙田，女社员则主要负责拔秧、插秧。男知青当时还不会犁田耙田，便与女社员、女知青一起干活。

3月初至4月初，虽然天气开始逐渐回暖，但还是时有“倒春寒”的天气出现。出工的第一天上午，黄队长安排全体知青去拔秧，我们便跟着女社员脱鞋、脱袜，卷起裤脚，走进秧田里干活。冰冷的田水，考验着人们的意志。

头两天练习插秧时，知青们，尤其是男知青，不是插得太深，就是插得太浅，而且歪歪扭扭，横竖不成行。

只见社员黄大嫂左手捧秧苗，右手每次拣3根至6根，把秧苗垂直地插进田泥里，插完一行换一行，两腿逐渐往后移。她的身手灵巧快速，插得又快又好，简直像鸡啄米似的。女社员告诉我们，插得浅了秧苗会倒下，栽得太深不利于秧苗生长；要插得不深不浅，还要插得直，前后左右的行间距要适中，过宽过窄都不行。

我们这群人中，张健雄个子比较高，弯腰比较困难，插秧也不得技巧，常把秧插得东倒西歪的。后来社员李大婶想到了一个办法，她拿来一卷小绳子，叫我和曾祥瑞在田埂两头拉线，又叫女知青林晓英与胡玉清沿线先插直行秧苗。知青们在两条相距约1.2米的竖“秧苗线”内平均插7次秧，再后退插另一行，使左右、前后的小秧行相距约15厘米。这样，大家就插得快得多、好得多。

在插秧方面，虽说是眼前功夫容易学，但女知青比较麻利、灵巧，她们比男知青插秧插得更快更好。刚干活几天，她们就“出师”了。

连续参加拔秧插秧10多天，因整日长时间弯腰躬背地劳作，大家感到十分劳累。但是当时我们只觉得这是为了在广阔天地炼红心，于是咬紧牙关，硬是挺了过来。

六　学犁田

几天后，我们男知青开始学犁田。

我们先是在田边学习。只见田里男社员扶着犁把，吆喝着水牛，犁铧在田里犁开了一道道泥浪，黑油油的沃土被掀翻后，向着一边倒下。

等到李勤奋大叔停下来坐在田埂旁休息时，我急忙走到李大叔跟前：“李大叔，你先休息，让我帮你犁一会儿吧。”

“嗯，好的。”李大叔大概以为我会犁田，便点头应许。他把“喇叭烟”点燃，猛吸了一大口，接着站起身，将水牛重新套上犁轭，随后走到一旁，继续抽烟。

我学着刚才看到的样子，右手抓好犁尾把柄，左手拿着牛绳，大声吆喝：“走啊！嗨!”

水牛走了七八步，却看见犁头铧口只在田里浅浅地划开一道缺口。

我一看犁得这么浅，右手急忙抬起把柄，这时犁出来的深度是足够了，但由于掌握犁尾把柄的手势和角度不对，所犁出的泥块很难翻转，泥块堆积上来，水牛有些吃力地拉着犁。

我以为是犁得太深了，便又抬起犁尾把柄，本想犁浅一点，不料犁头铧口往下扎，反而犁得更深。“嗨！嗨！”我一连吆喝了两声，这一下水牛怎么拉也拉不动了，直喘着粗气。

“李大叔，快来帮忙！”我急忙喊道。

“哈（há）！”李大叔一边走一边吆喝了一声，水牛停住了。

李大叔费了九牛二虎之力，好不容易才把犁头拔出来。

李大叔看着我，笑道：“年轻人，学习犁田、犁地及耙田、耙地，首先要懂得吆喝牲口。”

接着他向我解释：“嘿！”是叫牛走的意思，“哈（há）！”是叫牛停下来。“背坏（白话读音）”就是指挥牛向右走。

李大叔还告诉我：“初学犁田，右手要握好犁尾把柄，左手拿着缰绳，关键是犁头切入泥土到所需的深度时，右手将犁柄用力往右推转，使之形成相应的角度，这样才能犁得好。”

他说完，示意我接过犁柄，自己再犁一次。

“嘿！”我学着李大叔的样子，重新开始犁田。一旁的李大叔看着我手生的样子，还是不放心，干脆手把手教我。

休息时，李大叔语重心长地对我说：“小杨啊，要真正学会犁田耙田，平时就要爱护牛、养好牛，因为牛是我们农民的宝贝和命根子。”

他看着在一旁卧着休息的水牛，告诉我，这头大水牛刚出生的时候，自己年纪尚轻。那一天，他拿着一捆干稻草到牛栏想喂母牛，无意中看见一个黄红的肉团在牛栏里蠕动。母牛转过身，用舌头轻轻舔它，黄毛就像用梳子蘸水梳过一样，他这才发现母牛生了小牛。他还记得小水牛一对眼睛滴溜溜地朝四周看了看，四条细腿一蹬想站起来，立足未稳又倒了下去。他听他父亲说过“小牛要拜四方”，拜过了四方，小牛真的就颤颤巍巍地站了起来。它学走路了，一步、两步地围着母牛，开始找奶吃。

后来，他总是想方设法割回一些嫩草给母牛吃。小牛从没断过奶，满了月，他就吆喝牛去山上放牧。小牛奔跑时，小尾巴朝天立起来，犹如一根旗杆，十分有趣。

小牛渐渐长大了，三岁时，李大叔的父亲和他就教牛耕地。教了半个多月，小牛就掌握了犁田耕地的技巧。自从小牛会犁田之后，它一天都没有缺勤过。

李大叔还告诉我，这头水牛很老实，也很听话，是一头懂事的好牛。我没有想到，一头水牛能和农民有这么深的感情。

耕牛也有自己的“上班时间”，每年的春耕春插及夏收夏种农忙季节，它是最忙最累的。早晨6点多钟耕牛就要开始犁田或耙田，干活干到上午10点多，男社员就会将牛牵回家，叫小孩把牛赶到山坡上，让它休息与吃草。待到下午两点多，耕牛又要到田里继续干活。到傍晚6点，男社员收工了，这才各自扛着木犁，赶着牛，乐悠悠地回家。

第二天上午，我又抽空去跟李大叔学犁田。

到了休息时，李大叔一边抽喇叭烟一边兴致勃勃地告诉我有关牛王的故事。在壮族群众看来，牛是天上的神物，不是凡间的一般牲口。传说牛在四月初八诞生于天上，所以这一天是牛王的诞日，也叫“牛魂节”。

当初因为陆地裸露，黄土望不到边，尘沙弥漫，严重影响了人类的生活。牛王奉命从天上来到人间播种百草，原定是三步撒一把草种，谁知它弄糊涂了，竟一步撒了三把，这便导致遍地野草丛生、侵凌田禾。后来，作为惩罚，牛王之外的所有牛都要留在人间吃草；但上天并没有忘记它们，每年四月初八，牛王便从天上下到凡间，保佑牛不瘟死，给牛过节。

这一天，人和牛都停止劳动。主人用枫叶泡糯米蒸饭，然后先捏一团给牛吃，再割回一大捆嫩草让牛饱餐一顿。主人还在牛栏外安放一张小矮桌，摆上供品，点燃香烛，祭祀牛王。

“牛魂节”是壮族的一个节日，这天，各地壮族村寨都要举行祭拜耕牛、为牛蓄魂的活动，表达人们对牛的感激之情。壮族群众都从心底里爱牛、敬牛。

几天后，我终于掌握了犁田的基本要领。我是第一个学会犁田的男知青，心里特别高兴和自豪。

七　水土不服

虽说我不是一个娇生惯养的高干子弟，但这是我第一次远离家乡，远离父母，刚来农村两三个星期时，由于生活不太习惯，常感到孤寂，胃口不好、睡眠不香，并且时常拉肚子。

有一次，我的四肢长了许多淡红色的丘疹，又痒又难受，一时忍不住用手去抓挠，有些丘疹就会破裂，流出脓血来。

李大叔看到了，带我去了大队医务所。赤脚医生给我检查后，给我开了一些药品服用。

回到家里，李大婶喃喃自语："这可能是水土不服综合病症吧。水土不服，容易拉肚子，手脚也容易长出丘疹。嘿！如果小杨你从南宁的家乡带来一点泥土，用来煮开水喝就好了。"

除了服药之外，李大叔还从尖坡山上采来一些草药。晚上，李大婶便用草药烧水，让我用药水清洗后，在丘疹部位敷上捣烂的草药。

过了半个多月，我手脚上的丘疹有所好转，腹泻现象也随之痊愈了。

房东夫妇没有儿子，他俩把我当作亲生儿子一样看待，宁愿自己辛苦一些，也尽量不让我做煮饭、炒菜、砍柴等家务，就连收工回家换出来的脏衣服，李大婶也帮我洗得干干净净的。二老宁可自己吃少一点、吃差一点，也要想办法让我吃得饱一点、吃得好一点。

所有这些，我看在眼里，记在心中。

于是我更加勤奋地干活，尽量为他们分担家务。

李勤奋夫妇只有一个女儿，名叫李桂芳，在县城中学读高三。每逢节假日或寒暑假期她都回到家里，帮做一些家务和参加农业生产劳动。

五一节期间，李桂芳回到了家里，那是我第一次见到她。晚饭的时候，我与房东一家人同桌吃饭，我不知怎的，感到有些不好意思，怎么坐都坐不安稳。李桂芳似乎也有些腼腆，低着头默默地吃饭。

李大婶可能看出我的拘谨，便不停地给我夹菜："小杨，你怎么光吃青菜，吃鱼肉呵。"

李大叔将一碗米酒倒进一个小杯里，说道："来，来，来，小杨，你陪我喝一杯米酒吧。"

"我，我不会喝酒。"

"不会喝就学嘛。适量喝酒有许多好处，一来可以促进体内的血液循环，二来可以驱除寒气。"

我听了，拿过酒杯试着喝了一口，不料呛了出来。接着，我又喝了一口，又被呛了一下。

余光中，我看见李桂芳抿着嘴低头笑了起来，便清了清嗓子，坐得更直了。

八　“放飞钓”

农闲期间，李大叔会到附近的小河撒网捕鱼，有时还拿着一条竹竿，在竹竿顶端绑着铁圈网兜，沿着小河边捞一些小鱼小虾。

自从我被安排到李大叔家之后，为了改善生活，他捕鱼、钓鱼的次数更多了。一天傍晚吃过晚饭不久，李大叔拿着三根钓竿，提着一个竹篾菜篮，要到附近的小河边钓鱼。

我看见了，急忙走上前对他说：“李大叔，我也跟你去，我要学钓鱼。”

李大叔欣然答应，他把钓竿递给我，我俩迎着晚霞，兴致勃勃地朝河边走去。

这样几天下来，我学会了一些钓鱼与捕鱼的方法。

没过多久，李大叔对我说，他想出了钓鱼的新招，就是利用夜晚“放飞钓”。

所谓“放飞钓”，就是在一条两三米长的钓鱼丝线的一头，绑好两三个普通的小鱼钩，主钩挂钩分开绑，上下两钩间隔1～2厘米，丝线的另一头，绑在一根短棍上。

“放飞钓”时，预先在每把小鱼钩上套进一截蚯蚓。再将鱼钩线放到小河边或田沟边的水中，让最上面的钓钩浸入水里约4～6厘米深。随后，把短棍插进小河旁或田沟旁的泥土里，到第二天早晨5点多钟，天刚亮时再来收钓就可以了。我们每晚都可插入20多组飞钓。

我对“放飞钓”特别感兴趣。一个月来，我每晚都跟随李大叔拿着手电筒去插放飞钓。清晨，我又自告奋勇，帮李大叔去“收钓”。

每次收钓，常有意想不到的惊喜与收获。正常情况下，能得到四五条鱼，有时则能得到十来条鱼。

收获的鱼，如果一时吃不完，可日晒或烘烤制成鱼干。

九　夏收夏种

农谚有云："春争日，夏争时。"春耕春插及夏收夏种农忙季节，必须抢时间、争速度。在一片金黄色的稻海中，女社员与女知青挥舞银镰抢收稻谷；男知青在稻田里踩动人力打谷机打谷或搬运稻把、谷粒，在已收谷的稻田里，各自吆牛犁田或耙田。到处呈现出一派繁忙的丰收景象。

在村头附近，金黄色的稻田里，6位女知青一字形排开。她们左手抓稻秆，右手握镰刀，有节奏地割着稻谷。只听"唰、唰、唰"的声响，不一会儿，身后就倒下了一大片稻秆。

烈日熏烤，天气炎热。参加收割稻谷刚一个多星期，许多知青的皮肤就由白变红，再由红变黑了。

一天，大家正在干活，突然间，林晓英大喊大叫起来，接着又"呜呜"哭泣着，原来，她的小腿被一条金边蚂蟥咬了。在一旁拔秧的刘大婶急忙走过去，用手帮她拿掉小腿上的蚂蟥，并找来一根草秆，把蚂蟥身体串起来，放在石块上翻晒。

身材苗条、瓜子脸形的林晓英，酷似《红楼梦》中的林黛玉，故绰号叫"林妹妹"。她从小就很胆小，不仅看见毛毛虫或老鼠会叫，连遇到下大雨、闪电、打雷也一样害怕。

与之相反，李桂芳从小就比较大胆。她发现自己的脚背右侧被一条金边蚂蟥叮咬，并没有大喊大叫，而是用手把蚂蟥拿下，放在田埂的一块石头上，用镰刀背面将它敲死。被蚂蟥叮咬的部位还留下了鲜红的血痕，她便朝有些红肿的伤口吐了一点口水，用手揉了一下，接着，走到水田里继续插秧。

这时，刘大婶已经从家里拿来了一小瓶硫黄粉，她让林晓英及其他女知青把硫黄粉擦抹在脚面及小腿等部位。说来也奇怪，从此，林晓英再也没有被蚂蟥叮咬过。

林晓英卷了卷裤脚，准备继续干活，看到了梁丽芳，就对她说道："喂！梁丽芳，我的脸、脖子、手臂和耳朵，都被晒得热辣辣的，晚上睡觉特别难受。"

"是呀，我也被晒得又红又辣，还有一些肿痛呢。"在一旁收割稻谷的梁丽芳回答。

“夏天的太阳实在太厉害、太狠毒了。商店里又没有防晒油或防晒膏卖，有什么办法呢?”在另一旁的林紫燕接着说。

“前几天，我也被晒伤了。房东大娘每天拿一个黄瓜让我擦一遍晒伤的地方，效果很好，舒服多了。”身材稍矮胖的胡玉清一面捆绑已割下的稻谷，一面故作神秘地说，“房东大娘还告诉我，防治晒伤，除了擦黄瓜之外，还可以用吃过的西瓜皮擦抹。”

“这样行吗?我觉得还是要多吃一些番茄和水果。”梁丽芳插话说。

“哎！胡玉清，每天早上，在出工之前，用黄瓜或西瓜皮抹脸和脖子能不能防晒啊?”林紫燕一心想着如何保护自己漂亮的脸蛋，急切地问。

胡玉清估计也不清楚，只是说：“这个，大家可以试一试嘛。”

夏天里干活，女知青和女社员显得特别辛苦，为了避免强烈的阳光晒伤自己，不管天气多么炎热，她们总是长裤、长袖，扎起衣袖、卷起裤脚，头戴大竹笠，坚持在田地里干活。

“天哪！我的两个手掌磨起了水泡!”林紫燕白里透红的脸上淌满了汗水，苦笑着说。

“紫燕，不要紧的。收工后，用针刺破水泡，最好涂上一点碘酒，过几天就好了。”在一旁收割稻谷的梁丽芳安慰她说。

胡玉清一边捆绑稻谷，一边说：“前几天，我的手心早就磨起了血泡，手握镰刀都觉得疼痛。加上腰酸腿痛，我真有点受不住了。”

“在劳动的过程中，手掌磨出水泡、血泡，这是常见的事情。”梁丽芳一面收割稻谷，一面鼓励大家，“我们上山下乡，就是要在农村这个广阔的天地里，晒黑皮肤，滚一身泥巴，磨一手老茧，炼一颗红心。”

但是六月的天气像娃娃的脸，说变就变。

梁丽芳话刚说完，一片乌云就从尖坡山那边翻滚而来，整个村庄及田野被黑压压的乌云笼罩着。

“轰隆！轰隆!”电闪雷鸣之中，瓢泼大雨从天而降。

在田间劳动的人们纷纷披起了蓑衣。当时，梁丽芳戴着一顶草帽，没有带其他雨具，结果她的衣服被雨水淋得湿透。10多分钟后，终于雨过天晴，大家谁也没再说一句话，埋着头继续抢收稻谷。

7月，天气特别闷热，人们好似处在一个大蒸笼内受煎熬一样。

10多天来，曾祥瑞常头戴一顶草帽，身穿短裤和背心干活。然而可恶的太阳还是将他的四肢等部位晒得黑不溜秋的，身上只留出背心的轮廓。到了晚上，他感到身上的皮肤热辣辣的，像是被剥了一层皮。

我虽然戴了一顶大竹笠，同样被晒得红里透黑，十分难受。

幸亏之前女知青们及时向我们传授防治晒伤的“秘方妙法”，才减少了许多痛苦的煎熬。

“杨戬，我感到有些头晕，疲倦得很，你呢？”曾祥瑞一边吃力地踩动打谷机打谷，一边说道。

“曾猴哥，我也一样，我还感到有些眼花、恶心、想呕吐呢。”我逐渐放慢踩动打谷机的速度，“哎哟，我快支持不住了。”我说完立刻停下来，转过身坐在成捆的稻谷上。（“杨戬”和“曾猴哥”是我和曾祥瑞的外号）

在一旁搬运成捆稻把的李导航看见了，发现情况不妙，急忙走过来，把我和曾祥瑞扶到附近的树荫下。李导航一边叫人，一边拿来两张湿毛巾，分别帮我们擦去身上及额头上的汗水。

远处帮忙的李桂芳拿着水壶走过来，给我和曾祥瑞倒上两杯加了盐的凉开水。随后，她站在一旁，拿着几枝树叶，不时帮我俩扇风。稍过片刻，社员黄大哥也扶着陈志坚，走到我们身边坐下。接着又有两位女知青中暑了。没过多久，黄队长就带着一位赤脚医生赶来了。

医生黄翠蓉给我们检查完后说：“两位女知青属于轻度中暑，休息一会儿就好了。三位男知青中暑稍微严重一些，最好扶到医疗室针灸治疗。”

平泗屯有五位知青同时中暑的消息，很快就传到大队部那里。当天下午5点多钟，大队支书黄文武到医疗室看望我们，他略微严肃地对黄队长说：“黄队长，这些知青是响应毛主席的号召，来到这里插队锻炼的，如果有什么三长两短，我们怎么向他们的父母交代？为什么有那么多知青出现中暑呢，这是怎么搞的？”

“这，这，我也不知道。可能是这些皮薄肉嫩的知青平时缺乏劳动锻炼，又第一次参加夏收夏种的缘故吧。”

“你们平时有没有预防中暑的措施？”黄支书问。

副队长刘春雨答道："'双抢'农忙开始时，我们已通知所有农户，尤其是交代住有知青的房东，家里要经常备有十滴水、人丹及六一散。每天早上，我们都在开水里倒进一些十滴水，并将开水灌进水壶里，以便让知青们出工时喝水解渴，同时预防中暑。可是，有的知青嫌苦，偷偷倒了另换白开水。这不，出事了吧。"

黄支书接着又问："黄医生、李医生，他们中暑之后，应该怎样治疗呢?"

"这个可以采用药物治疗及针灸治疗。"李海峰医生回答说。

"还可以采用民间传统的'刮痧'治疗方法。"黄翠蓉医生插话说。

"好的，务必把知青治好。"黄支书叮嘱道。

当天下午收工回家，吃罢晚饭不久，我提着桶，要到小河边洗几件衣服。没走出家门口几步，我就感到头重脚轻，四肢乏力，便返回家里。

"杨哥哥，你的身体不舒服，还是让我帮你洗衣服吧。"桂芳从后边追上来，一把夺过我手中的桶，也不等我回答，就径直朝小河边走去。

"小杨，你怎么了，哪里不舒服?"李大婶看了看我的脸色，叹了一口气，说，"唉，看来是你还没有完全康复，你先坐下来休息，等一下我帮你刮痧，好吗?"

"嗯，好的。"我便在一张椅子上坐下，让李大婶替我刮痧。这时，我想起小时候母亲为自己刮痧的情景。

李大婶拿来一碗水，将碗放好，随后坐在旁边的另一张椅子上。

只见她伸出右手，用水沾了沾屈起的食指和中指。接着，用手指钳夹住我后背的皮肤往上一拉，只听"吧嗒"一声，痛得我几乎惊跳起来。七八分钟后，我的脖子上及两肋间，显现出一块块手指般大小的菱状的暗红色血斑。

"出痧啦！出痧就好了！"李大婶兴奋地叫了起来。

此时，我觉得李大婶像是自己的母亲一样为自己刮痧，让我又一次感受到了母爱。

桂芳已经不知不觉地洗完衣裳回来了，她早就站在母亲的身旁"偷师"了。

"桂芳，你来试几下，学习刮痧手艺吧。"

桂芳有些腼腆地说："有什么好学的，不就是用手指一夹一拉嘛。"

"眼见不如手动。桂芳，阿妈有些手累了，你来帮忙一下。"

“嗯。”桂芳走过去，有些不好意思地站在我的背后，她学着李大婶的样子，伸出右手屈起食指和中指，浸了一点水，开始给我刮痧。只听“吧嗒”一声，我都能感觉到皮肤上只显出一个淡淡的红印。

“再用力一点。”李大婶站在一旁鼓励道。

桂芳继续刮着，“吧嗒、吧嗒”几下。

“再用力一点。用力太小了，很难出痧。”

“桂芳，你尽管用力拉用力挤吧，我不怕疼痛，我受得了。”我也给她打了打气。

“嗯，好的。”

过了10多分钟后，我的背上就显现出一块块暗红色的血斑。

“阿妈，出痧了！出痧啦！”桂芳有些开心。

望着桂芳高兴的样子，我忘却了刮痧时忍受的疼痛，心里甜滋滋的。

十　送公粮

一天晚上，在晒谷场右侧，顺着风向摆放着两架木制风车。一盏汽灯吊挂在篮球框架下，灯光伴着暗淡的月光，映照着忙碌的人们。

我站在风车旁，用右手迅速地摇动着风车手把，左手控制着进谷口开关的大小。曾祥瑞协助张健雄，将一箩筐已晒干的谷子斜搁在风车顶面，把谷子慢慢倒入风车盛谷的长方形斜漏斗处。

风车内旋转的风轮叶片，形成一股风力，把谷子中的碎稻草、瘪谷及其他杂物吹走，把干净、饱满的谷粒吹到风车斜槽下的箩筐里。站在风车另一旁的林晓英，左手拿着一个空箩筐，接到出谷槽口，右手用力拉出已装满谷子的箩筐。梁丽芳拿过扁担，将两箩筐晒干、风好的谷子挑到生产队附近的仓库里。

今年早造稻谷获得了丰收，农民们留出8个月的口粮，然后把达标、优等的谷子送到头塘及二塘储粮仓库。人们把这一行为称作“送公粮，交公粮”。

9月上旬的一天上午，天气晴朗，艳阳高照。李勤奋大叔与其他几位村民分别赶着牛车，载着麻袋装的谷子，送往头塘粮仓。大队拖拉机手开着拖拉机，挂着拖卡，满载着麻袋装的谷子，也送往头塘粮仓。其他的知青和社员，每人挑着两箩筐谷子送公粮。挑送公粮入库后，我站在粮仓旁，即兴写了一首歌词《喜送公粮把歌唱》。

当天傍晚，刚吃罢晚饭，我把抄写好的歌词拿给桂芳，说道："桂芳，我今天练习写了一首歌词，你平时爱好音乐与唱歌，请你帮忙谱曲，再用普通话和壮话教我唱好吗？"

"好啊，我试一试。"她高兴地接过歌词展开看着。

《喜送公粮把歌唱》
贝侬啊！
快快走（哎），
送公粮。
献上金谷表忠心（啰），
誓将祖国建富强（哩咧）。
贝侬啊！
锣鼓响（哎），
多欢畅。
人民公社就是好（啰），
我是葵花向太阳（哩咧）。
贝侬啊！
庆丰收（哎），
把歌唱。
红旗招展月团圆（啰），
创造幸福万年长（哩咧）。

我们并肩坐在一张长凳上，她哼唱一句，我就跟着哼唱一句。我看着她的侧脸，只觉得夏夜里的晚风特别舒爽。

十一　喂猪和绩麻

9月中旬的一天上午，收工回到家吃午餐。我看到饭桌上摆放着一碗炒素藕片、一碟煎小鱼炒虾公，还摆放一碗野菜。我夹起野菜吃了两口，只觉得十分涩口，便问：“大叔，这叫作什么菜？”

“这叫作‘麻菜’，常吃麻菜，身体就可以健康长寿，我们这里的农民很喜欢吃这种菜。”

听李大叔这么一说，我便觉得这麻菜似乎也没那么难吃了。吃罢午餐，我突然对麻菜很感兴趣，急切地问：“李大叔，桂芳，麻菜究竟是什么样子的？”

“好哇，带你去自留地看看就知道了。”父女俩笑了笑，异口同声地说。

原来，麻菜的菜秆呈淡红色，高1米多，每根直径约一个手指大小。麻菜是撒种的，既不成垅也不成行。它的表皮，可用来制作麻绳、编织渔网；它的叶子呈绿色，可以拿来煮食。

刚从菜地回到家，桂芳就走进厨房，忙着剁猪菜。我也急忙跟进去，主动说道：“桂芳妹，我也要剁猪菜。”

“好哇。”她停下来，在一旁拿出另一把菜刀及垫板，顺便拉过一张小凳子。我坐在小凳上，左手抓着一小捆红薯藤，右手拿着菜刀，有节奏地用力砍剁起来。我力气比她大，她技巧纯熟，我们两个的速度竟然不相上下。过了半个多钟头，我们就把房内所有的猪菜剁完了。

“东哥，你去休息吧，剩下的活儿，留给我干就行了。”桂芳说道。

“好。”我嘴上应了下来，但还是站着不动，我想看她接下来要干什么活。

桂芳用瓢将猪潲舀进一个中号木桶里，准备拿去喂猪。我急忙走过去，用手提起盛满猪潲的木桶，来到厨房附近的猪栏旁。随后，我直接将猪潲倒进一个长方形木槽里。猪栏内，两头一百多斤重的大肥猪“吧嗒、吧嗒”地争着抢食。

这时，桂芳又提来一桶，她拿着木瓢，一瓢一瓢地将猪潲舀到木槽里喂猪。

“吧嗒、吧嗒……”猪栏内，两头大肥猪继续争抢吃食。

望着傻乎乎摇头摆尾的大肥猪，我和桂芳的脸上露出了欣慰的笑容。

秋日的一个中午，收工回家吃罢午餐，休息片刻之后，李大叔将砍收回来的麻菜秆逐根剥皮，我在一旁帮忙。过了半个多钟头，麻菜秆剥好了。随后，李大叔和我每人扛一捆麻皮走到百东河边，将麻皮浸泡在水里。

几天后的一个中午，我拿着一个木槌、一把刮刀和一把大梳子，跟着李大叔去河边捶打、刮梳麻皮。通过打刮麻皮的内膜及淡红色表层，除去并洗净渣滓与杂物，只留下洁白的麻丝线原料。

一个多小时之后，我俩将麻线抬回去，在家门旁堆放晾干。

第二天下午，吃罢晚饭，桂芳就坐在一个固定木架旁的一张板凳上，用单手绕转着一个手柄。李大娘则站在另一旁，一边将麻丝线在转动的挂钩上逐渐接长，一边慢慢向后移动。

我有些好奇地走过去，说道："大娘，让我帮你接长麻线好吗?"

"不行。麻丝接线这个活儿比较难掌握，如果接得不好，整条麻索就可能大小粗细不均匀了。"她停了一下，微笑着说，"你干脆去帮阿芳摇转手柄。"

"哎，好的。"我接过手柄，快速地绕转着。

李大婶一边接线一边说："阿东，摇得太快了，我来不及接线。你慢慢地转就行了。"

平时制作麻绳，都是李大叔一家三口分工协作、相互配合。桂芳帮忙摇转手轮手柄，李大婶负责将麻丝线接成单边绳子。待接到12米多时，李大叔就手拿一个活动的手轮木架，用挂钩钩住绳子的中部。接着，李大婶急忙往回走，将绳子的头部挂在固定木架旁的另一个挂钩上。然后，李大叔的左手拿着活动木架，将绳子拉紧。而李大婶则手拿一块小木板或小木棍，将两根单边绳子分开。随着李大叔的右手慢速摇动手柄，把两根单边绳子渐渐地结合在一起。而李大婶拿着的木板，也随着麻绳的结合慢慢地向前移动。

除了摇手柄之外，我还接替李大叔，摇动活动木架，绕制麻绳。

几天后，我改装了固定架子的手轮手柄装置。利用一个40多齿的旧齿轮，直接带动左右各一个20多齿、模数相同的小齿轮，使每个小齿轮轴带动挂钩转动，这样一来，转速就快得多，而且可以允许两人同时接长麻丝单边绳子。当接到6米长时，两人再将绳子相连并把接头中间部位挂到一个活动木架的挂钩上。这件事，李大叔和李大婶夸了我一个星期。

十二　赶圩

9月中旬的一天早上，李勤奋大叔驾着一辆加长型牛车到田州街赶集，顺便拉一些自己种植、加工的农副产品及鱼干拿到集市上摆卖。我和桂芳、林晓英、曾祥瑞一起坐牛车去赶圩。

来到市场附近，放好牛车，绑好黄牛后，李大叔叫桂芳挑上农副产品去摆卖。他独自到猪崽行，挑了两头七八斤重的本地猪崽。

我和曾祥瑞、林晓英三人在街市上逛了一大圈。

当年的田阳县城比较小，一条南百公路横跨县城，横跨的路段，叫作“解放路”。几条小街巷分布在公路右边，组成一个小圩集。中午约1点钟，桂芳就将物品卖完了。收摊后，大家一起走进街旁的一间饮食店里，

曾祥瑞问：“你们是吃饭，还是吃粉？”

“吃饭要用粮票，吃粉可以不用粮票。”我提醒他。

“我要吃粉。”两位女同志异口同声地说道。

曾祥瑞点点头，说：“我们干脆都吃粉算了。”

在饮食店里，每人各自买了一碗三两烧鸭粉，每碗一角五分钱。李大叔则自己买了两条糯米粉肠、一些油炸花生仁和半斤米酒，自斟自饮起来。

我刚吃几口，一旁的桂芳便说：“我吃不了那么多。”说完即把米粉夹到我的碗里。

“我也吃不了那么多。”林晓英望了望坐在桌子对面的曾祥瑞和我，她不知夹给谁好。

曾祥瑞狼吞虎咽，像一个饿鬼似的扒拉着米粉，他那碗粉已吃了一大半。“给我吧。”他说完将碗伸了过去。

他的上下嘴唇各沾有半截米粉，林晓英“扑哧”一下笑了出来。

我笑着问：“明天二塘街有圩，你们还去赶圩吗？”

“去。”其余三人异口同声地答道。

“好吧，我们明天早上6点钟左右出发。”

下午2点多钟，我们买齐所需的日用品后，大家高高兴兴地返回了村屯。一路上，牛车“咿咿呀呀”慢悠悠地行走着，用小树枝鞭打牛屁股一两下，这头黄牛就跑十几步，然后又放慢脚步。

牛车沿着道路爬上红岭坡的坡顶，此时，桂芳指向右侧路旁耸立的一座小型革命烈士纪念碑，介绍说：“当年，有几位解放军战士和我们的民兵为了解放那坡城镇而英勇牺牲。那些英雄长眠在这里，日夜护佑着那坡。”

“我还没有到过这里，我们下车，前去瞻仰一下好吗？”林晓英好奇地说。

“好啊。”大家一致同意。李大叔随即吆喝了一声“哈”，牛车在路边停了

下来。

大家走到烈士陵园内，瞻仰了革命烈士墓碑。陵园里静悄悄的，我们无论如何都想象不出战争的惨烈。

在烈士陵园里，大家都很有默契地一言不发。出来上了牛车，大家才有说有笑，迎着夕阳回到了村子里。

十三　开会

9月下旬的一天晚上，平泗屯村中的一棵大榕树下召开了全体社员及全体知青大会。

大榕树旁的一张长方形台桌上，摆放着一盏煤油灯。昏暗的灯光下，黄勇才队长站起身，对着社员说道："前几天，本屯又来了一批知青，希望社员们尤其是家住知青的社员，要把这些插队知青当成自己的兄弟姐妹一样看待。在生活与劳动等方面，要对他们给予关心、爱护和照顾。"他咳嗽了两三下，开始布置明年全年的农业生产与副业发展的具体规划。就在我以为会议到此结束时，他最后说了一句："下面，由黄支书讲一讲本屯的'斗私批修'问题。"

黄文武支书坐在正中的一张椅子上，他说道："最高指示，'要斗私、批修。'《人民日报》在去年3月发表社论说，'资本主义的私字，是社会主义的祸根。私字不倒，江山难保。私字不倒，尾巴割不掉……'"他停了一下，接着说，"根据群众反映，平泗屯社员李勤奋，从今年5月份以来，时常到田州、那坡及二塘街赶圩，擅自摆卖农副产品。如果每位社员都像他那样，都不出工，都去摆卖东西，农业生产将会受到严重的影响。这种自私自利的资产阶级思想，我们要进行严厉的批判。明天上午，社员李勤奋要到大队队部办公室参加学习班，学习两天……"

黄支书说完还不够，坐在一旁的黄队长接着说："伟大领袖毛主席教导我们：'严重的问题，是教育农民。'我认为，关于社员李勤奋有时不出工、不请假，私自驾着牛车去赶圩，摆卖鱼干、麻绳及其他农副产品的问题，我们要他在大会上做深刻的检查与检讨，公开承认自己的错误，保证今后不再发生这种不良的行为……"

听着这些话，我的冷汗往上冒。李大叔坐在我前面，我只看见李大叔的背越来越弯，就快要把脸埋在膝盖间了。

散会之后，我磨蹭了好久才回到李大叔家里，我不知道怎么面对李大叔，也不知道说什么安慰他。但我刚一进院子，就看见李大叔坐在柴火堆上抽着喇叭烟，我叫了他一声，也不管他有没有听到，要不要回答，便急忙进了屋。

那天晚上，我辗转反侧，李大叔沉默的身影一直映在我的脑海里，我觉得自己能够理解他的想法。他是一个老实巴交的农村社员，家里祖祖辈辈都是面朝黄土背朝天的农民。他肯定怎么也想不通，为什么到集市圩上出售一些自己辛勤劳动得来的东西，就成了一个自私自利的资产阶级思想的典型人物呢？

这些问题李大叔想不通，我也想不通。

后来桂芳跟我说，10多年前，她家里曾被“割资本主义尾巴”。当时她还小，大概是1956年春季，由公社、大队领导指挥，民兵连长带领基干民兵挨家挨户检查，凡是未经许可私自开荒、种植的蔬菜，一律铲除。

当年，李大叔一家五口人，只分得五分自留地。为了扩大蔬菜种植面积，一家人便在房前屋后开垦了几分大荒地来做菜园。这些新种的蒜苗刚长有半尺高，就被铲割掉，只好做炒蒜苗送饭吃了。本来指望夏季大蒜成熟以后，拿到附近的华侨农场卖出，再买回几斤面粉和两斤猪肉，以便包一顿饺子，改善一下生活。谁料上级领导一声令下，这些蒜苗全被当作“资本主义的尾巴”割去了。后来，桂芳的爷爷被当作典型，在全公社的群众大会上进行批斗。几年后，他的爷爷不幸因病去世了。

如今，李大叔因赶圩私自卖一些农副产品，也被在村屯开会“斗私批修”，还要参加学习班，学习两天时间。

过了很久很久，大家都把这些事情放下的时候，李大叔才对我说，他当时想：一切责任和后果全部由自己一人承担，不能连累女儿，更不能连累其他知青。

十四　文艺队

从1969年4月上旬开始，大队领导组织成立了“头塘大队文艺宣传队”，由复员军人黄格新担任队长、闭国威担任副队长。

大部分文艺队员均由知青组成。有的知青队员是多才多艺的多面手，既会吹拉弹奏各种乐器，又能歌善舞。其中，知青李志翎为小提琴手，林晓英拉手风琴，梁中骅拉二胡，我吹笛子，张健雄弹吉他。锣鼓手及唢呐手则由青年社员担任。

农忙过后，由于国庆节有演出任务，队员们每天上午参加劳动，到了下午及晚上就去大队部参加排练。白天排练期间，有关生产队照常付给每位队员半天工分（5分）。

到了9月30日夜晚，平泗屯的晒谷场上搭了一个临时舞台，举办“庆祝中华人民共和国成立20周年文艺晚会”。

当时，村里还没有通电，我们便在舞台两旁竖起竹竿，挂上两盏汽灯照明。

本村和邻村的男女老少都赶来围着舞台观看文艺节目。

那一次的晚会，有大合唱，有歌舞伴奏，还有必演的革命样板戏《沙家浜》和《红灯记》选段。

这些都是那几年常演的节目，我已经看了很多遍了，但是观众还是不时发出一阵阵掌声和欢笑声。

那几年，村里能看到的演出确实太少了。

十五　传单与食品

那时候，田阳县百育、田州、头塘等公社部分村屯的田间地头和山峰坡岭上，常能发现一些用热气球或气象气球空投下来的反动传单与美女画片，还有数包饼干、牛肉干、罐头与白糖等食品。一旦发现，县领导便命令全县各公社、各大队，组织安排全体基干民兵，连续三天上山搜寻、收缴。

我们头塘大队的全体民兵，主要负责对尖坡山岭一带的搜寻任务。

每次出发前，大队党支书黄文武都会再三强调，如有人捡到反动传单或食品，一律交公。对于反动传单的内容，不能传播谣言。至于食品，也不能私自乱吃，以免中毒患病。

随后，民兵营长闭国威、副营长黄格新带领我们上山执行任务。一天下来，上百名民兵进行拉网式、交叉式搜山，只捡到几张传单。这些传单是用繁体字印刷的，许多社员不识字，看不太懂。对于读过书的知青来说，则没什么问题。

我没有捡到过传单，只听说这些传单主要是宣称“爆发第三次世界大战”和

"台湾国民党军队要反攻大陆"等内容。

一天上午，有三位知青在一个小山洞里找到四个空罐头盒，罐头盒上还印刷有英文字母及繁体字。

当天收缴到的几张传单和四个空罐头盒，都立刻被拿到大队部办公室内保存起来了。

为了几个空罐子，大队领导马上开会研究。大家一致认为，这些罐头，很可能在几天前已被一些"敌特分子"吃光了。

为了抓好阶级斗争，防止"特务"和当地的"地富反坏""黑四类"分子互相勾结，进行破坏活动，大队领导决定：增派民兵把守各村头屯尾、三岔路口及进山路口等交通要塞。与此同时，还派民兵秘密监视村屯里的地主、富农与反革命分子，预防他们为非作歹、乱说乱动，只许他们安分守己、老老实实地劳动改造……

十六　评工分

秋高气爽画眉唱，菊花稻谷又飘香。

从11月1日开始，知青们投入到秋收大忙的劳动中，我们又一次感受到了农忙季节的艰辛。今年的晚稻又获得了丰收，生产队留足6个月的口粮，随后，把达标、优等的稻谷送到头塘储粮仓库。

12月1日夜晚，平泗屯村尾的一棵大榕树下，正在召开全体社员及全体知青大会。

黄勇才在会上宣布了到朔柳水库工地参加劳动的人员名单，全体知青都要参加。他话刚说完，桂芳就站起来说道："黄队长，我也想到水库工地参加劳动。"

"黄队长，我也报名到水库工地。"女社员黄桂芬也举起右手说道。

黄队长考虑了一下："好吧，前往水库工地的人员，再增加李桂芳、黄桂芬两名。现在，大家评11月份工分。我认为，知青们的工分不用评了。第一年在队里的劳动，平时每人每天8分，农忙时每人每天9分。如有哪位知青干活出勤不出力、偷懒、磨洋工的话，则评为7分或6分，大家还有什么意见？"

"没有了。"众社员异口同声地说。

"下面，评社员的工分。"黄队长拿出一份"社员出勤登记表"，开始念了起来。

我看着桂芳，她本来不需要做那么辛苦的活，家里也有她能帮得上手的地方，但她还是为我报名了……当时我就决定，今后无论如何都不能辜负她的这份情意。

十七　新宿舍

到了年底，我们第三批建设者共80多人，分别背着或挑着行李，步行来到距离田阳县城20多公里的朔柳水库工地，参加水库大坝的建筑。

水库的工作比田里累，我也没有多少与桂芳相处的机会。一转眼不知不觉就过去了7个多月。1970年7月初的一天上午，黄国庆连长通知我和曾祥瑞等大部分知青和李桂芳、黄桂芬等一部分社员返回生产队，先参加夏收夏种“双抢”农忙劳动，然后参加安装电源线路、接通照明电灯的施工项目。

当天下午，大家各自扛着行李，回到了生产队。回来以后我们才发现，队里已经为知青们新建了两栋平房。

宿舍的屋角处已砌好两个小火灶，旁边摆放着一个小碗柜、一张小方桌及两张小板凳。宿舍中后段为房间，每间都摆放着一张木制单人床。

第二天上午，李大叔和黄大伯驾着两辆牛车，拉着部分知青到田州街买回一堆生活用具。

到了第三天上午，我们依依不舍地与自己的房东话别，欢欢喜喜地搬进新居。

男女知青每人一间宿舍，可自由组合居住、煮食。我和曾祥瑞同住一间宿舍，另一间宿舍用来当作厨房，我俩合伙开饭。刚来插队的前半年，上级有关部门发给每位知青每月10元生活补助费和一本粮簿，每月供应36斤大米、半斤食油、一斤猪肉。只要正常吃三餐，也还是能够吃饱。

然而，我们来平泗屯插队已经一年多了，至今生活还不能自理，还时常想家，想父母亲，有的女知青还偷偷地哭鼻子。

第一天中午收工回宿舍，由我负责煮饭。因我平时很少下厨，加上不习惯烧甘蔗叶煮饭，结果把饭煮得半生不熟。

祸不单行，下午曾祥瑞负责煮饭，也一样将饭煮糊了。

但后来我们也知道了，其他知青在煮饭时，也常有不熟或烧焦的现象。

几天后的一天傍晚，知青平房旁，猴哥曾祥瑞、胖子梁中骅、眼镜张健雄等几位男知青正在一张长板凳上掰手腕。

我走过去观看了一会。经过反复较量，眼镜张、曾猴哥分别输给了梁胖子。梁胖子看见我站在一旁，喊道："杨戬，过来和我掰手腕。"

我和梁胖子站好位置，手腕相对。曾猴哥、眼镜张两人各站在一旁做公证，曾猴哥认真地说："预备，开始！"

经过来回较量，我终于赢了。

梁胖子不服气："三回两胜，我俩再来一次。"在掰手腕的过程中，大家不时发出一阵阵喝彩声和欢笑声……

当年，刚来农村插队时，我们的身体十分虚弱，简直"手无缚鸡之力"。现在，我们的肌肉结实，力气也大得多了。过去，我们"手不能提，肩不能挑"。经过一年多的劳动锻炼，现在，知青们基本上能够和社员一起下到田地里干各种各样的农活了。

自从搬离房东家之后，我们才真正学习独立自主。真是不当家，不知柴米油盐贵，看来，我们还要经过生活这一关。

无论如何，我们都要微笑着投入到新的生活中，继续接受艰难困苦的考验。

十八　开荒建菜园

队长黄勇才和副队长刘春雨来到知青平房，召集全体知青开会。队里决定在平泗桥附近的旱地处，分配给知青一块约6分大的自留地。之后又选举了班长、副班长。选举的结果竟然是我当了班长。

自然而然地，开荒一事就由我来负责了。

第二天上午，我便带领20位知青，拿着工具来到一片杂草丛生的荒地上。一部分人负责铲除杂草、砍去灌木，另一部分人用竹筐将挖出的碎石块挑走。

我肩扛木犁，牵着一头黄牛，待将黄牛套好犁架后，便开始犁地。

这时候，袁健新走过来，说道："杨班长，你教我犁地好吗？"

"好呀！"我点了点头，接着吆喝了一声，"哈！"黄牛停了下来。

袁健新右手接过犁柄，左手接过缰绳，我将李大叔所教的犁田的方法口授给他。我仍不放心，干脆手把手地教袁健新犁地。

第二天上午，女知青们开始种植菜心、芥菜、黄瓜、茄瓜等。我和几位男知青负责挑水到菜地淋菜。其他知青负责砍芦苇秆、野菊花杆及荆棘枝条，用来围菜园。

当天上午11点多钟，我们就收工了。我扛着犁架，牵着水牛往回走。牛和犁架都是黄队长家的，我先将犁架扛到黄队长家，再牵水牛到牛栏里关好。

这时，几位男知青发现附近有两头年轻力壮的水牛正在搏斗，牛角对峙着相持不下，于是纷纷围上去观看。

两头水牛从山腰打到山脚，又从山脚打到乡村道路。袁健新和陈猛潮追着两头斗牛一起奔跑，忽然，两头水牛掉转方向朝着村子跑来。

“注意！小心！”不远处，社员闭大伯挥手示意袁健新、陈猛潮等知青赶快躲闪让开。就在此时，闭大伯突然冲上前去，大喝一声“哈!”然后他一把拉住后面追赶的那头水牛。李大叔也冲上前拉住了前面的那头水牛，原来这头水牛是李大叔家的，我急忙上前去帮忙。

牛栏里，李大叔心情沉重地查看着水牛受伤的部位，随后把捣碎的草药敷在水牛的伤口上。李大叔噙着眼泪，像是自言自语，又像是对我说道：“牛伤成这个样子，真是令人心痛，看来一两个月都不能下地干活。”

一个多月后，李大叔和闭大伯家的水牛伤势基本愈合。未阉的公牛年轻气盛，性情猛烈，特别喜爱争强好斗，李大叔与闭大伯商量决定，干脆分别把自家的公牛阉了，免得今后经常相斗惹祸。

插队的日子就这样一天一天地过去，但我们最开心的就是分红的日子。

上一年，10个工分的分值为5角8分钱。年度分红时，会扣除当年所领用的食物。出满勤、每天挣10个工分的社员，分红时最多领到250元钱，其余的社员领到200元左右。

每两年，上级有关部门发给每位知青一丈六尺布票。

这天，大家得知了发布票的消息，都聚在宿舍门口闲谈。

林晓英说道：“胡玉清，今天是田州街圩日，我打算走路上街，去买一些花样好的布料。你去吗?”

“太好了！我正好想去上街，买一件长袖衬衫。”胡玉清说。

梁丽芳接着说：“我也要去上街，到大百货商店买泥色毛线，要给母亲织一件毛线衣。”

林紫燕走出宿舍门口，说道：“林晓英，我今天身体有些不舒服，你帮我买一瓶雪花膏、两扎胶箍、4个发夹，还买一包卫生纸，好吗？”

“好啊。哎，过三天就是大年初一了，我们是不是顺便买一些糯米、粽叶、龙须草、绿豆和五花猪肉？今年春节，大家一起包粽子吧。”梁丽芳提出自己的想法。

林晓英有些为难地说：“我还不会包粽子呢！”

“我也不会。”站在另一旁的黄丽琼接着说。

“我会包。”胡玉清兴致勃勃地说，“我教你们！”

就在这时，林晓英的房东大娘给她送来两个大粽子、几块糖米花和米粉饼等。

大家正兴高采烈地分享美味，黄队长急匆匆地走过来。他大声喊道：“林紫燕，林紫燕！”

“哎！在这儿呢。”林紫燕应声答道。

“好消息！林紫燕，你被头塘公社文艺宣传队调去当队员了，明天上午前去二塘街的队部报到。祝贺你啊！”他说完将通知单递给她。

“太好了！”她接过通知单，欣喜得差点跳起来。

十九　“光明工程”

1970年10月，上级部门终于批准头塘公社各大队根据实际情况，自行解决通电、用电的问题了。

县供电所的技术人员到村子做了调查，规划了架设电线杆的方案，黄队长就把村里的青壮年分成了两个施工小组。一个小组12人，协助县供电所供电组的专业施工技术人员；另一个小组18人，需要购买木头及上山砍伐树木。我被分到了伐木这个小组。

通电是一件大事，我们所有的人都很开心，每天催着黄勇才队长带我们上山砍树。那一段时间，我们凌晨就带上午餐往山里走，走上两个钟头，去到那边的山坡砍树，一直干到傍晚才收工。回到宿舍的时候，已经是晚上8点多了。

把树砍好以后，大家将这些木头每十根捆绑成一个木排，把木排当成船，放到百东河里，河水就会将木排冲到平泗桥桥头，人站在木排上，也不用再走一大截山路。

一天上午10点多钟，第一个木排开始漂流。我们两人一组，每人手里拿着一根长竹竿，站在前边的人“开路”，站在后边的人“护航”，遇到水流湍急的河段，就要及时用竹竿调整木排的方向。

木排在水面漂流了两个多钟头，水流渐缓，木排速度也逐渐减慢。

这个时候，我们就能安心地欣赏小河两岸的风景，两边山峦起伏，树木葱茏、野花盛开，好似在夹道迎客。

这时，在后边护航的曾祥瑞突然问道：“杨戬，大伙都知道，你和李桂芳相爱，你俩打算什么时候结婚?”

“这个问题，我一个人也做不了主。再说，我现在穷得叮当响，一下子哪来那么多钱结婚。”我稍停片刻，反问，“曾猴哥，你与女朋友何时成亲?”

“我嘛，八字还没有一撇呢。”

“你不是和我说过，从大学二年级开始，就已经爱上林妹妹同学了吗?”

“是啊！我曾经几次主动向她进攻，她却冷若冰霜。”

“俗话说，‘精诚所至，金石为开’。我们应该相信，有缘人终成眷属。”

当木排将要漂流到平坡村的时候，水流更慢，基本上需要人力撑动木排，才能前行。傍晚时分，两人又累又饿，只能靠喝一两口清凉的河水解渴或是顺手摘小河边的“鸡果”充饥。

原先我以为，在木排上就没有走路那么累，没想到，需要花力气的地方也不少。但是那个时候就是这样的生活，一天忙完，再回到宿舍的时候，根本没有心思去考虑别的问题，生活有时候特别单纯。

所有的准备工作都做完后，我们就要在挖好的泥坑中竖立杉木电杆了。

从安装第一台变压器、架设低压电源线路到安装电灯照明线路，我都全部参与了。经过众人三个多月的努力，我们终于在腊月二十五晚上七点整正式接通电源。

村民们点起自费买来的鞭炮，小孩子在灯光下穿梭嬉闹，大伙儿围着电灯不停地说：“通电了！电灯亮了!”“通电了！电灯亮了!”

多年后，我们很难再为一盏灯而这么激动，但此时此刻，所有的人像在经历着人生中的一件大事一样欢欣鼓舞。

从此，喜气洋洋的村里人，告别了黑暗，告别了煤油灯，也告别了夜的寂静。

二十　甜蜜之恋

夏末的傍晚，天气已经有些凉意了。晚饭后不久，我和桂芳约好一起散步。我们走到平泗桥桥头，欣赏眼前夕阳映照下的田园风光，听着桥下潺潺的流水声。

桂芳对我说，她家有一台老式木架织布机，每年都用部分自留地种植棉花，李大婶经常自己纺线、织布、染布来缝制衣服。桂芳初中的时候就跟母亲学会了纺线、织布。高中毕业后，她也学会了做衣服。但是自从到县高中读书开始，她就不喜欢穿这种土布衣服，因为她总觉得穿土布衣服不够漂亮，会被同学取笑。

我微笑地对她说："你穿什么衣裳都好看。"说着我拿出布票："桂芳妹，我这里有一丈六尺布票用不完，你拿去买花色好的布料做新衣服吧。"

桂芳有些惊讶，她后退了两步，摆摆手说："潮东哥，我不是这个意思，你的布票还是留着自己做新衣服吧！"

我走上前把布票塞进她手里，说："前几天，我家里刚给我寄来一套新衣服及一套旧衣服，我已经够穿了，你不用这个布票留着也是浪费的。"

她拿着布票，还是有些拘谨，过来一会儿才红着脸，说了声谢谢。

看着如花似玉、充满青春气息的她，我壮了壮胆，诚恳地向她表白："桂芳妹，我，我爱你。"

"潮东哥，我也爱你。"她羞红着脸，真诚地说。

"桂芳妹，咱俩什么时候结婚呢？"我期待着问。

她似乎有些苦闷，小声说道："咱俩很难结婚。"

我连忙问道："这是为什么？"

经我一再追问，她终于说出了事情的缘由。

原来，这个月早些时候，她有个住在附近的姨妈，提了一些礼物来家里说媒，要帮桂芳介绍对象。当时她偷听到了她母亲和姨妈的对话。李大婶压低了声音对姨妈说："老姐姐，谢谢你的一番好意，女儿桂芳已经有了对象。"

姨妈很关心，连忙问："老妹子，那个小伙子是哪里人，是什么样的人？"

李大婶如实地答道："就是去年分配到咱家插队落户的南宁来的男知青。"

没想到姨妈连连摇摇头表示反对："听说，这些外地来的男知青都是汉族人。据我所知，汉族男子办事不够踏实，不够忠诚专一。你不知道我年轻时候的那件错事吗？那时我就是爱上一个从外地前来支援炼钢铁的汉族人。只怪我看错人，瞎了眼，竟然把我这朵鲜花插在牛粪上。唉！他在知道我怀孕后，骗我说回家找父母要钱再回来和我结婚，结果一去不复返，让我女儿生下来就没有父亲。这些年我的苦日子你不是不知道。退一万步来讲，就算他暂时不是这样的人，等这些男知青过几年调回城市工作，到那时桂芳能不能跟着去？会不会被抛下？桂芳还是嫁给一位踏实能干的农村壮族男青年吧。"

这些话把李大婶说动了，她一句话不说，只低头想着事情。

最后，姨妈还叮嘱道："老妹子，你教桂芳要多长一个心眼，要精一点，结婚之前千万不能让男子乱摸乱搞，先斩后奏。再一个，就是叫这位男子当上门女婿。"

听完桂芳的讲述，我举起右手掌坦诚地说："桂芳妹，我对天发誓，我一辈子爱你，如果我辜负你、抛弃你的话，天打雷劈，不得……"

刚说到这里，桂芳忙用手捂住我的嘴巴，插话说："潮东哥，不必往下说了。'路遥知马力，日久见人心'，你是不是当代负心的陈世美，将来会有结论的。"

"桂芳妹，你若不相信，我可以把心挖出来给你看。"

"潮东哥，我，我相信你。"她深情地望着我，脸上露出欣慰的笑容。

渐渐西下的夕阳，把整个乡村照耀得金灿灿的。傍晚的微风，不时掀动着桂芳头上的秀发。但我们两人心里都装着心事，沉默了许久。

过了一会儿，桂芳打破沉默，说道："对了潮东哥，明天是十月初十，我们村里要过糍粑节，家家户户都做糯米糍粑。爸爸说，明天早上7点多钟，叫你到我家帮舂糍粑，顺便在家吃晚饭。"

我听后十分高兴，微笑着说："嗯，好的。明天早上，我一定按时去，你放心吧。"

第二天早上7点钟，我来到桂芳家里。李大叔和李大婶对我还是一如往常，仿佛说媒的姨妈从来没有来过一样。我跟李大叔相互配合舂糍粑、揉饭团，李大婶和桂芳分别在搓制成圆形的糯团中间包裹馅料。口味不同，可做成碎花生、芝麻糖、甜豆沙、咸味肉菜等糯米糍粑。整个节日我们都在愉快的氛围中度过，而我也下定决心，该找一个时间向两老说说我与桂芳的亲事了。

二十一　苦涩恋歌

当年的元宵节刚过，曾祥瑞向生产队黄队长递交一份建议书，建议本生产队设立一个村屯广播室。最后队委会采纳了这个建议。

半个月后，两个大喇叭挂在了村东头和西头的大竹竿上。广播室选在本屯仓库旁的一间房屋里。

曾祥瑞提议我和李桂芳兼任广播员，这个建议大队采纳了。

而他本人的情况，用他的话来说，则是一个孤苦的单身汉。

但他也不是没有桃花运。记得一天上午，曾祥瑞在一农户家里安装电灯线路。

“阿哥，辛苦了，请喝茶吧。”屋主的大女儿黄桂芬捧起一碗茶水递给曾祥瑞，热情地说道。

“不辛苦，这是应该的。”曾祥瑞接过茶碗喝了一大口，“谢谢！”他见过这个姑娘两次，但没什么太大的印象。这个姑娘倒不怕生，一直在他旁边嘘寒问暖，端茶送水，倒令他有些不自在了。

过了两天，曾祥瑞在村边的大榕树下，又与黄桂芬不期而遇。“盟哩，古卖盟！”曾祥瑞突然想起很久之前学过的这句壮话，便有些拗口地说了出来。

黄桂芬听了，有些害羞地用壮话说道：“阿哥哩，古麦盟！”

说完她便拿出一个绣球，抛给了曾祥瑞。

随后，她用有些生涩的普通话说：“我叫黄桂芬，阿哥，有时间请到我家玩。”说完微笑着走了。

曾祥瑞捧着绣球，傻乎乎地走回宿舍。当天晚上，他把这件事情告诉同宿舍的我。

我比曾祥瑞的壮话学得好，学得多。我笑哈哈地说：“壮话‘哩’就是好的意思。‘盟哩，古麦盟！’就是‘你好，我爱你’的意思。曾猴哥，祝贺你，村姑抛绣球给你，说明她已经爱上你了。我们不是看过《刘三姐》这部电影吗？绣球是壮族女青年的定情信物。”

曾祥瑞顿时有些尴尬，他说："这话是好久之前别人教我的，还说是'你好'的意思，我久不用，也没有发觉，这下真是糟了。"

听了这话，我问道："那个姑娘人怎么样?"

曾祥瑞摇摇头，说："挺好的，只是，我心里已经有人了。"

我知道，曾祥瑞爱的想的是林晓英。他们从小学到大学都是同班同学，之前已经建立了同学之间的情谊，如今在插队的劳动与生活中，还建立了"插友"之间深厚的感情。

但造化弄人，林晓英只是把他当成自己的哥哥一样看待，把他俩的这种友谊和感情当作兄妹之情。

在当地农村，虽然允许男女之间自由恋爱，但经过媒人介绍、牵线搭桥而喜结良缘的大有人在。

女青年大多在16周岁就开始订婚，18周岁就可以结婚。《宪法》及《婚姻法》规定，女子的结婚年龄在20周岁以上。但在农村，只要摆上几桌喜酒，双方的父母亲认可就行了。

当年，黄桂芬刚满18周岁，已经是"一家有女百家求"，踏破门槛觅佳偶了。

黄桂芬和桂芳是好姐妹，她告诉桂芳，前两天一个家住绿谷屯的媒婆也提着礼物来到黄桂芬的家里，要为绿谷屯的一位农村男青年来说媒。媒婆夸夸其谈地说："他的叔叔是大队会计，哥哥是复员军人，在大队担任团支部书记，嫂嫂是绿谷屯妇女委员。"媒婆凭着三寸不烂之舌，把这个男青年的家境说得天花乱坠，竟使黄桂芬的父母动了心。

但黄桂芬早就爱上了曾祥瑞，还主动将绣球抛给他。可是，她等了几个月，也不见他上门前来求婚，自己的心凉了半截，加上母亲不同意她嫁给一个汉族男知青，她只好推说年龄尚小，婚姻问题暂不考虑。

结果在父母的盘问下，黄桂芬才说出自己已经爱上了男知青的事。

不出意料，她母亲听后连连摇头，坚定地表示了担心汉族人朝三暮四的看法，还把桂芳那个苦命的姨妈拿来做反面典型，教育了桂芬一个晚上。

眼见说到最后都没有说动桂芬，她母亲就退了一步，表示桂芬如果一定要跟那位男知青相好，那么只要他愿意当上门女婿，她就同意这件事。

当天傍晚，黄桂芬拉上桂芳来壮胆，到我们宿舍找到曾祥瑞，向他说明自己的情况。

曾祥瑞不愿意伤害她，只能难为情地告诉她，自己接到通知，在今年9月初，就要到平泗小学当代课教师，在三年内不可能与她结婚。同时，他说自己是教育学院毕业的大学生，将来还是想调回南宁去做一名正规的教师。因此他不太可能会留在农村，也不能当上门女婿。

他最后说了一句对不起，默默地从箱子里取出绣球，递还给她。

黄桂芬接过绣球，含着眼泪愤然离去。

一个月之后，那位媒婆又来说媒。在媒婆的花言巧语和众人的相劝之下，黄桂芬同意相亲，先见一见这位男子再说。

后来，媒婆带了一位男青年前来，这名男青年叫陆学鹏，是头塘大队的基干民兵，曾与黄桂芬同在一个民兵连参加训练。他为人老实、诚恳，身材与桂芬蛮般配，也愿意当“上门女婿”。

不清楚过了多久，突然有一天，听说黄桂芬要与这个青年成亲了，那个时候，曾祥瑞已经离开头塘好久了。

二十二　拖拉机手

1971年3月初，头塘大队领导决定，要在平泗屯的知青当中培养一名男拖拉机手。

这一好消息传出来后，我和陈猛潮、袁健新等6位男知青都踊跃报名，最后在社员大会评选上，我被推荐为大队拖拉机手。

陈猛潮对这个结果似乎有些不服气。他对人说：“落选的知青当中，有的可能是家庭成分不好，有的则是平时劳动不够勤快。而我的家庭成分是贫农，平时做工既积极又肯卖力气，为什么会落选呢？”

闲言碎语总是在所难免的，但也无法改变这个结果。过了两三天，我就去百色农机学校参加培训班，培训期为三个月。

我的脚上穿着一双白底蓝面布鞋，这双布鞋是去年桂芳送给我的。如今鞋子两头都烂了一个大洞。分别时，她拿出一双新鞋让我更换。

浅蓝色的布鞋啊！那是姑娘用心血与情丝密密缝制的。布鞋穿在我的脚上，却暖在她的心头。

临行前，桂芳送我到南百公路的十字路口处搭车。

我俩相识以来，从来没有分别过，如今在路旁依依不舍，说了许多告别的话。

不知不觉三个月过去了。我的理论与实践考试都合格了，结业后，我被安排到头塘大队拖拉机站工作。

当年七八月间的“双抢”大忙季节，拖拉机站站长安排由我主要负责完成平泗屯的犁田、耙田的工作任务。

7月初的一天早上，我开着拖拉机进到平泗屯晒谷场旁边停车，许多社员围上来观看。

桂芳不知道什么时候走过来，笑吟吟地对我说：“潮东哥，先进家吃早餐好吗？”

上次以为三个月后就能相见，谁知我又被派去拖拉机站工作，这时终于相见，她只是淡定地笑着，但我看得出来她很开心。“我吃过早餐啦。”我答道。

“那进家坐一坐，喝一杯茶吧。”

“嗯，好的。”

在李大叔家里，我捧着茶杯慢慢地品尝茶水。此刻，桂芳从闺房拿出一条崭新的白毛巾递给我：“潮东哥，擦汗用的。”

我将白毛巾围在自己的脖子上：“谢谢你，桂芳妹。”

过了10多分钟，我驾驶着拖拉机，在收割完稻谷的田间忙着来回犁田。

一轮红日从东方冉冉升起，灿烂的阳光照耀着广阔的田野，照耀着人们喜迎丰收的笑脸……

二十三　拥抱幸福

夏收夏种“双抢”任务完成了，我们每天的劳动似乎轻松了许多。

9月上旬的一天傍晚，村头的莲花塘边，我和桂芳正在欣赏“荷塘夕照”的景观。

只见满塘的荷叶青翠欲滴，数枝粉红色的荷花或灿烂盛开，或含苞待放。下午时分，曾在花丛中翩翩起舞的几只蝴蝶，不知飞到哪里去了；刚才还挺立于荷苞尖上一动不动的那只蜻蜓，也不见了；数尾鱼儿时而浮出水面，时而潜入水底，它们还在互相追逐嬉戏。

夜幕渐渐降临，村屯里亮起了闪烁的灯。我俩在莲塘旁的一棵相思树下并肩坐着。

“潮东哥，我的父母要求你到我家当上门女婿，你愿意吗?”她轻声地问道。

“我愿意。”我直率地回答。

此时，桂芳拿出一个心爱的绣球递到我的手上。我接过绣球，脸上露出甜蜜的笑容。

稍过片刻，我好奇地问道：“桂芳妹，我最近听说，有的上门女婿结婚后要跟妻子同姓。我是否可以不跟你姓李，而继续姓杨呢?”

“那是南部大石山区乡村的风俗习惯，我们平原地区的上门女婿，可以不跟妻子同姓。潮东哥，只要我俩结婚后在这里和父母亲一起居住就行了。”她爽朗地笑着说。

经过两年多的相识相知，她认为我为人忠厚老实，干活勤快，值得托付终身，同时，她的父母亲对我这个未来的女婿也感到十分满意。而我也认为桂芳长得漂亮、结实，纯洁善良、聪明能干，如能娶她为妻，将是自己一生中最大的幸福。

十五的圆月挂在树梢，皎洁的月光，映照着一对倩影。

我俩拥抱在一起，甜蜜地亲吻着。两颗相爱的心已经非常贴近，甚至能同时听到对方“怦怦”的心跳声。

我渴望着幸福的真爱，如今，我终于得到她的真爱。我将要把自己的真爱和生命的基因，一代一代地留在第二故乡。

第二天上午，我和桂芳一起高高兴兴地来到头塘公社革委会办公室及有关部门，办理了结婚登记手续。

按照当地农村的风俗习惯，男女订婚，男方要给女方送彩礼，未来的女婿还要给未来的岳父岳母一个“过礼封包”。待到正式结婚之日，要在双方家里同时摆上宴席。

如果是当“上门女婿”，不用送彩礼，也不用给“过礼封包”。全部结婚费用均由女方家负担。

话虽然是这么说，但我还是悄悄地把300元钱递给桂芳。我嘱咐她，一定要将这些钱转交给岳父岳母。

二十四　筹办婚事

秋收季节刚过，李大叔和我就赶着一辆牛车到县城的食品公司上交“派购猪”。李大婶也要跟去田州街，顺便为桂芳购买结婚用品。

按照当时的农村政策，社员养猪有“派购任务”，社员每年每户要上交“派购猪”一头以上，如养两头大猪，必须优先上交一头给县食品公司（按统购统销的收购价销售），另一头可自留。

李大叔家今年养了四头大猪，要上交两头“派购猪”，留两头猪，等到女儿结婚时用来做喜宴上的菜肴。

一路上，李大叔一边赶着牛车，一边哼唱着革命样板戏《红灯记》选段《浑身是胆雄赳赳》：“临行喝妈一碗酒，浑身是胆雄赳赳……”

顺路同去的黄大伯问道：“老表，看你高兴的样子，女儿桂芳什么时候出阁，哪一天开坛启封喝‘女儿红’酒啊？”

“快了，快了！过几天到了农历冬至，我就要邀请亲友们一起喝‘女儿红’米酒了。我20年前在家门口那棵桂花树下埋的糯米酒，今年就能喝咯！老表，到时你也过来喝几杯哦。”

“好好好，到时候一定捧场。”黄大伯爽朗地说道。

我听着他们的对话，想到婚宴上的那碗米酒，一定是很醇厚，很绵长。未来，仍有无限的可能。

二十五　闹洞房

前面讲到，在喜庆的婚礼当中，部分亲友（包括知青）陪伴新郎、新娘来到新房。大家的目的就是要闹洞房。

新房内，站在一旁的一位表哥大声地说：“首先，我提议让新郎和新娘喝一杯交杯酒好不好？”

“好啊！”众亲友异口同声地答道。

伴郎、伴娘各捧来一个托盘，酒杯里已斟满米酒。

我拿过小号酒杯，桂芳也拿过小号酒杯，我俩互相交叉手臂，各自将米酒慢慢倒进嘴里。

这时，曾祥瑞大声地说："好事成双。我提议，新郎、新娘再喝一杯好不好?"

"好事成双，再喝一杯!"众亲友一致赞同。

无奈之下，我们又拿起酒杯，并肩站着交叉手臂，互相给对方敬酒。不料，桂芳被酒呛了一下，她那狼狈相惹得大家哈哈地笑了起来。

这时，男知青王平安大声地说："我提议，请新郎、新娘分别介绍相互恋爱的经历。"

"太好了!"众亲友异口同声地说。

在亲友们的一再催促下，我红着脸，不好意思地说："前年春天刚来插队时，我被分配住在她的家里。后来，我俩就爱上了。我俩的爱情就是这么容易、简单，没什么好说的。"

新娘子红着脸，腼腆地说："潮东哥在我家里居住，他爱我，我也爱他；我爱他，他也爱我。也许，我俩有夫妻之间的缘分。"

"请谈一谈你俩对爱情与婚姻的体会。"曾祥瑞接着说。

提到关于恋爱、婚姻的问题，我深有感触地说："对于有缘有分的男女青年(包括插队知青)，哪怕是一见钟情也好，不管遇到多大的风浪与压力，始终能够成为恩爱夫妻；而对于有缘无分的男女青年，哪怕是从小青梅竹马、两小无猜，也只能结拜为异性兄妹，或只能作为红颜知己、梦中情人（情侣单方中途病逝、遭受车祸、工伤或遭受自然灾害遇难者另当别论)。"

站在一旁的新娘插话说："对于那些无缘无分的男女青年，哪怕是将两人捆绑在一起，或将两人关在一室、锁上房门，也不能结为夫妻，只能成为普通朋友或一般熟人。"

接着，男知青张健雄大声地说："下一个节目，请新郎、新娘合唱!"

新房内，当我们合唱《花儿为什么这样红》时，响起一阵接一阵热烈的掌声、喝彩声与欢笑声。

"花儿为什么这样红？为什么这样红？

哎！红得好像燃烧的火，

它象征着纯洁的友谊和爱情。”

啊！在风景秀丽、山美水美人更美的桂西农村，有一位汉族知青和一位壮族村姑喜结良缘、壮汉联姻。

新婚之夜，甜蜜、幸福、欢乐的歌声，飘越广阔的田野，飘越崇山峻岭，飘向四面八方。

朔柳水库

朔柳水库位于田阳县玉凤镇朔柳村境内，距离田阳县城20多公里。

2012年金秋的一天上午，晴空万里，阳光明媚，我和以前同为知青的周欣、韦耀文相约，一起前往朔柳水库游览。

从大坝右侧的斜坡可以登上坝顶，站在大坝上，一眼望去，只见湖面上波光粼粼，清澈的湖水像一块碧绿的翡翠，镶嵌在青山绿水之中。

湖岸上，有两位钓翁正在垂钓。湖对面，有一条小船被一根绳子拴住，浮荡在湖面上。凉风吹来，赶走了我额头上的汗珠，顿觉神清气爽。

我们沿着斜坡走到湖边，这时，一位身穿制服的男子走过来，看起来像是水库的管理员。韦耀文主动向他打招呼，随后告诉他，从1969年1月至1971年1月，我们曾到朔柳水库工地参加劳动。

经交谈得知，这位男子名叫黄大面，今年57岁，已经在朔柳水库工作37个年头了。

我们攀谈着，在库区内闲游，追寻40多年前的踪迹，回忆着当年朔柳水库工地“上万民兵大会战，改天换地灌良田”的劳动情景。

一　开工典礼

1969年1月2日，当天上午约8点钟，头塘公社第一批参加朔柳水库前期基础施工的100多名基干民兵，由公社副书记罗有琦同志带队前往朔柳水库工地。

虽说是在冬季，但这一天天气晴朗，风和日丽。

一路上我们各自背着行李，攀山越岭。那个时候这一带常有野猪、果子狸、穿山甲、大蟒蛇出没，还有山鸡、斑鸠、鹧鸪、猫头鹰等。当然，也有灌木苍翠、山花烂漫的景致。在连续步行了三个多钟头后，我们风尘仆仆地来到了朔柳大队上朔屯附近的荒山野岭之中。

站在西边的山腰上，男知青韦耀文放下行李，双手握着一杆红旗来回挥动着。

忽然有人高声呼喊："喂！朔柳山岭，我们来了！""我们来了，朔柳山岭！"

只听山谷回音："喂！朔柳山岭，我们来了！"

寂静多年的朔柳山岭，因为这些民兵的到来而变得欢腾热闹起来。

稍过片刻，几路人马终于会合在一起，"噼里啪啦"，一阵阵鞭炮声，惊动了山林原野，回响在天地之间。

下午约2点钟，我们在三面环山的山坳中举行了开工典礼。我们是一支"打头炮"的先头部队，面前的这个山岭曾是革命的红土地，邓小平、张云逸等红七军领导人曾在这里开展过革命斗争。现在，这里仍是荆棘遍布，杂草丛生，而我们将要在这里开拓出造福一方的水利工程。

散会后，我们立刻搭建一座竹木茅草工棚以解决住宿问题。

新的生活就要展开了。

二　基础施工

黄健衡副指挥长带领200多名民兵修筑通往县城的道路。

只听那合力打夯有节奏的号子声，伴随打夯时发出"嘭嘭"的响声，震动山谷，催人奋进。

鄂敏副指挥长也带领200多名民兵，在上朔南山至北山的山脚之间清理并开挖坝基。

民兵们有的拿着砍刀，砍去灌木及荆棘，有的拿着锄头铲除杂草，统一堆放点燃，防止春来又扎根。

经过近两个月的努力，头塘、那坡两个公社的民兵共搭建了50多座简陋的茅草工棚。除了自住，一部分工棚重新调整为工程指挥部、食堂、小百货店、阅览室等。剩余的工棚留给下一批新战友作为集体宿舍。建设者们还开辟了一块山间平地，立起两个篮球框架，用来当作工地篮球场。

与此同时，通往县城的道路也基本修好了。当天中午，一辆解放牌汽车拉来了一台移动式90千瓦柴油发电机组。

经过两位工人的调试、组装，第二天傍晚7点钟时，老师傅用手合上闸刀开关，正式供电。远近的电灯同时亮了起来。

工棚内外，人们一阵阵地欢呼："发电成功啦！电灯亮了！"

从此之后，每天傍晚6点钟至凌晨1点钟供电。工地上，人们在不太明亮的电灯光下紧张地劳动，加班加点，日夜奋战。

后来工地又建立了一个工地广播站，除了播送通知，广播还经常播出《沙家浜》《红灯记》等革命样板戏的选段。

三　第二批水库建设者

水库工地西面的山坡上生长着一棵高大挺拔的木棉树。早春二三月，树枝尚未长叶，木棉花就先盛放了，远远看去好似一团团火苗在枝头燃烧跳跃，很是醉人。清代诗人陈恭尹写诗赞美它"浓须大面好英雄，壮气高冠何落落"，所以现在人们又称它为"英雄树""英雄花"。

只见水库工地两边群山连绵，水库底部坝基将上朔北山与南山连接起来。

一条小溪流经左侧的山脚，这是人们唯一的饮用水水源。

一条坑洼不平的道路从山坳延伸到远方。晴天，汽车通过这条山路给我们运送食物及其他物资；雨天，只能望路兴叹，靠人扛肩挑的办法艰难地搬运有关物品。

一排排茅草房整齐分布着，好像有一支部队在这里安营扎寨。

3月6日上午，第二批来自全县6个公社的4000多名民兵又赶到朔柳水库工地。百育公社九合大队的黄叶雄迎来了女朋友何碧莲，头塘公社头塘大队的韦耀文、谭瑞麟迎来了同在绿谷屯插队的张月芳、莫祥英等同学。几位中学同班或邻班的同学相聚在一起，心里十分欢喜。情侣相逢，乐在心中；同窗相见，热血奔涌。

夜幕渐渐降临，工地上的电灯亮了。几十栋工棚内外，数盏淡黄色的电灯犹如天上的星星掉落山间。山腰上的4排电灯则犹如金黄长龙，照耀着夜晚的工地。

四　放炮炸石

转眼间，水库的前期准备工作任务基本完成了。

下一步要继续挖地基，包括开挖核心墙及砌建导流渠等。在挖地基的过程中，如果遇到较大的岩石，则需要爆破手进行爆破。

指挥部安排韦耀文和周欣协助两名爆破手进行工作。他俩先用钢钎和大锤在每块大石头中间打炮眼，接着，爆破手林森把炸药装进炮眼，随后，设法用泥土或小石块固定好雷管。一系列程序之后，爆破手岑健大声叫道："放炮了，大家注意隐蔽！请大家注意隐蔽！"

只见林哥用力吸了一口香烟，随即用烟头点燃导火索，迅速地跑到一旁隐蔽起来。

两三分钟后，只听一声巨响，大岩石被炸成几块。

随后，爆破手林森和岑健言向韦耀文与周欣传授了爆破要领及注意事项。

几天下来，周欣、韦耀文也尝试着放了几炮。韦耀文渐渐对爆破工作产生了兴趣。

五　自制鱼雷

几个月前的春节，林森和一家人正在吃团年饭。饭饱酒足之后，堂哥悄悄对他说："阿森弟，你想办法帮我弄一些炸药、雷管及导火索，可以吗？"

"你要这些东西干什么呀？"林森下意识地问道。

"不瞒你说，我用来炸鱼。"这个堂哥是几年前入赘到林家的上门女婿。

半醉半醒之中，林森不假思索地答道："好哇，我尽力。"

到了三月，林森果真到水库工地仓库领出了一些炸药、雷管及导火索，并在完成当天炸石块及炸土方的任务之后，偷偷地把剩余的炸药拿回家。

次日堂哥邀请林森到自家做客。恰巧当时林森刚好能补假三天，欣然应允，来到堂哥位于活旺河畔某村屯的家中。

堂哥林木也曾担任过爆破员，所以他还会自制炸弹和手雷。当天下午，林木找来几个窄口玻璃酒瓶开始自制炸弹。他一边制作，一边将要领告诉林森："首先，把炸药倒进瓶中，再放一根较长的小竹棍，用另一根小木棍压实周围的炸药。等炸药装够大半瓶了，即可拔出小竹棍。第二步，用黄泥把雷管固定在瓶口处，最后放入导火索。"

过了半个多钟头，堂哥就做好了8个炸弹。

准备就绪后，两人坐着小木船，划到活旺河两侧石块较多的地段。

船上堂哥点燃了一支香烟，慢慢地吸了两口后，说道："阿森弟，请注意，我要放炮了。"

"阿木哥，你千万要小心，注意安全啊!"

"在炸鱼方面，我早就出师了，你放心吧。"

林森虽然也是一位爆破员，但他从来没有见过别人炸鱼，内心还有点忐忑。

只见林木拿出一个玻璃瓶，用烟头点燃导火索，数秒钟后，他用力将玻璃瓶扔到10多米外的水中。

只听"轰隆"一声巨响，瞬时腾起一个水柱，周围水花四溅。

过了一会儿，附近河面上有10多条大小不一的鱼儿浮起来。

林森忙拿起一根头部绑有网兜的长竹竿将浮鱼捞起。

堂哥有些得意地说："这些鱼都是被震晕或被震裂鱼鳔而死的。"

等林森把鱼捞起，两人又将小船划到前面的河段停下来，转身从一个木箱里拿出另一个玻璃瓶。

林森在一旁看着林木连续炸了三次鱼，自己也跃跃欲试，大胆地说："阿木哥，让我试一次好吗?"

"不行，你是生手，再加上你还没有结婚成家，万一出了事故，我怎么向你的父母交代。"堂哥笑了笑说，"我现在有了一个男孩、一个女孩，就是死了，也能留下一条传宗接代的命根子。"

林森讪讪然，便不再说话了。

六　山歌对唱

在桂西一带壮族的村寨中，曾有一种传统的交际方式，称为"认老同"，又称“打老庚”，是指本村或邻村两个岁数相仿、志趣相投的朋友，互相同意并经过双方父母同意，交换年庚八字后建立起亲密的关系。有些人从年少时期就由双方的父母或亲友撮合而成。长大之后，这些老同老庚情同手足，亲如同胞。不论谁家有“红白喜事”，都视为己有；不管哪家遇到天灾人祸，都互相帮助，同甘共苦。

后来，这种风俗逐步扩大为结拜十兄弟、十姐妹。十姐妹中的一个出嫁，其他姐妹都来帮办嫁妆，在婚礼时要充当伴娘，招待双方的亲朋好友，与男客人对唱山歌。

1967年春节期间，头塘公社与百育公社的一对新人——周贵和韦大妞喜结良缘。按照当地农村的婚俗，只有一个女儿的农户，喜欢要求男方当上门女婿；有多个女儿的话，一般是大女儿要求男方当上门女婿，其余的女儿则可远嫁他乡。

因女方家只有大妞和小妞两个女儿，便要求周贵上门入赘。

结婚当天下午，新郎在9个兄弟的陪同下，欢欢喜喜地挑着礼物来到百育公社六联大队的女方家。新娘的9个姐妹帮忙接待男女双方的亲友与嘉宾。

当晚酒足饭饱之后，九兄弟与九姐妹分别手拿电筒，一起来到敢壮山山腰上，小声地对唱山歌。

从前，每年的三月初七至初九，四面八方的壮族农民都会来到原名叫播敢山的山坡，进行联宗祭祖。人们在山腰及洞内的庙堂里烧香拜佛、占卜祈祷。之后，大家就在山上对唱山歌，久而久之，这里就形成了一个歌圩。因为有许多青年男女在对歌时谈情说爱，最终双双牵手而归，人们又称之为“风流山”“风流圩”。

在“文化大革命”期间，提倡“破四旧、立四新”，人们不再来此联宗祭祖、烧香拜佛，也不能再对唱山歌了。

人们想要唱山歌，只能偷偷地进行。

正是因为这次机缘，覃敬松和林三凤、谢春牛与农桃花结缘。他们相约等到明年三月初八上午，再来敢壮山相会。

第二年，他们按约定来到歌圩见面、对歌，还互送爱情信物。

想不到，第三年的此时，这两对有缘人又在朔柳水库工地重逢。于是他们跑到南山后的隐蔽处小声地对唱山歌。

男生唱：

阿妹好（哎）！
妙龄阿妹似朵花（啰）。
前年有缘相会后，
阿哥夜夜梦见她（哩咧）。

女生唱：

阿哥好（哎）！
阿哥就像护花人（啰）。
只要勤劳又勇敢，
才值阿妹献芳心（哩咧）。

当天，天气晴好，春暖花开，桃花粉红，李花洁白。而他们已经相识了两年，按理说也到了可以谈婚论嫁的时候了。桃李树下，覃敬松与谢春牛继续唱道：

心上人（哎）！
筑巢燕子双双飞（啰）。
戏水鸳鸯喜成对，
阿哥何日娶妹回（哩咧）？

林三凤和农桃花唱道：

梦中郎（哎）！
要学鸳鸯情意长（啰）。
要学蜜蜂勤劳样，

水库完工再成双（哩咧）。

山歌一向要唱得声音嘹亮才算尽兴，若是小声唱，根本唱不出那种高亢的韵味。但是在当时的情况下，还能唱两句山歌，大家已经知足了。

好景不长，当天中午，头塘公社罗副书记就在二塘大队食堂内，找到了覃敬松与谢春牛。罗副书记叫他俩到外面，严厉地批评说，“根据其他民兵反映，你俩今天上午到山坡上，与两位女民兵对唱山歌。你们为什么不唱革命歌曲，不唱四个革命样板戏，而偏偏要唱这些低级趣味的山歌呢？你俩每人要写一份检讨书。”

“罗副书记，唱山歌既没有犯法，又没有犯罪，为什么不能唱山歌?”谢春牛有些不服气地问。

罗副书记严肃地说：“因为唱山歌属于‘四旧’，《刘三姐》电影及戏剧，已经受到了批判，你们难道不知道吗?”

覃敬松据理反驳：“在《中华人民共和国宪法》里面，没有‘不许唱山歌’这一条啊！我俩为什么还要写检讨书?”

罗副书记哼了一下，说道：“毛主席教导我们，‘要破旧立新’，你们懂吗?如若再犯，后果自负。”

七　野草莓

5月下旬的一天，覃敬松、谢春牛与林三凤、农桃花碰巧都上中班。两对情侣相约一块到东南面的山岭玩耍。

清晨，他们迎着东方的朝阳出发。覃敬松拿着一根小竹棍兴致勃勃地在前面开路；林三凤与农桃花一边慢步行走，一边欢快地哼唱着红歌，不时地停下来，采摘各种颜色的山花；谢春牛背着一个旧挎包，慢悠悠地跟在最后面。

山坡上，生长着一棵高大挺拔的木棉树，翠绿的叶子旁结出了一个个木棉果。树枝上，两只小鸟一边跳跃，一边“叽叽喳喳”地叫个不停。

覃敬松刚走到半山腰，就发现有几丛野刺莓，莓子挂满枝头，一串串、一簇簇，有的红得鲜艳，有的红得发紫。他惊喜地大声喊道：“喂！三凤、桃花，你们快上来啊！这里有好多莓子!”

“哎！来了!”“哎！马上就到。”

林三凤气喘吁吁地走到一丛野刺莓旁，望着一颗颗或淡红或暗红的果实，迫不及待地伸手去摘。

“哎哟！”她触电似的把手缩了回来。只见她的右手指被枝叶上的小刺刺伤，伤口渗出一点血。

“三凤，怎么了？让我帮你摘吧。”覃敬松关心地说。

“不要紧的，小事一桩。”她说完把受伤的手指含在嘴里。

“我们来摘吧，你俩在旁边帮拿着就行了。”谢春牛说。

覃敬松摘了几颗莓子，刚想递给两个姑娘，忽然又把手收了回去。他笑嘻嘻地说道：“想要莓子，看看你们能不能对得上我出的题。”

眼看他张嘴就想唱起山歌了，林三凤急忙用手绢遮住他的嘴，说道：“上次的教训你都忘记了吗？还想写检讨吗？”

覃敬松“呜呜”想说话，林三凤还捂着他的嘴，有些恼怒地瞪着他。

谢春牛便出来圆场，说道：“三凤姑娘，我这里有好多莓子，桃花那儿也装不下了，你帮她分担一点吧。”说着，便拍了拍覃敬松，“敬松老表，你还记得我俩以前小时候吗？以前我们家中都穷，尤其在青黄不接时期，经常挨饿，只好到二塘街那边的土地山和八面山摘莓子充饥。有一次，你吃得太多太饱，肚子痛得嗷嗷哭叫，坐在地上耍赖，非要我背你你才愿回家。”

“胡说啥呢你！”覃敬松笑着转过身去推了谢春牛一把。两人哈哈笑着嬉闹在一起。

林三凤也别过头去偷偷笑了起来。

摘够了莓子，大家一路有说有笑赶回了工地。从此，再也没有人提起山歌这件事了。

八 夯歌

开挖核心墙的第三天上午，头塘公社的民兵，在泥坑中挖到两块大石头。一时半刻打又打不断，挖也挖不出，民兵们只好找来几根撬杠，试着用撬杠解决问题。

韦耀文与周欣各自拿一根撬杠，方城和黄品德共用一根撬杠。

“一、二、三！一、二、三！”方城一边用力撬，一边喊口令。

只听“咔嚓”一声响，一块大石头终于被撬了出来。

但第二块大石头位置比较低矮，大家只能蹲在约一米深的泥坑里劳作，当方城喊口令“一、二、三！”时，周欣由于用力过猛，加上手上一滑，重心不稳，头部一下子撞到石块，顿时鲜血直流。

其他人见状立刻停下手中的活，急忙把他送去医院就医。

出了这样的事故，大家愈加小心，

一周后，核心墙终于砌好了。为了加固，民兵们在墙边及坝基基面继续铺上泥巴，用夯具将松软的泥巴层夯实。

工地上，红旗招展，众夯会聚，夯歌不断，场面甚为壮观。

当时，民兵们每天的劳动除了挖、运泥巴之外，就是夯实泥巴。每个公社都有10到20个夯具，有的用木夯，有的用石夯。

我们头塘大队的民兵选择用木夯。这种木夯是用粗大、坚硬的枣树树干做成，夯身上装有四个铁环，环上系着很粗的麻绳。夯的两侧还有把手，底部镶着一块正方形铁板。

这种木夯需要五个人同时操作——四人同时拉绳提起夯体，一人扶夯使之保持平衡，利用自由落体和重力加速度的双重作用，夯体一起一落，夯过之处，松软的泥层就会变得平坦坚实。

一天上午，头塘大队的木夯由民兵连长黄国庆扶夯指挥，方城、黄品德、韦耀文、谭瑞麟等四人拉绳打夯。

只听黄国庆领唱：“同志们呐！”众合：“嗬嗨！”

领唱：“打起夯啊！”众合：“嗬嗨！”

……

休息时，韦耀文有些不解地问：“黄连长，为什么一边打夯一边唱夯歌呢？”

“唱夯歌，是为了在打夯劳动时，大家统一步调，用力一致。让打夯者的劲头更足，将泥巴夯得更加坚实。”黄国庆停了一下，继续说，“打夯时，如果四边拉绳的人用力稍有不均或不一致，木夯就会侧落，轻则在地上砸一个坑，重则有可能砸伤扶夯者的脚背。所以，五个人脚步移动也须严格保持一致，否则就会漏夯或打歪。高度协调的动作和力度，全靠夯歌来指挥。扶夯者兼领唱，就是指挥员。”

韦耀文听了点点头，微笑着说：“哦，我知道了。”

只听“嘭！嘭！嘭！嘭！”的打夯声，结合“嗨哟！嗨哟！”的夯歌声，汇成了一曲曲雄壮的交响乐。

九　劳动与生活（一）

从头塘大队到朔柳水库工地参加劳动的民兵，前后两批共有80多人。

水库工地实行8小时工作制，两班倒。白班从上午8时至下午4时；中班从下午4时至晚上12时。每天18时至凌晨1时有电灯照明。各大队自办食堂集体开饭，每天两餐。

没过几天，周欣伤愈出院，他毅然回到水库工地。黄国庆连长让周欣担任统计员，专门负责丈量泥土层、统计土方等工作。

“赤日炎炎似火烧，公子王孙把扇摇。”南方的夏季，天气十分酷热。整个工地三面环山，犹如一个大蒸笼似的。

白天，劳动的人们挥汗如雨；夜晚，天气稍微凉爽一些，但劳动的人们照样汗流浃背。

后来工地购入了一台压土机，代替了大部分的人力，连夯歌也不需要再唱了。

没过多久，工程指挥部为了调动大家的积极性，组织开展了一场劳动竞赛。

以各公社为参赛单位，以每月全大队总共挖、运泥巴数量，每人每月平均挖、挑泥巴数量即多少立方米为主要条件，评选出优胜单位。

在坝基旁，三面红旗迎风招展。红旗旁边竖立着“鼓足干劲，力争上游，多快好省地建设社会主义”白底红字的大型标语。其他地方也贴上各式有关的标语，各公社自立一块“板报宣传栏”，主要刊登工地快讯、好人好事、建设者文学作品等内容。工程指挥部的宣传栏则主要刊登劳动竞赛中的施工进度、工作总结、先进集体等。

“轰！轰！轰！……”六声炸响过后，工地上，人们车拉肩挑，你追我赶，好一派热火朝天的劳动场面。

为了消解劳作的辛苦，弥补不能唱山歌的苦闷，有时候工地上会有年轻的女文艺队员，手拿竹板给民兵们表演打快板：“哎！哎！同志们，红旗飘飘唱赞歌，打起快板听我说。这边一对新婚夫妻干得欢，那边父子两人上阵乐呵呵。还有兄弟姐妹同竞赛，父老乡亲来拼搏。上万民兵大会战，工地上，好人好事实在多！

实在多!”

十　疟疾

一天早上，韦耀文先起床，他向睡在对床的谭瑞麟轻声地喊道：“瑞麟，起床啦！太阳都晒屁股了。”

睡眼惺忪的谭瑞麟应了一声，便不再有动静。过了一会儿，韦耀文又催道：“怎么还不起来呀？要迟到了。”

只听得谭瑞麟说道：“耀文，我感觉越来越冷，你帮我拿毛毯盖上。”

“现在已经是6月了，怎么搞的，你还要盖毛毯？”

“真的，我的身体发冷。你快点儿帮我盖毛毯吧。”

“别开玩笑啦，快起来。”韦耀文走过去将谭瑞麟的被子扯开，看着他的样子觉得有点不对劲，用手摸了摸他的额头，不禁叫了起来：“哎呀，好烫手，你发烧了。”

“我去给你找医生。”说着，韦耀文找出一张毛毯，给谭瑞麟盖上。

“耀文，我还冷，再盖一床棉被。”

无奈之下，韦耀文又拿来一床棉被帮他盖好。

工地上，韦耀文找来工地医务室的张医生。经认真检查、诊断，张医生认为谭瑞麟得了疟疾——几天来，工地已发现了10多例发冷发热的疟疾症状。

张医生给谭瑞麟施了针灸后，拿出几付中草药，交代说：“煎药水服用，每天三次。”

此时，指挥部及工地上的高音喇叭里，女广播员开始普及疟疾防治知识：“同志们，下面播送防治疟疾的知识。疟疾又叫‘打摆子’，是由疟原虫经蚊子传播的一种传染病。疟疾的典型症状是定期发作，开始时发冷，往往要盖两三床被子，接着高烧。病人发热后，出大汗，体温渐退，浑身乏力，嗜睡，直至下一次发作……”

当天中午，莫祥英和张月芳得知谭瑞麟患病后便一起前来看望他。她俩各自捧着一小捆艾草和一小捆桉树叶走来，张月芳老远就大声打招呼：“喂！韦耀文、谭瑞麟两位同学，你们好哇!”

因为夏天挂蚊帐，空气会很闷热，所以谭瑞麟和部分男知青都不挂蚊帐，他说自己得了疟疾，只好自认倒霉。

张月芳笑着把艾草和小叶型桉树叶放在一旁，说："可以理解。这不，我们给你们带了这个。每天晚上用稻草伴烧艾叶熏烟，可以驱蚊。如果不烧艾叶，就在睡觉时将一些桉树叶放在床底下或宿舍周围，也能驱蚊。"

"平时适当吃一些大蒜及含有胡萝卜素的蔬菜，可有效驱蚊。"莫祥英此时正端着药水走进来，两位女同学继续传授灭蚊小技巧，"之前我们在田间地头干活，就是把桉树叶或柠檬叶的汁，涂在额头及手臂上，就没有蚊子叮我们了。"

"谢谢两位女同学。"他俩异口同声地说。

此时此刻，韦耀文趁机拿过谭瑞麟手中的纸片，说道："这两天你一直在写什么？患疟疾有感赋诗一首？哈，大家听我念：山间蚊子叫嗡嗡，又狠又多乱逞凶。战胜疟疾人奋战，驱蚊除害乐融融。"

韦耀文一边朗读诗句，一边做出滑稽的动作，逗得大家抚掌大笑。

十一　桃金娘酒

谭瑞麟病愈后，第一件事就是下班后跟韦耀文到附近的山坡摘野生的捻果。

他俩之前就想到要送捻果给病中时常来照顾自己的两位女同胞，所以各自摘了满满一挎包，也拿一些回工棚分给本大队的女知青和女社员品尝。

没想到两位女知青各自拿来一个肩垫，送给两人。

韦耀文一边谢谢，一边说："月芳，你怎么不吃呀？"

张月芳神秘地说："我要用这些捻果来酿酒。"

这种捻果酒，也叫桃金娘酒，具有补血、补气、止血止痢、孕妇安胎、预防孕妇贫血、通经活络、治疗神经衰弱等疗效。

站在一旁的莫祥英说道："月芳，我记得捻果酒好像是可以补气血，是孕妇安胎常喝的。"

张月芳笑道："孕妇可以喝，一般的人也能喝，因为它还有通经活络、治疗神经衰弱的作用。"

"真的吗？月芳，我也想酿一瓶，送给我家人喝，你可不可以教教我？"

"可以啊，我把方法写下来，到时候你照着做就可以啦。"

十二　“表哥”来信

几天后的一个下午，黄国庆连长给莫祥英捎来了一封信。

一旁的张月芳问：“祥英，信是哪里寄来的？”

“那还用说，家里来信呵。”

“不对，是海南岛的来信。”黄连长无意中插嘴说。

张月芳突然伸手把信件抢过来，她做了一下鬼脸，问：“祥英，快坦白交代，是不是白马王子的来信？”

“这，这，可能是我的一位表哥寄来的，他正在海南岛某部队服役呢！”她说完夺回信件。

回到女一班宿舍，莫祥英用毛巾擦了擦手，便把信拆开。

莫祥英同学：

您好！

我于1968年11月参军，来到广东省海南岛。我们新兵进行集中训练三个月之后，便正式分配到连队。

还记得我们参加学校文艺宣传队的日子吗？大家曾一起排练，一起演出。去年国际劳动节的全区中学生文艺会演中，我们的节目还获得三等奖呢！

虽然我们同级不同班，平时也很少来往，但你给我的印象十分深刻。

上个月，我从一位男同学的来信中得知，去年12月8日，你和大部分同学响应毛主席“上山下乡”的伟大号召，去到田阳县头塘公社插队锻炼。

为了解决全国七亿五千万人口的吃饭问题，你们到农村生产粮食，当一个有文化有理想的新农民，这是十分光荣的事……

好了，暂时谈到这里，下次再详谈吧。

请及时回信，告知你在农村的情况好吗？

祝你身体健康，学习进步！

广东省海南岛文昌县万号市

0148××部队五支队二分队五中队（转交）

同学：韦建国

1969年7月18日

看完信后，莫祥英的眼前不时闪现出韦建国的身姿与笑脸。

回过神后，莫祥英从挎包里拿出钢笔、信纸回信。

韦建国同学：

您好！

来信收阅，请勿挂念。到农村插队，我和同学们都要经过思想关、劳动关及生活关的艰苦磨炼。

今年3月初，生产队派我们知青及社员来到田阳朔柳水库工地参加劳动。

从来信中，得知你在部队的一些情况，我感到很高兴，也很放心。希望你在部队安心服役、保家卫国，争当一名“五好”战士，为党和人民立新功……

此致，握手再见。

广西田阳县朔柳水库工地

头塘公社头塘大队民兵连

同学：莫祥英

1969年7月28日

十三　上朔南山之恋

10月上旬的一天，九合大队土生土长的农村青年黄叶雄与何碧莲正有说有笑地漫步在南山上。

他俩都是去年高中毕业后同时回乡务农的，在乡村及水库工地的劳动中，两人渐渐地相爱了。

山坡上，他俩站在一棵较低矮的牛甘果树旁，兴致勃勃地选摘牛甘果。

她一边摘，一边关心地问：“阿雄哥，你在上个月说，要去报名参军，现在情况怎样了？”

“前几天已经进行身体初检及复检，我身体健康，所检项目全部合格。”他停了一会儿，接着说，“听讲，还要进行政治方面的审查。”

何碧莲鼓励他：“阿雄哥，你是共青团员，家庭成分又是贫农，政审应该没问题。部队是一所大学校，还是一个革命的大熔炉，我支持你，到那里学习文化，百炼成钢。”

十四　当兵

深秋的一天下午，吃罢晚饭，黄叶雄与何碧莲在草地上并肩而坐，西边的太阳渐渐落山，余晖伴着霞光映照在黄澄澄的小菊花上，花儿愈加艳丽多姿。天边的霞光，正映照在这对情侣的脸庞上。

夜幕降临，工地上的电灯亮了。点点灯光与天上的星光似乎连成了一片。灯光与星光下，上夜班的民兵们正在热火朝天地劳动着，好一幅夜战奇观。

过了一会儿，黄叶雄若有所思地说："阿莲妹，明天上午，我们新兵要到县人武部报到，下午还要集中开会呢。"

"太好了。明天我刚好上中班，我要去送你。"

这时，他有些忧虑地说："我这一去，少则三年，多则五年。阿莲妹，你等我吗？到时你还爱我吗？"

她含情脉脉地望着他，真诚地说："阿雄哥，你放心吧。不要说等三年五年，就是等十年二十年，我也要等到你复员回来。阿雄哥，我永远爱你。"

"阿莲妹，我也永远爱你。"他情不自禁地说。

"轰！轰！……"第二天上午，山腰上传来爆炸土方的6声巨响。人们拿起工具，在高音喇叭声中投入了紧张的劳动。

女广播员说道："伟大领袖毛主席教导我们，'兵民是胜利之本''发扬革命传统，争取更大光荣'。同志们，百育公社九合大队的黄叶雄同志，今天上午就要离开朔柳水库工地，前往人武部报到，光荣应征入伍。让我们祝愿他在部队为人民再立新功。"

另一边，百育公社一部分民兵纷纷到篮球场集中，欢送黄叶雄光荣应征入伍。

临别之际，何碧莲恋恋不舍地对他说道："叶雄哥，我送你一首诗作留念：'安心服役立新功，有志青年心最红。报效祖国民赞颂，家乡亲友记心中。'"

十五　劳动与生活（二）

秋高气爽画眉唱，山岭菊花迎客欢。转眼之间，乡村的秋收任务基本完成了。各公社又派来一批民兵，参加建筑朔柳水库大坝。

工地上，新来了5000多位民兵，原来搭建的草棚已爆满。百坡、百沙等大队的民兵被安排到附近村屯的队部和社员家里住宿。

为此，食堂人员也重新做了一些补充和调整。

我和陈猛潮专门负责找、劈柴火及其他小工。李桂芳、崔雪梅等负责一些辅工，刘大叔继续当厨师负责炒菜。

食堂人员除了做好本职工作之外，还要负责喂养两头小猪崽。同时他们经常抽空到山上，开荒种植几畦瓜菜与红薯藤，一来可炒菜食用，二来可解决猪菜的问题，为食堂节省开支。

知青们最喜欢到水库工地参加劳动，一来可与许多校友、同学在一起相聚；二来工分多，各生产队每天付给每人10个工分；三来工作比较简单，每天主要的劳动内容，均为挖、运泥巴；四来有集体食堂，一日两餐有人煮饭菜，不用操心。

这天的菜谱是：炒萝卜、炒京白菜、冬瓜丝汤。

炊事员李桂芳、黄桂芬各拿一个长柄饭铲给人们打饭。

坐在柴堆旁的韦耀文，正大口大口地吃着饭菜，不一会儿就吃去了一半。张月芳捧着饭菜走到他身旁，小声地说："韦耀文，我吃不了那么多，摊一些饭菜给你吧。"

"好的，谢谢你。"

张月芳转身离去，韦耀文感激地望着她渐渐离去的背影。这样的情景，并不是第一次，他不知道怎样感谢她为好。

一些社员也常因此打趣他道："韦耀文，你真有口福，而且还有艳福呢。"

韦耀文只是笑笑，不置可否。

到了大雪这一天，来自绿谷屯的11位知青，决定搞一次大会餐。

会餐上大家有说有笑，心情舒畅，像是过节一般。酒过三轮之后，张月芳从一个小布袋里拿出几包饼干，一边将饼干分发给大家一边不好意思地道："今天，是我的20周岁生日，只能用饼干代替蛋糕，真是不好意思。"

张月芳身材高挑，头上扎着两条乌黑的短辫子，那张鹅蛋形的脸庞，配上一双秋水汪汪的大眼睛，犹如一朵出水芙蓉。当她的脸上露出灿烂的笑容时，就显得更加漂亮、可爱。

席间韦耀文提议："各位，大家斟酒，共同干杯，祝张月芳生日快乐。"

男知青们举起酒杯，女知青们各捧起半碗汽水，大家杯碗相碰，随后一饮而尽。

这时有人提议道："下面，请张月芳为我们唱一支歌，请李志翎拉小提琴为她伴奏好不好？"

"好啊！"众知青异口同声答道。

张月芳站起身，清了清嗓子。她选唱用毛主席诗词谱写的歌曲《咏梅》，李志翎拉响小提琴为她伴奏，坐在另一旁的莫祥英和黎美雾也跟着哼唱起来。

歌声伴随琴声，在朔柳水库的崇山峻岭之间回响着。

十六　塌方

这天，覃敬松和林三凤正在悄悄地说着知心话。覃敬松恳求地说："三凤妹，我们明年春节期间结婚吧。"

"这，这，我们在经济、物质上还没有什么准备。"她停了一下，又说道，"其实在今年农历三月初八上午我们对歌时，已经说明了。那天，你和春牛哥唱着问，'阿哥何日娶妹回'？我与桃花妹唱着答，'水库完工再成双'。"

覃敬松恍然大悟，微笑着说："待到朔柳水库完工，开闸浇灌良田之时，就是我们两对情侣结婚之日。很有纪念意义，实在太好了。"

此时此刻，山坡上的鲜花，似乎在为情侣们开放；树枝上的鸟儿，也在为情侣们欢唱、祝福。

转眼间，劳动竞赛开展了三个多月。

一天下午，广播开始播送一篇工地快讯："同志们，根据统计报表和评比结果，在参赛的6个公社中，截至今年11月份，头塘公社获得优胜，百育公社获得第二名，田州公社第三名。希望大家再接再厉、力争上游，将革命进行到底。"

过了一会儿，高音喇叭播放歌曲《学习大寨赶大寨》。

只见在二塘大队的第一个采泥点，谢春牛正在挥舞着十字镐挖掘泥巴，覃敬松与另一位男民兵，拿着铁铲在稍低处将泥铲进泥箕里。

这时，覃敬松看到谢春牛满头大汗，主动接过谢春牛手中的十字镐，继续挖掘泥巴。

虽说是初冬，但艳阳高照，天气仍然十分闷热。几天来，人们汗流浃背，口干舌燥，但仍不畏艰苦，坚持奋战。

指挥部领导为了防止大家劳累过度，每隔一小时吹一次哨子，统一休息10分钟。

听到哨声，民兵们有的走到附近的树荫下休息，有的在工棚旁喝水。

此时，覃敬松与谢春牛直接蹲坐在采泥点下面，依靠着高悬的“仙人土”泥块遮阳休息。

过了一会儿，突然一声震响，一号采泥点上方悬空的“仙人土”瞬间倒塌。

人群顿时骚动起来，过了好久，大家才在烟尘滚滚的事故现场发现一位青年男民兵被埋在泥土里，另一位青年男民兵被泥土埋住了下半身。

人们惊醒过来后，马上开始抢救伤员。

在这次塌方事故中，覃敬松终因伤势过重，抢救无效而离开人世。谢春牛因右腿骨折被送往县医院抢救，后转送玉林市医院留医治疗。农桃花被派到玉林市医院护理受伤的谢春牛。

第二天上午，县革委会副主任兼人武部部长杨知昌等县领导乘车来到水库工地，调查事故原因和处理善后工作。

亲人悲痛欲绝，哭泣声惊动天地。父母亲“白发人送黑发人”，两老哭得死去活来。而覃敬松生前的老同周贵、黄哥等8位兄弟闻讯前来陪伴他的父母及其他亲人。大家纷纷安慰遇难者家属，劝亲人们节哀，多多保重身体。

第三天下午，人们在发生事故的山坡上掩埋了遇难的战友。

工地指挥部领导，覃敬松的未婚妻林三凤与其他的老同、兄弟姐妹，纷纷给覃敬松送上了花圈。

水库工程指挥部的领导及全体民兵，在一阵阵哀乐声中，怀着沉痛的心情挥泪向遇难的战友告别。

泪雨纷飞，亲人悲痛苍天叹！

英年早逝，战友长眠上朔山。

十七　爆破员

哀痛过后，工程仍要继续。为了加快坝首施工进度，工程指挥部决定增加三名爆破手，其中一名就是结实健康、勤快灵敏的韦耀文。

随后，三名爆破员被派去县人武部参加爆破班，学习有关爆炸器材的特点、作用、组合使用及安全事项等方面的知识。

学员们经过理论与实践考试合格，正式成为一名爆破手。当韦耀文领到“爆破员证”和“爆破操作证”后，兴高采烈地回到了工地。这样，爆破班六人分成两个组，每天安排放两次炮，从每次6响增加至每次12响。

1月下旬的一天上午，两位爆破员各自用一根长麻绳捆绑腰部，从东边比较陡峻的山顶吊下，两人配合用大锤、钢钎打挖孔洞。

爆破时可以根据导火索的长度估算引燃时间。按当时的条件和情况，一名爆破员每次最多可点4个炮眼。

放炮炸土方的时间一到，指挥员吹响长声哨子，全工地立刻开始戒严，民工们须站在指定的安全地带，不得随便走动。第二次吹响双声哨子，爆破员开始点燃导火索。大约过了10分钟，只听见12声巨响，被炸开的泥土和石块朝四处飞溅开来。在确定没有“哑炮”之后，指挥员再次吹响长声哨子，人们才纷纷走到各个采泥点。

但今天，大家只听到10声炸响。

“真糟糕。林副班长，有两处是哑炮。”韦耀文对蹲在一旁的林森说。

“哦，知道了。”林森停了一会儿，接着说，“小韦，你负责检查排除左边的哑炮。我负责检查排除右边的哑炮。”

出现哑炮可能是因为在安装时，泥土没能将雷管压实、固定，造成导火索与炸药接口接触不良或脱离。第二种可能则是导火索某部位因燃药不均匀而熄火。此外也会有其他的原因。

在倾斜的山坡上，韦耀文与林森认真地排查了一遍。随后，他俩在原来的炮眼处重新安装好雷管与导火索。

接着，他俩各自点燃导火索，几分钟后，只听“轰”的一声震响。

“林副班，还有一眼‘哑炮’未炸响。”

“嗯，知道了。”

稍过片刻，二人起身一起前去排除“哑炮”。当走到一半路程时，突然间“轰”的一声，只见泥土、石块向四处飞溅。

幸好他们当时离爆炸点还有一段距离，否则，他俩可能残废或直接成为烈士了。

眼看一块大石头飞滚而下，将要压到韦耀文的身上。在这千钧一发之际，林森飞跃上前，他一手挡住石块，另一手推开韦耀文，自己却被大石块砸伤手臂。

其余的人急忙走上山坡，搬开大石块，将林森背到工地医务所。

张医生将伤口包扎处理之后，立刻将林森送往县医院。

“嘟！嘟！”工地指挥员吹响哨子。“哑炮已经排除，警戒解除了。”

民兵们各自拿着铁铲、十字镐或挑着泥箕走上工地，投入到紧张的劳动中。

十八　回忆

头塘大队食堂的厨师刘大叔40多岁的样子，10年前因公负伤，右腿稍有残疾，走起路来一瘸一拐的。

刘大叔很开朗，喜欢跟我们闲聊，也常给我们讲述他当年在百色澄碧河水库参加劳动的情景。

“澄碧河水库比朔柳水库建设的规模大得多啦。”他给我们介绍：从1959年9月开始，分几批从百色的11个县抽调壮、苗、瑶、汉、彝、仡佬、回等7个民族的7万多名民工，来到百色市郊区永乐村参加澄碧河水库建设。

当年，人们也是靠人力和革命加拼命的精神建设水库，条件比今天还要艰难。那时候人们爱听的歌曲是《南泥湾》，说着说着，他就唱起这首歌来了。

一天下午，吃罢晚餐，刘大叔又和几位知青讲述当年在澄碧河水库劳动的情景。他有些沉重地说，当时田阳民兵团共有5000多人，团长叫张学文。张团长带领田阳民兵团分成白班、中班、夜班，日夜奋战，人人力争为建设澄碧河水库多做贡献。1960年第四季度的一天，虽说是秋冬季节，但天气晴朗。田阳县洞靖乡民兵连的几十位民兵正在永乐盆地西侧的山岭紧张地劳动。其中，有几位男民兵各自挥动十字镐，挖松已炸成堆的泥巴。有一位男民兵不知不觉地挖中一个哑炮的雷管与炸药，突然间，只听“轰隆！”一声巨响，10多人倒在血泊之中。众人将伤员急送医院，但还是有12位年轻的民兵因抢救无效，就这样离开了人世。

刘大叔沉重地哽咽着说：“我的一位新婚不久的表哥，从此离开了年迈的父母和妻子。”说到这里，他悲痛欲绝，洒下了两行热泪。

7万军民经过两年多的日夜奋战，1961年10月，基本建成澄碧河水库大坝、溢洪道等主体工程。

深秋时节，永乐山岭各色山花竞相开放、争奇斗艳。澄碧河畔，红旗飘扬，凯歌阵阵。在“噼里啪啦”的鞭炮声中，人们欢欣鼓舞、热泪盈眶，脸上露出了欣慰的笑容。

十九　欢度春节

还有几天，就要到春节了。

为了让建设者们在水库工地愉快地欢度1970年春节，6个公社的文艺宣传队，安排在春节期间的大年三十、初二、初四、初八、初十及元宵节轮流进行慰问演出与联欢活动。

同时，还组织了“朔柳水库杯”篮球赛，以各公社、各大队篮球队、知青篮球队为单位，按抽签及单淘汰的方式进行参赛，争夺冠亚军。

春节快到了，工程指挥部派人在附近西边的山腰上搭建了一个横跨道路、竹木结构的“凯旋门”。凯旋门上吊挂着四个自制的大红灯笼，灯笼上写着“欢度春节”四字。门两旁和顶部扎绑松枝松叶及山花，还用黄漆在红布上书写对联。

上联：身在朔柳，胸怀祖国，放眼世界，人人红心永向党；

下联：愚公移山，建设水库，浇灌良田，岁岁金稻喜丰收。

横额：改天换地，继续革命。

各公社的宣传栏，也贴出了内容丰富多彩的板报。

1970年2月4日中午，头塘大队党支书黄文武与两位社员搭乘一辆解放牌汽车，来到朔柳水库工地。他们代表本大队全体社员，送来了一头大肥猪和鸡鸭等慰问品。在水库工地过年的人员，每人分得两个大粽粑、四块糖米花。

第二天一大早，头塘大队的食堂外，传来了猪的嚎叫声。刘大叔手持尖刀，我与陈海潮在一旁帮忙，正在杀猪。

桂芳坐在一个炉灶旁添柴火，用大铁锅烧开水。食堂内，崔雪梅、黄桂芬与几位女知青正在忙着杀鸡宰鸭。

食堂内外及宿舍内外，人们笑脸相迎，好一派繁忙与喜庆的节日气氛。

许多知青远离家乡和亲人，第一次在农村度过了难忘的革命化的春节。

年三十下午，在工地营房头塘大队的食堂内，社员及知青们进行了一次大会餐。

竹排长桌上，摆放着香喷喷的扣肉、叉烧、白切鸡、柠檬鸭、糖醋鱼、炒青菜等。

大家围坐在长桌两旁，正在捧碗干杯，喝着米酒或汽水。

随后，有的人吃饭交谈，有的人互相敬酒。人们互相祝愿身体健康平安，祝愿来年风调雨顺、粮食丰收。

晚9点钟左右，在山坳临时搭建的舞台上，头塘公社文艺宣传队给大家演出文艺节目。

台上的演员边歌边舞，台下的观众不时地发出一阵阵掌声与喝彩声。

工地指挥部决定，大年初一、初二放假两天，初三正式开工。

大年初二上午，篮球比赛正式开始，直到十多天后顺利结束。田州公社龙河大队获得冠军，头塘公社头塘大队获得亚军，百育公社新民大队获得季军，知青联队获得第四名。

二十　“忆苦思甜”

2月下旬，连续下了一个多星期的霏霏细雨。道路崎岖，坑坑洼洼，汽车行走很容易打滑、抛锚，无法运送蔬菜、肉类等食物到达水库工地。在那里劳动的人们已经连续8天吃不到蔬菜和肉类了，只能吃一些大米粥和储备的头菜及萝卜干。

在农村的生活中，人们连续几天没有肉类吃已经习以为常。但如果连续几天没有新鲜蔬菜吃，反而觉得身体不舒服。

俗话说：“巧妇难为无米之炊。”一天上午，厨师刘大叔看见附近的红薯地，便灵机一动，叫李桂芳、黄桂芬和崔雪梅三位女炊事员到那些自留地里摘红薯叶。

他试做了两餐新鲜菜品：炒红薯叶，想不到，大伙觉得味道不错，蛮好吃的。

午餐及晚餐，除了炒萝卜干之外，厨师刘大叔又试做了炒野苋菜、炒白花菜及炒苦麻菜等菜品。

“昨天吃了两餐炒红薯叶，今天又吃两餐炒野菜，简直是吃忆苦餐。”谭瑞麟有些发牢骚似的说。

“我们不能说现在是吃忆苦餐。新中国成立前，农民们吃的是野菜拌米糠，我们今天还有大米粥、炒萝卜干及炒野菜呢！比旧社会好多了。”壮民反驳道。

坐在邻桌的周欣插话说：“当年红军战士二万五千里长征时，吃草根、树皮，还吃皮带呢。我们现在受这一点饥饿算什么呢?”

林建能站起身，风趣地说：“据我所知，适当吃一些野菜有益健康，可以起到清热解毒的作用。例如，吃白花菜还可以清肝明目呢。”

高个子陆择武也喃喃地说：“天天都下雨，要怪就怪老天爷。若是明天汽车能够把米粮、蔬菜和肉类拉到工地就好了。”

第三天上午，负责采购的汽车去县城的田州街拉运货物，刚走到下朔屯附近的下坡路段时，左后轮便陷进泥坑里，险些翻车。

这时，下朔屯正在路边田间劳作的几位社员看在眼里，急在心上，他们马上回村屯把具体情况告诉队长及其他社员。过了10多分钟，全屯几十位中青年社员纷纷前来帮忙。他们扛的扛，挑的挑，冒着风雨与严寒，赤脚走了几公里山路，终于把粮食、蔬菜、肉类等物品送到工地，解了燃眉之急。

粮食一到，工地上一片欢腾，大家不禁兴奋地高呼：“我们有饭吃了！我们有新鲜蔬菜吃了！我们有猪肉吃了！”

二十一　来信

3月初的一天上午，午餐时间到了。九合大队的食堂内，人们正排队打饭。

“何碧莲！何碧莲！”黄智连长走进食堂，他边走边喊。

“哎！在这儿。”她挥了挥左手答道。

“你有一封信。”他说完走上前两三步，把信件递给她。

她接过信件，感激地说：“谢谢黄连长。”

何碧莲急忙拆开信封，读起信来。

何碧莲同志：

您好！

伟大领袖毛主席教导我们，“没有一个人民的军队，便没有人民的一切”。我于去年11月离开田阳朔柳水库工地，离开家乡，来到福建省厦门市。我们新兵先要在这里集中训练三个月，然后才正式分配到连队。

在这里，我第一次看到了汹涌澎湃、无边无际的大海。

厦门和金门遥遥相望，近在咫尺。我们还被安排乘轮船前往鼓浪屿，进行军事训练呢！站在日光岩上，似乎可以望见祖国的宝岛——台湾。

碧莲同志，我在厦门守卫祖国，你在家乡搞好生产建设，我们共同的理想和奋斗目标，就是为了祖国的繁荣、昌盛，安宁与富强……

由于时间关系，暂时谈到这里吧。

此致

敬礼！

革命同志：黄叶雄

福建省厦门市××部队第一中队转交

1970年3月5日

吃罢午餐，何碧莲走回女一班宿舍，从布袋里拿出钢笔和信纸，坐在一张小凳子上，用另一张稍高的凳子当台桌，开始写回信。

黄叶雄同志：

您好！

最高指示：“备战备荒为人民”，“发扬革命传统，争取更大光荣”。来信于3月14日收到，得知你在福建省厦门市服兵役，我很高兴，也很放心。

记得我们在田阳百育中学读初中时，老师在课堂上讲到台湾历来是中国的领土；祖国大陆与台湾同根、同源，高山族是我们56个民族中的兄弟姐妹……

叶雄哥，你在部队要争当一名“五好战士”，紧握钢枪、提高警惕、防止国民党敌特分子搞破坏活动。

好吧，亲友们等待着你立功受奖的喜讯。

此致

祝您身体健康，学习进步！

广西田阳县朔柳水库工地、百育公社九合大队民兵连

革命同志：何碧莲 字

1970年3月14日

二十二　逮捕令

一天下午，水库工地上，林森与岑健完成了当天爆破土方的任务，他俩高高兴兴地回到宿舍。

刚休息了一会儿，林森的一位表叔就急匆匆来到工地，悄悄地告诉林森："你的堂哥在前天上午，到活旺河炸鱼时出了事故。小船被炸坏，他的右手臂及头部右侧不同程度地受伤，现已被转送到县医院治疗。听说医生已帮他做手术，拿出皮肤里的碎玻璃……"

第二天中午，林森手提一些水果，和表叔一起来到县医院。

外科住院部的一间病房里，堂哥正在床上躺着，他的头部、手臂等受伤部位都包扎着绷带。

病床旁，林森悔恨交加地说："阿木哥，是我害了你，我对不起你。"

"阿森弟，我不怪你，都怪我自己麻痹大意，手脚不够灵敏，这是老天爷对我的教训与惩罚。"堂哥林木坐起来，他苦笑着说，"还好，算我命大，只受一点轻伤。"

呆了片刻，林森沉重地说："阿木哥，你多保重，我要回工地了。"一边说着一边从上衣口袋拿出几十元钱，"阿木哥，这是我资助给你治疗用的80元钱，请收下吧。"

堂哥有些不好意思地接过钱，感激地说："阿森弟，谢谢你……"

半个多月之前，林森也因排除"哑炮"而负伤，幸亏只是一些皮外伤，没有伤筋动骨。他左手臂的伤口被缝了七八针。

林森对一些前来探望他的亲友乐观地说："我们爆破员随时都有可能因公伤残或殉职。我这次大难不残不死，真是不幸中的万幸。"

林森的伤口刚拆线便要求出院，乘车重返水库工地。休息两天之后，林森继续与韦耀文等爆破员一起负责放炮炸土方。

3月下旬的一天上午，一辆军用吉普车开到水库工地指挥部旁。三位穿着公

安制服的公安人员走下汽车，他们很快就找到了工地指挥部领导。

公安局凌群锋局长和黄指挥长互相打过招呼后，过了10多分钟，两位值勤民兵将爆破员林森带到篮球场旁。这时，许多上中班的民兵纷纷前来围观。

他们带来的是对林森的逮捕令。

原来，从1969年4月至11月期间，林森利用职务与工作之便，私自从朔柳水库工地将一定数量的炸药、雷管及导火索等爆炸器材偷偷拿回家给堂哥林木。堂哥再把部分危险物品转给一位名叫黄五的朋友，用来制造“土炸弹”，以便拿到江河炸鱼。

去年12月上旬的一天中午，当地男青年黄五独自划着小船到活旺河炸鱼时，因操作失误不幸发生事故，身负重伤，危在旦夕，经过急送县医院抢救，才捡回一条性命。

这种爆炸事件，危害了社会公共安全，触犯了法规法律。从安全角度来说，假如这些爆炸器材、危险物品落入坏人手里，那将会给国家和人民的生命财产造成巨大的危害与损失！

黄五出事之后，公安人员经过三个多月的追查，终于真相大白。当林森被公安人员押上汽车时，他流下了两行悔恨的泪水。

“嘀！嘀！”吉普车开动了，人们目送着汽车消失在弯曲不平的山路上。

二十三　林晓英

3月中旬的一天中午，头塘大队的食堂内，有的人正在排队打饭菜，有的人正在方桌旁吃饭。

这时，黄国庆连长拿着一封信走进来，他喊道：“林晓英！”

“哎！”她应道。

“你有一封信。”他接着说。

林晓英接过信件，走回女一班宿舍，她把信打开，信上写着：

林晓英同学：

您好！

来信收阅，请勿挂念。

去年12月初，生产队长派我和几位知青，去参加西津水电站的基础工程施工。西津水电站的建设规模比较大，自治区领导非常重视。

为了按期完成任务，人们的劳动十分紧张，每天三班倒，还经常加班加点。邕江河畔秀丽的风景与水电站工地热火朝天的劳动场面融为一体，景色更加壮观。

为了解决全国七亿五千多万人口的吃饭问题，我们愿意当新一代有文化、有理想的农民。你说对吗？

晓英同学，你那边的情况如何？请回信告知。如有机会，欢迎你前来横县西津农村及水电站工地参观游玩。

暂谈到此，下次再详谈吧。

此致

祝身体健康，生活愉快！

广西横县西津水电站西津公社民兵营第一连第一排

同学：周卫东

1970年3月10日

看完信后，林晓英从挎包里拿出纸和笔，开始写回信。

周卫东同学：

您好！

来信于3月18日收阅，请放心吧。从信中得知你的情况，我感到很欣慰。

去年12月初，我和本大队的30多位知青，被派到距离县城20多公里的朔柳水库工地参加劳动，虽然该水库的建设规模稍小一些，但县领导十分重视。

我们每天8小时工作，两班倒，劳动不太紧张。三个多月来，我觉得水库工地每天的工作很简单，集体食堂开饭，不像在生产队里干活那么麻烦，我比较喜欢这种单调而热闹的劳动与生活环境……

好了，就写到这里吧，以后如有时间，我一定登门拜访。

此致

顺祝安康、进步！

广西田阳县朔柳水库头塘公社头塘大队民兵连

同学：林晓英 字

1970年3月18日

说到林晓英，1968年8月她从广西教育学校毕业，这一年刚满22岁。新中国成立前，她的家庭成分为民族资本家。“文化大革命”开始不久，她的父亲被打成“坏分子”，还被红卫兵戴上高帽游街。其“罪名”是：他在新中国成立前压迫、剥削工人群众，是一个榨取工人的大资本家。后来，他的父亲被押送到宾阳农场劳动改造。

周卫东的父亲原是南宁市轻工业局干部。1966年下半年，他的父亲被当作“走资本主义道路的当权派”揪出来，很快就被关进牛棚里，还被造反派红卫兵戴上高帽子批斗游街，现已被押送到南宁市郊区的“五七干校”劳动改造。

看完信后，周卫东身材高大、相貌堂堂的模样出现在她的脑海中。1969年3月初，他欢送各位同学去百色地区田阳县插队后，当年4月份就按照母亲的志愿，到母亲的家乡——横县西津公社西津大队插队落户。

这时，林晓英心想：我俩都是家庭有问题的“可以教育好的子女”，是一对同病相怜的天涯苦命人。

二十四　抗击洪灾

百育公社新民大队与玉凤公社朔柳大队一带，群山逶迤，连绵起伏，山间林木茂盛，属桂西北部泥山地区。当地夏秋多雨，时有山洪和泥石流等自然灾害发生，致使房屋倒塌、人员伤亡，造成重大的经济损失。

去冬今春，工程指挥部领导采纳技术人员的建议：在4月下旬汛期之前，预先做好防洪准备。第一，安排百育公社的部分民兵，提前开挖排洪沟渠，以便将洪水引向下洼屯附近的小河溪流。第二，安排头塘公社的部分民兵，负责大坝中段迎水面下方的排水通道的施工，使洪水能迅速从坝底暗道排泄。第三，安排田州公社的部分民兵，负责大坝下部的迎水面垒砌大石头，预防大坝基础被洪水浸泡冲击。

6月中旬，老天爷像发疯似的连降暴雨，造成洪灾横祸。

一天黎明时分，上朔屯附近的西山及北山突然暴发山洪。洪水来势凶猛，这是黄指挥长和技术人员没有料到的。只见一股股浑黄的浊流从各个山口咆哮而来，像受惊的马群乱蹿乱跳。大坝东北面的山坳及低洼处顷刻间变成一片汪洋。一些粗大的树干，伴着细嫩的枝丫及乱七八糟的柴草等杂物，在巨浪浊流中呜咽且拼命地挣扎着……

当时主要通过大坝中段底部的导流涵管，将这些汹涌而来的洪水迅速地排入西南面低洼的山谷及渡槽水渠中。在进水口与出水口处，不时发出“呼哗，呼哗”震耳欲聋的啸声。过了不久，啸声骤然降低，像被卡住喉管的人发出垂死的呜咽。

原来，当天早晨，上朔屯的山崖与山腰处有一棵树木被泥石流及洪水连根拔起冲下山脚。这棵树连带残枝败叶被洪水冲到坝首附近的水域。其中有两棵枯枝横在导流涵管前面，致使涵管无法泄洪，水流回环形成漩涡。

望着洪水的水位不断上涨，值班的技术员陈坚强心急如焚。他心想：“万一让洪水漫过刚刚建成三分之二高的坝顶，后果将不堪设想。不行，我得马上去向黄指挥长报告。”

几天来，指挥部领导及技术人员昼夜轮流值班，随时观察，认真监测暴雨、山洪及汛情。

此时，天刚蒙蒙亮，小雨还在下，黄健衡指挥长带领各公社、各大队领导，穿着雨衣、蓑衣或撑着雨伞，冒着风雨从左边斜坡登上大坝。

“报告！黄指挥长，闸门位置的导流涵管大部分被树木及杂草堵塞了，必须尽快派人排除险情。”

“哦，知道了。我刚才已经叫头塘大队领导派10多位熟悉水性的男民兵去解决这一问题了。”黄指挥长说完，便和黄副指挥长走到大坝中段，凝望着洪水。

“报告！黄指挥长，流往下洼河溪的排洪沟被树干与杂物堵塞了。”罗曜东技术员也跑过来，气喘吁吁地说。

“嗯，知道了。”黄指挥长停了一会儿，对身旁的黄炳谋副指挥长说，“这样吧，黄副，你和罗技术员一块，带领百育公社的民兵，前往排除、解决问题……”

在头塘大队的食堂里，黄国庆连长做了抗洪抗灾的动员工作，并确认我们几个识水性的人员后，安排会游泳的男民兵去大坝中段报到，由陈技术员指挥下到水中排除导流涵管堵塞的问题。不会游泳的男女民兵在岸上协助帮忙。他说：“不论在水中，还是岸上，请大家注意安全。食堂炊事员煮好两桶姜糖水送到大坝上。大家做好准备后马上出发！”

雨停了，天亮了，太阳出来了。在陈坚强技术员的指挥下，经过约两个钟头的轮番奋战，终于将堵塞在导流涵管前面的树干、枝杈及杂草等乱七八糟的东西拖走。

当洪水从导流涵管呼啸着排出，水位开始渐渐下降时，人们的脸上露出了欣慰的笑容。

然而，就在大坝前面洪水左侧岸上，燃烧着的一堆柴火旁，人们正在抢救一位男性溺水者。

事情的原因是这样的：当天上午，头塘大队两批下水作业的男民兵在岸上人员的配合下，已成功将几根树干拉到岸上。眼前就剩下最后一根较粗大的树干了。

曾祥瑞与我分别系上安全防护绳，再次潜入水里，各自用麻绳捆绑好树干，以便让岸上人员从右侧岸边将树干等堵塞物拉走。

一段时间后我浮出了水面，四处张望并大声呼喊："曾祥瑞！曾祥瑞！"可连续喊了几声，都不见曾祥瑞回应，也不见他的身影。

我急忙叫地面人员拉紧曾祥瑞腰上所系的安全绳。随后，我又潜入水里找到曾祥瑞，解开被树杈卡死的绳子，奋力将他救上岸……

幸好，当天黄所长与一位护士正背着药箱一直在大坝工地巡诊。听见呼救声，黄医生与李护士急忙赶过来抢救溺水者。

黄医生让两位男民兵双手相牵，叫另两位男民兵把曾祥瑞卧姿横向放在相牵的手臂上，将其脸部朝下，头部放低，并将他的肚子来回抬高、震压，使体内的水从口鼻倒流出来。稍过片刻，吸进肚里的水很快吐了出来。

林晓英也闻讯赶过来，她和黄桂芬、李桂芳哭了一阵，也劝了一阵。

与此同时，医务室内黄医生也在为曾祥瑞进行人工呼吸和针灸治疗，希望能将人救治过来。

10多分钟后，一辆汽车缓慢地驶离医务所门口。

医务所外，人们怀着沉重的心情，目送着汽车渐渐地消失在遥远的天边……

二十五　痢疾

6月下旬，根据指挥部领导的安排，头塘大队抽调一个排的民兵参加水库大坝左侧西南面的排洪泄洪沟槽的施工。

一天上午，泄洪沟槽施工现场。头塘大队的民兵有的挑运水泥、沙石原料，有的搅拌水泥混合料。还有两三位民兵，各自拿着批刀或砖刀，批挡水泥表面。

当时，工地上还没有搅拌机，全靠人工搅拌水泥混合料。

上午9点多钟，张健雄、梁中骅、陈志坚、袁健新、林晓英、林紫燕、梁丽芳等10位知青，各自拿着铁铲或锄头，按照1包水泥、2担河沙、3担鹅卵石的比例，捞制水泥混合料。

梁中骅自告奋勇地充当指挥，介绍道："第一步，先将水泥与河沙按比例干捞搅拌均匀。第二步，在已拌料的中间围堂，加水两三桶，拿工具进行搅拌。第三步，按比例加进鹅卵石，拿工具搅拌均匀就行了。"听罢，大家依言行动，干得极欢。

过了两三分钟，袁健新支吾道："哦，我，我要去解手……"说完将铁铲放在一旁，急不可待地离开了。

"小袁今天上午都去方便3次了，真是'懒人屎尿多'。"张健雄扶了一下眼镜架，开玩笑地说。

稍过片刻，站在一旁干活的陈志坚直起身子，也有些不好意思地说："各位，我也要去方便一下，今天我已方便了3次，没办法，我也是'懒人屎尿多'啊。"说罢放好锄头，急忙前往厕所报到。

工地医务所内，黄医生正在为袁健新诊疗。

此时，陈志坚走进医务所，他与另两位男病号坐在一旁排队等候。

袁健新有些不解地问："黄医生，我为什么会拉肚子呢？"

黄医生耐心地解释说："你患的是细菌性痢疾。这种病多发生在夏秋季节，主要是吃了痢疾杆菌污染的食物或水而得病的。其中，污染粪便的脏手和苍蝇，对传染本病起到一定的作用。"

随后，黄医生拿出银针为袁健新针灸天枢、气海、足三里、下脘、关元等穴位。

针灸完毕，李护士递给袁健新两包草药，交代他说："用水煎服，日服三次。"

过了一会儿，指挥部及工地上的高音喇叭里传出女广播员的声音："同志们，伟大领袖毛主席教导我们，'动员起来，讲究卫生，减少疾病，提高健康水平'。洪水退后，半个月来工地上已有40多人患上细菌性痢疾。希望大家搞好预防疾病的工作。第一，不喝生水，不吃不洁食物，饭前便后要洗手。第二，加强水、粪管理，积极消灭苍蝇，防止苍蝇传播病菌……”

再说，曾祥瑞因溺水被送进县医院留医治疗已有一个星期了。

一天中午，曾祥瑞病愈出院，回到了朔柳水库工地。

头塘大队营地的男宿舍内，许多男女民兵前来问寒问暖，关心他的身体情况。

我走进宿舍门口，老远就打招呼：“曾猴哥，你好哇！”

“杨戬弟，你好！”

“曾猴哥，多日不见，我们很想念你呀！”我说完上前几步，和曾祥瑞亲热地握手，随后拥抱在一起。

曾祥瑞感激地说：“杨戬弟，我溺水的那一天，谢谢你和医护人员救了我的生命。我还要感谢领导，感谢同志们对我的关心和爱护……”

胖哥梁中骅和眼镜张健雄一起帮曾祥瑞绑挂蚊帐。眼镜张打趣地说：“曾猴哥，那天中午，我以为你要成为革命烈士，我们再也见不到你了呢。”

“我还不够资格成为革命烈士，马克思还不要我哩。”曾祥瑞笑着回答。

站在一旁的男社员黄为民接着说：“祥瑞哥，那天抢救你的时候，我看到林晓英为你哭泣了。一些女知青和女社员，她们都担心你，还虔诚地为你祈祷许愿呢。”

二十六　上朔东山之恋

当年，一些公社、大队根据各自的劳动力情况，农闲时派人前来水库工地参加劳动，农忙时又将部分劳力抽调回生产队，参加春耕春插、夏收夏种。

1970年3月3日上午，黄国庆连长通知，除了韦耀文留在爆破班之外，绿谷屯的知青全部返回本村屯参加春耕春插。直至夏收夏种完成之后，部分知青才重返水库工地。

临行前，张月芳找到韦耀文，向他辞别。她叮嘱他注意安全，鼓励他努力上进。他也嘱咐她要保重身体，因为身体是革命的本钱。

不论在农村的田间地头，或者在水库工地上，凡是有男女青年的地方，就会产生纯洁、真挚的爱情，插队知青也不例外。

转眼间，夏收夏种“双抢”任务基本完成了，1970年9月上旬的一天下午，张月芳、黎美雰、谭瑞麟等知青再次来到水库工地，继续投入到紧张的劳动当中。

韦耀文得知消息之后，找到了张月芳，约她傍晚散步。

夕阳西下，他俩沿着溪边芦苇丛及野菊花盛开的小路，有说有笑地走上东面的山腰。

他在树上吃了几个又大又熟的鸡果，然后摘了几个半生不熟的装进衣袋里。随后，他爬到树下。吃够了鸡果，他俩便在树旁的草地上并肩坐在一起。

“耀文，生产队派社员在今年3月份帮我们知青盖好了一栋12开间的平房，每人1间，我和其他姐妹已经搬进去住了。”张月芳说道。

韦耀文笑着说：“好哇，我们大家都有新房住了。”

“近来你们爆破班工作忙吗？顺利吗？”她关心地问。

“不算忙，也比较顺利。但每天爬山打炮眼、安装爆炸物品，然后点炮放炮，十分麻烦。”韦耀文说，“如果以后能够搞一个利用电钮开关引爆的装置，那该多好啊！”

张月芳又道：“根据最近报刊资料介绍，有一位在北方插队的专门管理麦田水闸开关的男知青，发明了定时间、远距离自动控制水闸开关的装置。之前生产队队长还以为他懒惰不出工，整天躲在宿舍睡大觉，对他严厉地批评了一顿。结果，发现他是一位人才！后来，听说这位男知青被中央直属的国防军工单位破格录用了。”

“我要是也能设计出一种定时间、远距离控制、定方向的爆破设施就好了。”他有些无奈地说，“嘿！可惜，我只是一个高中毕业生。”

“刚才我讲的那位男知青，他也是高中毕业生。”她鼓励道，“耀文，你要向人家学习嘛。”

过了一会儿，韦耀文拿出随身携带的口琴，他深情地吹奏起歌曲《红军战士想念毛泽东》。

张月芳和着曲调小声地唱了起来。

“抬头望见北斗星，心中想念毛泽东，想念毛泽东。困难时想你有力量，胜利时想你心里明……”

晚风吹拂，花果飘香；星灯辉影，歌曲悠扬。朔柳水库工地上的夜晚，是多么令人难忘啊！

二十七　再见吧！朔柳

1971年元旦刚过不久，朔柳水库大坝总高度已完全达到图纸设计的技术要求，大坝坝首封顶了。

一天上午，天气晴朗，春风吹拂；红旗飘扬，山花灿烂。人们的脸上露出了欣慰的笑容。大坝坝底平地临时会场上，各公社、大队的参会人员列队进场，席地而坐。

黄健衡指挥长及黄炳谋副指挥长等领导在主席台上坐着。

讲台旁，技术员陈坚强正在调试扩音机音量："喂，喂，喂！准备开会了。"他停了一下，对着话筒说道："田阳县朔柳水库坝首封顶祝捷大会现在开始。首先，燃放鞭炮。"

一阵鞭炮响过后，主持人陈坚强宣布全体起立，高唱《东方红》。

待众人起立后陈坚强双手做好打拍子的姿势，发音领唱道："东方红，预备唱！"

众人："东方红，太阳升，中国出了个毛泽东。他为人民谋幸福，他是人民大救星……"

歌毕，主持人宣布请黄健衡总指挥讲话。

一阵热烈的掌声中，黄总指挥对着话筒说道："同志们，经过将近一万名建设者的努力奋斗，今天，朔柳水库大坝终于封顶了！这说明我们的工作取得了很大的胜利。两年多来，水库工地涌现出一批团结互助、积极肯干、吃苦耐劳的先进分子和劳动模范，大家为水库建设出力大干、流汗流血，有的同志甚至献出了宝贵的生命。同志们，我们要继续发扬'红七军'先辈们的革命精神和光荣传统，争取更大的、最后的胜利。向同志们学习，向同志们致敬！"

接下来是黄炳谋副指挥长讲话。

一阵热烈的掌声中，黄副指挥长说道："两年多来，我们完成了朔柳水库的勘测及设计任务，完成了前期基础施工和大坝坝首封顶的任务，取得了较大的成绩和胜利，这是全体人员的光荣和劳动成果。朔柳水库的后期收尾工作仍然很艰巨，仍然有许多困难需要我们去克服。从上个月开始，我们已分期逐步撤退了一些公社的部分人员，计划只留下八百多人，组成两支精干的施工队伍。力争在1973年1月底之前全部完工，开闸放水，浇灌良田。”

据知，朔柳水库全部竣工，开闸放水之后，除了灌溉朔柳大队的3000多亩良田之外，还给位于新民大队的下洼水库补充水源，扩大灌溉面积。

在一阵《大海航行靠舵手》的音乐声中，大会结束了，人们纷纷离开会场。

散会后，吃罢午餐，黄国庆连长根据大家的意见，交代刘大叔与其他的食堂人员将两头约200斤重的大肥猪杀掉，搞好菜品，晚上全体民兵大会餐，庆祝水库大坝封顶。

当天下午，爆破班也随之宣布解散。全班只留下岑健和黄小勇两名爆破员，主要负责协助爆破大型石块等任务。

两天后的一天上午，吃罢午餐，头塘、那坡、那满等三个公社的民兵，全部撤离水库工地，返回各自的村屯。

一路上，大家有说有笑。当天下午，夕阳渐渐西下，小船仍然漂游、穿行在风景秀丽的湖光山色之中。

这时，坐在第一条小船的张月芳唱起《铁道游击队》电影插曲《微山湖上》。韦耀文欢快地吹起口琴伴奏。几条小船上的民兵情不自禁地跟着唱起来。

“西边的太阳快要落山了，微山湖上静悄悄。弹起我心爱的土琵琶，唱起那动人的歌谣……”

百色市右江灌区简介：

右江灌区是百色市最大的水利灌溉工程，是广西11个大型灌区之一，设计灌溉面积32.56万亩。灌区以百东河水库为龙头，龙须河水库、磺桑江引水工程和28座小型“结瓜”水库自然灌溉为主，以凤马、二塘等6处电力抽水站提水灌溉为辅。灌区现有百东河、龙须河、磺桑江三条干渠，总长78.815公里。其中：百东河干渠46.035公里，设计流量13.8立方米每秒；龙须河干渠7.14公里，设计流量4.6立方米每秒；磺桑江干渠25.7公里，设计流量3立方米每秒。灌区支渠总长241.10公里。

“多种经营”

一　回访故乡

2010年11月13日上午，400多名知青来到田阳县头塘镇参加“回访第二故乡”活动。

听说，当年在头塘大队绿谷屯插队的知青陈彬于1995年1月辞去南宁市金属公司的工作，回到田阳县头塘镇创办了一个中型养猪场，还带动了村里的大部分村民发家致富，因成果显著，受到了上级有关部门的表彰。

11月14日上午，广西电影制片厂的美工师陈耀功用摄像机拍下了周欣、葛勤、王平安、壮民等知青参观、采访陈彬养猪场及回访村屯的过程。

当年曾在绿谷屯小型养猪场担任第一任饲养员的陆择武，握着第二任饲养员陈彬的手，他感慨地说：“小陈，想不到你又搞回老本行。真是‘三百六十行，行行出状元’啊!”

“哪里，哪里，这叫形势所趋，抓住机遇嘛。”陈彬也谦虚地说。

站在一旁的王平安若有所思地说道：“陈场长，你创办养猪场，一来有利于自己，二来有利于村民，三来搞活与繁荣市场经济，这叫作一举三得啊!”

大家寒暄了许久，也问了许多创业过程的故事，陈彬一再邀请老朋友们到家里做客、吃午餐。

但因为行程很紧，大家只好跟他握手言别了。

临别时，大家衷心地向陈彬祝福，祝福他万事如意，事业辉煌。

二　头塘联队社员大会

1969年3月5日傍晚，在拉塘屯大树脚旁的晒谷场上，正在召开头塘第三联队全体社员大会。

开会之前，为了活跃会场，联队指导员邓创业安排知青们先表演几个文艺节目。然而知青们并不知道这次会议的内容，只担心是不是又要开始批斗谁、整顿谁，坐着的人不舒服，就连唱歌表演节目的人都走了几个调。

直到黄支书拿起稿子，把政策念了一遍后，大家才知道，原来是要搞村屯企业，多种经营，所有的人这才松了一口气。大队决定建立一个砖瓦窑、一个木材加工场，兴办种菜组、养猪场和榨油坊。此外，大队除了种植稻谷、玉米、红薯、黄豆外，还要搞一些养殖等其他副业。与这些企业有关的组长、场长及组员，基本上确定下来了。

多种经营的活动就这样展开了。

三　榨油坊

榨油坊主要是榨花生油，当年的花生油就是热门的食用油了。

自从成立人民公社以来，每年的7月下旬至10月下旬，榨油坊就进入了最热闹、最忙碌的时期。从早至晚，榨油坊里一直飘溢着阵阵鲜浓的油香。

当时整个联队种出来的花生，都可以自行榨油，自行分配食用。榨油机还可以借给其他村屯来用。这样一来可适当收取一点辛苦费，二来又可赚取剩余的“花生麸”。这些经第二次榨油后剩下的“花生麸”，是喂猪的上等饲料。

榨季一到，联队队长刘兴隆便开始指派人手到榨油坊劳动。

7月28日上午，王平安、欧泳康、葛勤、潘山等六位男知青前来榨油坊报到。坊长叫黄毅，是个乐呵呵的中年农民。

安排工作后，李志翎与林建能便开始上班，其他四位知青则一同上中班。社员方大叔在榨油坊工作了几年，他将指导新人榨油。

方大叔向李志翎和林建能解释道，首先，花生需要摊放在烘炉顶面的竹席上，随后在炉灶里加柴生火，用炭火慢慢烘，这期间要不断翻动花生，使花生均匀受热。等到壳内的花生仁，不断地窜动并发出响声就可以出炉了。

第二步是将这些烘干的带壳花生，用大石碾来碾压，这个活一般需要两个人，一边推动碾轮，一边要及时地把底盘外的花生刮扫到碾轮底下。

碾压后的碎花生，就可以用风车来吹。较轻的花生壳及花生衣，会被风力吹出风车外面，而花生仁，则会从出料槽掉进箩筐内。

吹干净的花生仁，就可以用卧式杠杆舂具来舂制。被舂成粉粒的花生仁，需要用旺火蒸一个多小时，等到蒸粉能用手指捏出油时就可以熄火、起锅了。

接着，趁热将蒸粉舀进竹篾圆箍里，再用木槌捣舂，将两边舂压成龟背状的花生箍饼。待花生箍饼放凉之后，工人们将箍饼竖着放进“卧式榨油机”的柱形圆孔内，在箍饼左侧再装进两块外径比篾箍内径稍小的厚垫板和一副木桩。

最后，就需要人力来击打木桩了。

在人力的捶打下，花生油会从榨机底部的出油口流出来，一股香味飘出来，沁人心脾。

在接通电源之前，榨油坊每天开榨两次花生油。

翌年1月份，村屯接通了电源。榨油坊有电之后，购买、安装了花生烘干机、粉碎机等设备。这一年榨季，工作效率提高了，每天可榨油三至四次。

每年榨季，前来榨油坊参加劳动的社员及知青，生产队付给每人每天10分工分，同时免伙食费。所以，虽然每天的劳动比较辛苦，但大家乐此不疲。

四　青菜组

1969年3月10日，头塘联队成立了一个青菜组。在钦社屯右后侧的鱼塘旁划出9亩旱地，专门种植各种新鲜蔬菜。除了本地社员吃用之外，还运到田州街供应城镇居民。

青菜组共有3人。一天上午，黄宝营和杨昌平正在淋菜，背着一个喷雾器的黄菊花，右手拿着胶管喷嘴，左手一下一下地摇动着摇杆，正在给一畦青菜喷洒农药。

挑水淋菜也是苦力活，干完后，黄宝营和杨昌平就坐在鱼塘岸边的一棵相思树下休息。

杨昌平说道：“黄组长，我们用的水桶最好改装一下，每个水桶要安装一个茶壶嘴。这样就可以一边挑粪水一边施肥或者是一边挑塘水一边淋菜。”

“这个主意不错！中午收工后，我们去和木工师傅商量，让他在两对水桶上安装壶嘴试用。”黄宝营赞同地说。

没过两天，茶壶式水桶就做好了，打水、背水和淋菜果然容易了很多。

在他们的经营下，菜地里一畦畦各种各样的蔬菜长势喜人。

到了冬季，北方已是千里冰封，万里雪飘之时，南方还是树木葱绿，蔬菜青翠。

杨昌平很关心青菜组种植蔬菜的品种与发展情况。

他之前已经提前写信，叫几个在北方工作的亲友帮忙买了10多种优质、高产、适合冬天种植的蔬菜种子。

当地农民会在自留地里种植京白菜、包心菜、萝卜、豆角等，但这些蔬菜的产量一般较低。

杨昌平收到蔬菜种子后，向组长提出增加品种的建议。

组长采纳了这个建议，打算每样都种上一两畦试试。

俗话说：“人勤泥土变成金。”经过一段时间的辛勤劳作，起初所有蔬菜的长势都相当不错。但是到了开花、结果时，却不是每种蔬菜都尽如人意了。

而且，农业是一半靠人一半靠天。田阳县属于桂西地区，时有霜冻天气出现。由于没有提前采取相应的保暖与防护措施，一部分蔬菜所挂的果实数量较少，甚至还有不少瓜秧、菜秧被冻死了。

正月十五后，天气逐渐暖和。2月下旬的一天，人们还穿着单衣上班、干活，第二天气温突然骤降，出现了罕见的霜冻、倒春寒的天气，大地一片白茫冰凌。这对于蔬菜尤其是反季节蔬菜来说，无疑是一个致命的打击——大部分农作物都被冻死了。

第一年的种植冬菜，最后以失败告终。

五　聚会

在当地农村，有着未婚的青年女子轮流“做东”组织聚会的习俗。每年到节日的时候，“做东”的女子就会召集本村及邻村的部分未婚青年前来参加聚会。

聚会这一晚，“做东”的女子会把家里的前、后门及窗口都打开，男女青年们可以自由出入，到她的家里喝茶、聊天。参加聚会的人也不需要携带任何礼物。

这一年三月初八的傍晚，几个南宁男知青吃罢晚饭，洗澡更衣之后，跟着几个社员来到了钦社屯黄菊花的家门口。黄菊花的家里已经有几位农村青年男女在相聚交谈了。

黄菊花和另一位村姑正从一个隔间里捧着托盘出来，见到他们立刻热情地招呼道：“知青哥哥，欢迎你们，请喝一杯茶。”

“谢谢！”大家异口同声地说道，鱼贯而入。

喝了两口茶，有人便开始欣赏起台桌上摆放的各式“中国结”和墙上挂着的照片。

墙上有一张放大的集体照片，是黄菊花五年前参加第三届广西人民代表大会时和代表们的合影。还有一张照片，是自治区领导韦国清、覃应机、伍晋南等同志接见参会代表的合影，当时黄菊花就站在韦国清的身旁。

看到有人对这张照片很感兴趣，黄菊花便兴致勃勃地告诉大家，在会议期间，自治区领导韦国清上将曾给他们做了一场报告。

韦国清上将曾参加百色起义，抗日战争等，立下了赫赫战功。他的事迹，她说了整整一晚。

最后，她说：“我能够代表田阳壮族女社员到南宁参加开会，这是我一生中的光荣。”

这几位男知青原本只是想凑凑热闹，见识一下当地的风俗。不曾想到，因黄菊花的相貌与杨昌平曾爱过的一位高中女同学极为相似，导致了杨昌平对黄菊花的暗恋。

六　木材加工场

木材加工场位于拉塘屯村尾，是头塘大队集体办的一个小型企业。该加工场共有5人，由青年男社员罗力担任场长。

榨油季过后，刘队长又安排李志翎与林建能到木材场参加劳动。

刚走进场内，罗场长就欣喜地迎上前，表示了对他们的欢迎。罗场长说："你俩来的真是太好了，我们这里很缺人，别的就不说了，来来来，先过来看看如何拉大锯。以后你们还要学使用锯子、刨子、凿子这些木工工具。"

村尾的一棵大榕树旁，已搭好一个竹木结构的支撑架。一根大木头倾斜地固定在架子中间。

罗力从木梯爬到支架上，与地面的黄大哥互相配合拉大锯、开木板。两人一上一下使劲地拉动长锯，锯片在木头的夹缝之间移动，不时发出"嚓嚓、嚓嚓"有节奏的声音。

过了不久，汗流浃背的罗力与黄大哥，终于锯开了一块平整的木板。

李志翎很有眼力，不待罗力指挥，他就招呼林建能一起，将已锯出的木板抬到木板堆上叠放好。

转眼间，两位师傅又锯出了几块平整的木板。

看了一会儿，李志翎走过去颇有礼貌地说："罗场长、黄师傅，两位辛苦了。你俩休息一下，让我俩接手代劳吧。"

罗力站在支架上，他笑了笑："不行。干这种活儿不光要有力气，还必须有一些窍门与技术。不然的话，开出来的木板会歪扭弯曲不平直。"

说完他想了想，最终还是说："好吧，你在下面接替黄师傅，我继续在上面，双方配合好才行。"

"哎，好。"李志翎搓了搓手，接过黄师傅手中的长锯的手柄，在黄师傅的指导下，一下一上有节奏地拉动着。

"嚓嚓、嚓嚓"，耳畔不时传来拉大锯开木板的响声，好像两人正在合奏一曲劳动号子……

第二年1月中旬，村屯接通了电源。过了几天，采购人员从南宁市买回了一台大号的电动圆盘锯。

罗力场长决定，由李志翎和林建能负责安装这台设备。

当时，买这样一台设备是件大事，木材加工厂几个人决定放一串鞭炮，再搞一个开动仪式。但是由于大家都没有搞过什么开动仪式，罗力决定，那就锯一块木板。

"哒、哒……"

“喳、喳……”

电动机的响声和锯木头被割断的声音，混合成刺耳的噪声。

“哎哟!”罗力突然叫道。

“小李，你怎么了?”黄师傅也看到了李志翎的手，说道，“快停下来!”

原来锯木板时，李志翎的右手背不幸被飞转的锯盘擦伤了。他本打算忍着疼痛，坚持锯完这块木板。罗力和黄师傅却让他快点停下来。

“应该只是擦伤而已。”李志翎说完顺手关掉电源，圆盘锯慢慢停了下来。

林建能走过去一看，只见小李的右手背上，刮伤了一块皮，伤口渗出了少许殷红的血迹。他说道：“你是不是傻啊? 快，我送你去大队医务室。”

“也不是什么大伤，我们不是正在搞开动仪式嘛……”

他话还没有说完，就被三个人拉走了。

七　砖瓦窑

直至六十年代末，头塘大队的绿谷、钦社等自然屯还有一部分茅草屋。为了把茅草屋通通改换为瓦房甚至是新式平房，砖瓦窑小组就成立了，当月中旬，砖瓦窑小组就建成了一座砖窑。

砖瓦窑的工作场所主要分为田泥搅拌、打造砖瓦及炉窑烧制等3个工场。

小组共有4人，人手少，劳动比较艰苦。每当农闲时，刘队长还要临时派人前来工场干活儿。

这天上午，在田泥搅拌工场，工人正在挖水田田泥，其他人就用工具或双脚，把田泥搅拌成浓稠的泥浆。

为了加快进度，组长时常牵着一头水牛在工场的水田里走来走去，将这些田泥踩个稀巴烂。这道工序是“和泥巴”，即先把打泥砖或瓦片用的泥巴泡在水里，然后搅成泥浆。冬季的天气很冷，工人们常常需要赤着脚丫在烂泥中牵着牛一圈又一圈地转，冷风一吹，鼻涕眼泪便一起流，手脚冻得通红通红的，但大家都不声不响地忍受着。

因为只有经过“和泥巴”的泥才能在滤干水分后，用模型打出瓦片及砖块。

最后，将晾晒干燥的瓦片及砖块装进炉窑内。先用慢火烘窑，然后封窑，再用大火烧窑。

那一年里，砖瓦窑的工人们虽然辛苦，但也很值得，基本上所有住着茅草屋的社员家，都换成了瓦片屋顶。

这些瓦房中，还有一小部分到今天还依然坚挺着。

八　养猪场

绿谷屯分队的小型养猪场原有两位老年男饲养员。这一天，饲养员黄大伯突然病倒了，分队长便派知青陆择武前去接任饲养员的工作。

养猪场还有一个饲养员莫大叔，他向陆择武介绍了各栏猪的情况后，把每天的工作程序也做了介绍。

当陆择武看到莫大叔指着墙角成堆的猪草说："这是一天的猪菜量，我们要剁好、煮好，再喂猪"时，他只觉得两眼有些发昏，想说什么又不好意思，只好木讷地点了点头。

第二天上午，陆择武与莫大叔就开始剁猪菜，剁了大概半个多钟头，陆择武只觉得头晕眼花，总感觉会把自己的手给剁了似的。他鼓起勇气对莫大叔说："莫大叔，听说现在在广东那边都用那种手动切菜机，好像也不是很贵。"

"是吗?"莫大叔放慢了手上的速度，好像很感兴趣。

陆择武看到似乎有戏，便趁热打铁道："是的，而且也不难买。"

"那太好了!"莫丰停下手中的活儿，说，"晚饭后，我去向黄队长申请……"

黄队长当时的答复是考虑考虑，他们两人都以为没戏了，谁知道过了两个星期，采购员潘山拉来了一台手动切菜机。

陆择武高兴得跳了起来，他自告奋勇进行切菜试机。只见他用右手一边摇动把柄，左手一边将菜叶送进机口。刚摇动10多圈，一大截菜叶就切完了。看到这个手动切菜机效率如此高，莫大叔也跃跃欲试："小陆，你先休息，让我试摇几下吧。"

说完，莫大叔就抓起一大把檬叶到机器边等着了。

"好好好，不错不错。"莫大叔一边试，一边赞不绝口。陆择武在一旁，也是咧开嘴笑成了花。

九　养鸭

在自由集市的禽蛋行，经验丰富的黄河大伯正在认真、仔细地选购种鸭蛋。他要为新建的种蛋孵化室选蛋。

当时还没有电源，也还没有用电孵化的设备，只能采用原始孵化法或采用土办法孵化。

黄河大伯用煤油灯孵化法孵蛋已有十年了，现在在大队的新种蛋孵化室里，他打算结合土办法孵化禽蛋，即先采用炒热的谷壳埋蛋孵化一段时间，然后再转用煤油灯继续孵化。

每天要定时翻蛋，并对翻蛋的时间、次数及孵化情况做好记录。

待孵化了20至25天，鸭蛋内的胚胎基本成型后，就把这些鸭蛋送到另一间工棚，用破棉袄及毛毯进行保温。到了第28天，就会陆陆续续有小鸭仔破壳而出。这时，人们就可以手动帮小鸭仔剥去仍罩在身躯外的蛋壳。

在第28、29天期间，已出壳的小鸭仔身上的羊水自然干燥之后，它们就能一边喊叫一边跑动了。

工棚里，黄辉组长和方大嫂分别数了一遍小鸭仔。第一批孵种鸭蛋700个，共孵化出小鸭仔580只，孵化成功率达到83%。

望着黄绒绒，呆头呆脑的小鸭仔，在一阵“吱吱嘎嘎”的叫声中，大家都露出了笑容。

不过这些小鸭仔不是孵出来就可以撒手不管了，还需要专人饲养与管理。

580只小鸭仔需要吃大量的蚯蚓和小鱼虾，但养鸭组的两个成员都不知道去哪儿弄那么多的“鸭食”，只好跑去问黄河大伯。当天傍晚，在黄河大伯的指导下，青年男社员黄友和男知青壮民连夜制作了两个小网兜，分别绑在竹棍上。天刚蒙蒙亮，他俩分别手拿网兜，腰背竹篓，去到附近的百东河边捞取小鱼小虾。回家后将这些鱼虾煮熟、切碎，与糠饭、碎青菜捞拌在一块用来喂鸭。

经过饲养员长达一个月的精心喂养与护理，小鸭仔逐渐长大。在乡间小路上，一群中鸭在头鸭的带领下，一边“吱吱嘎嘎”地喊叫，一边向前行进着。

养鸭组的知青和社员被大家戏称为正副“鸭司令”，因为这个时候，他们一定是拿着一根绑着红布的竹竿，慢悠悠地跟在鸭群后面。

在稻田里、水沟边，一群中鸭正在觅食、嬉戏。它们把淡红色的嘴插到水草中，呱唧呱唧地搜索着，也不知吃到小鱼、小虾、小田螺没有。

养鸭组第一次批量养鸭，成活率达到80%，每一个人都很有成就感。

十 中元节风波

1970年的中元节快到了，经队长决定，按抽签顺序自行抓鸭。单身汉每户分得一只大鸭、一斤猪肉。三口及三口以上的，每户分得两只大鸭、两斤猪肉。当地民间传说认为，亡灵可以借由站在鸭子背上在阳间和阴间自由穿梭，所以在这一天，家家户户都要吃鸭子。

中元节那天下午，《右江日报》一位名叫王公理的记者在头塘公社多种经营管理站的干部李卫佳陪同下，前来头塘联队采访，目的是报道该村屯以粮为主，同步兴办养殖与副业的先进事迹。

不料当天下午，村里有许多农户正欢欢喜喜地杀鸭。有的社员偷偷地焚香、烧纸钱，一是祭祀祖先和四方神灵，二是施舍路过的孤魂野鬼。

结果，这个记者就把联队三个屯杀鸭、焚香烧纸钱，以及个别社员在家门或厅堂摆设祭台，祭祀祖先与鬼神之事披露了出来。将头塘联队的先进事迹与部分社员搞封建迷信活动的情况，一起发表在《右江日报》上。

第二天报纸一面世，新上任的县革委会主任杜清一立刻亲自带队，赶往这三个屯调查，召开现场教育会议。

头塘公社党委书记兼革委会主任大发雷霆，他下令凡是搞封建迷信活动的社员及村干要严肃处理，还要举办学习班三天，进行思想教育。

站在一旁的大队支书黄文武反驳道：“社员群众要参加农业生产，不能脱产办学习班。”

参加现场会的其他分队长也说道：“这些当天烧香拜神的社员最少有30人，搞学习班的话，生产怎么办？”

这时候公社革委会副主任提出一个折中的办法：“凡是搞封建迷信活动的社员，每人要写一张检讨书。”

忽然人群中有声音说道：“不识字的农民叫他写啥？”

主任听了，半晌不说话，许久才阴沉着脸说：“三个分队的队长、联队队长及大队支书黄文武，也要写检讨书，做深刻的检讨。因为这个事件，你们都有一定的责任。”

大队党支书黄文武顶嘴说道：“我认为，县领导以及公社领导班子的成员，每人也要写一张检讨书……”

主任瞪了他一眼，喝道：“闭嘴，就你话多，还想不想干了！”

黄文武又想还嘴，急忙被旁边的人制止，这件事才总算告了一个段落。

十一　“豆腐西施”

因为头塘联队里有一个世代制作豆腐的女社员——杨妈氏，联队干脆成立了一个豆腐作坊，由杨妈氏担任组长，两位女知青周兰钰和蒋芸娴为组员。

杨妈氏在年轻时曾跟随母亲一起制作豆腐。母女俩起早贪黑，每天都做6斤黄豆的豆腐。她家的豆腐细嫩爽口，质量上乘，价格合理，远近闻名。

当年，因杨妈氏年轻漂亮、聪明能干，人们称她为“豆腐西施”。

后来在“文化大革命”中，杨妈氏和其母被当成“资本主义”的典型人物进行批判，因为当时她的家庭成分为富农。她的母亲受不了折磨旧病复发，不久便悲愤离世。几年来，她一直没有再制作豆腐。

为了成立豆腐作坊，联队各分队长、支书等轮流做她的思想工作，她才决定重操旧业，再展风姿。

做豆腐需要早起，每天凌晨五点就要开始磨黄豆。杨妈氏有个诀窍，就是黄豆一定要磨细磨好，这样做出来的豆腐才会嫩，所以黄豆至少要磨两三遍。

磨好的黄豆要用蚊帐布和白布，完成粗、中、细三级洗涤过滤，除去豆渣。过滤后的豆渣，是很好的猪食。

接着，将豆浆煮熟，放入经煅烧后的食用石膏粉，然后尽快舀进几个四方形木框架内。等豆浆冷却凝结成豆腐后，再在豆腐上面铺上一层白布和一块木板并适量压放重物，使豆腐内的多余水分流出，就做好了。

豆腐作坊以制作豆腐块、豆腐干为主，辅以制作水豆腐、油豆腐等品种。

这些豆腐除自产自销外，还会运到附近的华侨农场摆卖。由于货真价实，品质上乘，往往供不应求。

十二　酒坊

各个作坊都是由该领域的专业人士来负责，酿酒蒸酒作坊也不例外。酒坊的组长正是酷爱饮酒的中年社员黄日薪。

这些“酒中好友”每餐必喝二三两酒，佐菜嘛，有没有肉类都没关系，只要炒一把花生仁或黄豆，配上一碟青菜就可以了。

当年条件有限，只能喝便宜的糖酒，壮话称为“漏嘣”。这种“漏嘣”有些苦辣焦味，一点都不好喝。一旦喝醉，很容易上头，一连几天使人头昏脑涨、心跳加速，十分难受。

为了解决喝酒难、喝好酒更难的问题，他专程到外地向人请教，回来便在家里自行酿酒蒸酒。

10多年前，黄日薪的父亲不幸患上了风湿骨痛、四肢麻木的病。为此他四处奔波，曾多次带父亲到县医院去看医生。服药打针又按摩，但效果不大。后来听人说喝马蜂酒、三蛇酒等药酒，可治疗风湿骨痛。因此他铤而走险，千方百计去抓马蜂、捕毒蛇，终于让他在红岭坡山腰的一个洞口抓到了一条大“吹风蛇”。

当时有人建议：“用‘吹风蛇’生泡高度酒一年以上，蛇的药效与功力最好。”

刚说完，就有人插嘴道：“你们没听说吗？之前外地有一个姓农的社员，也是用高度米酒泡了一条‘吹风蛇’。但是好像酒没装满，那蛇泡了一年以后还没死，他打开酒盖时，那毒蛇马上伸出头来把他手指给咬了。后来好像没有救活！”

听到这里，大伙儿都啧啧感叹起来，黄大哥也觉得有些害怕。这时又有人说起蛇会复仇之类的传说，他更心虚了，后来只好把蛇放回了山里。

现在他成了酒坊的组长，终于可以更好地施展一技之长了。

酿糯米酒，就要先煮糯米饭，也可以按照农历三月初三壮家人蒸糯米饭的方法，先用温水浸泡两三个钟头再蒸熟。

糯米饭熟后放入酒曲粉，拌匀后放入密封的酒坛中，用黄泥密封好，一个月以后就可以开封了，封存越久的酒越醇香。

可以开封的酒并不意味着可以直接饮用，还要加水稀释、加热。蒸完酒剩下来的酒糟也是猪食。

这些酒香醇顺口，不易上头，大家起了个俏皮的名字，叫“壮乡牌”酒。

十三　自然发酵生料

这天，养猪场的陆择武正在使用手动切菜机切猪菜，他忽然想到昨晚冒出来的点子，就对莫丰说："莫大叔，我昨天看到资料，有人将切好的猪菜和米糠等饲料发酵后直接生喂。不知道这个方法可不可行?"

莫大叔比较谨慎，他敲了敲手上的烟杆，说："这样吧，你先拿3、4号栏的中猪做试验，上午喂一餐猪潲，下午喂一餐发酵生料，成功后再说。"

稍过片刻，莫丰站起身，对小陆说："1、2号栏的母猪已经开始发情，这1头种公猪不够用。我要到百色六塘养猪场请那边的饲养员来帮忙搞人工授精。可能明天上午才回来。"

"呵，好的，放心吧，这里交给我了。"陆择武说。

第二天下午在清扫猪栏猪舍时，莫丰仔细观察了一下猪的粪便情况，他发现喂生料的两栏猪中，有一栏猪出现不同程度的拉稀现象。

一开始，他以为猪拉稀是吃了发酵生料的结果。

当他检查其他5栏正常进食的猪时，发现其中有两栏也出现不同程度的拉稀现象。莫大叔反复想了很久才总结出，最近这几餐猪食料中，水浮莲的比例太多，这种莲比较温凉，而且不容易消化。

想到这里，莫丰马上到红岭山上采回中草药加到猪食里一起煮，先喂那三栏病猪。

经过两三天的治疗，拉稀的猪痊愈了。两位饲养员终于松了一口气。

过了几天，陆择武抽空到拉塘屯养猪场参观。拉塘屯养猪场的饲养员王平安也有用发酵生料喂猪的想法，两人一拍即合，决定晚上去酒坊找同学曾珉聚一聚。

到了酒坊，正好是晚饭时间，曾珉斟上一小壶糯米酒，拉着两人说："走！上我那开伙!"

晚饭时，曾珉面露喜色地说："我已被头塘公社文艺宣传队录用了，明天上午就去报到。我现在是'借花献佛'，大家再喝一杯。"

"太好了！曾珉，祝贺你成为一名文艺战士。"王平安真诚地说。

这时，众人举起酒杯、异口同声地说："来吧，大家干杯!"

十四　回忆初恋

王平安喝了一点酒，略有醉意，凭着酒力，他兴致勃勃地向曾珉与陆择武讲述了自己的初恋。

那是去年7月的事了，当时他和其他人在一片稻田里收割稻谷。突然，天空乌云密布，瞬间下起了倾盆大雨。

当时所有的人都只是戴着的一顶草帽而已，没有人喊收工，他也不敢，大家冒着雨抢收稻谷，直到天黑。

收工回家后，他开始感冒，继而发烧。当时房东便找来了值班的赤脚医生黄翠蓉。

结果，王平安就对这个姑娘一见钟情了。

但是这个姑娘有点不一样，她不是很爱笑，有点儿严肃。越是这样，王平安就越想她，白天夜晚都想，一直想到夜里失眠，脑涨头疼。不过这样一来，他就能趁机常常往卫生所跑，让黄翠蓉给自己开一些药。

后来有一天，王平安不知道怎么的，突然想到一个点子，他开始给黄翠蓉说一些奇闻异事，少部分是他经历过的，大部分都是听别人说的。没想到黄翠蓉对这些故事特别感兴趣，越离奇的故事她就听得越认真。找到诀窍的王平安开始遇到人就跟对方搜罗稀奇古怪的故事。渐渐的，黄翠蓉也会主动跟他谈天说地，久而久之，他俩真的成了好朋友，从不着边际的故事说到自己的故事了。

两人确定关系后，黄翠蓉才告诉王平安，她一开始并不知道王平安的心思，直到有一天她去一个社员家里看病，那个社员刚从外地回来，感染了一些风寒。她听到那个社员跟家里人说，他每次出门回来，第一个来找他的人就是王平安，王平安不是专程来问候自己的，而是问他在外面遇到了什么好玩的事儿。这个王平安不知道怎么回事，总是见着人就问有没有什么稀奇的故事。

那个时候，黄翠蓉才慢慢把这事跟王平安的表现联系起来，这才发现对方的心思。

王平安说到这里，便清了清嗓子，说：“当时我就对她说，你放心，我今后不会再有这些病了。因为你用爱心治愈了我的心病！”

“哎哟，哥们儿你真是够肉麻的啊！”陆择武和曾珉打趣道。

“没办法，人家爱听，正好，我也爱说嘛！”

“哈哈哈哈哈哈。”大家听了，全都哄笑起来。

十五　发酵生料养猪法

吃罢晚饭，曾珉给王平安与陆择武每人送了一大包酒饼。

回到养猪场后，陆择武便向莫大叔提出建议：“莫大叔，我打算拿蒸酒用的酒饼发酵生料喂猪。”

莫大叔同意先拿两栏中猪做试验，但一定要注意观察情况。

第二天早上，莫大叔的岳母突然生病，他便请假陪妻子前去探望。

工棚里，陆择武试验发酵生料，他将切好的猪菜放在大缸里拌匀。接着，把酒饼打成粉状，用水冲调开后，把酒饼汁浇在生料上，不停地搅拌。最后，把瓦缸盖好，待发酵24个小时左右，就可用来喂猪了。

第二天下午，陆择武把发酵生料喂猪后，便站在一边守着。守了一个小时，没见有什么异常，两栏猪倒很惬意，一个个地吃饱喝足开始酣然大睡了。

每天早上，睡在工棚的陆择武都是被大猪的叫声吵醒的。第三天他醒时来到试验的猪栏查看，不由得大吃一惊。这两个猪栏的16头中猪，仍然躺在地上一动不动。他急得团团转，急忙跳进猪栏一摸，幸好每头猪只是仍在睡觉而已。但他转念一想，睡那么久太不正常了，万一一睡不醒……想到这他顿时又不知所措，差一点哭出声来。

这个时候，莫大叔刚好回到养猪场。陆择武急忙迎上去，主动把情况告诉他。

莫大叔看了许久，又把生料制作过程了解清楚后，认为很有可能是因为发酵过程中酒饼放得太多。喂猪时，猪吃得过饱，造成了猪群醉酒甚至是酒精中毒。

“莫场长，怎么办？都怪我……”陆择武很紧张，不敢再叫“莫大叔”，改口叫“场长”了。

“问题应该不大，小陆，你用米醋、白糖，冲少量暖开水，调成酸甜汁料，拿来灌猪解酒。”

“嗯，好，好。”陆择武听完拔腿就去办。

第一次试验，就遭到了失败。陆择武听说王平安也用酒曲发酵生料喂猪，他那边的四栏大猪也全部“吃醉”了。幸亏该养猪场的黄场长，及时用草药药水喂猪解酒。

两个人倒没有气馁，老是聚在一起研究讨论，半个多月的试验后，两人终于掌握了添加酒饼粉的比例，成功联合制作出了适合喂猪的发酵生料……

三个多月来，投放发酵生料的两栏猪长势良好。这样一来可减轻劳动力，二来可节省柴火，三来猪们多吃贪睡长得快。

莫丰与陆择武商量，决定养猪场除了两栏猪崽之外，其余5栏中猪和大猪全部推广酒饼发酵生料。

后来，在全大队的知青会议上，黄文武支书表扬了陆择武、王平安，并决定在本大队其他8个养猪场推广应用“发酵生料养猪法”。

陆择武很是开心，一直到开会结束，那脸上的笑容都没有收下去。

十六　精神分裂症

这一天，杨昌平干完活，独自坐在鱼塘旁的一棵树下休息。

树枝上，有两只相思鸟正在“叽叽喳喳”地欢叫着。

他忽然回忆起一段美好的往事……

几年前，杨昌平还上高二的时候，常与班上的同学莫莉花到学校后山的一棵相思树下坐着。莫莉花常常会给他带一些零食或糯米饭、粽子等。

他们当时常待的那棵树其实不是相思树，是莫莉花问他，他胡说的。现在这棵树跟那时的那一棵好像是同一种树，令他情不自禁地想起她。

他除了说树是相思树，还告诉她天上飞过的鸟叫相思鸟，但被莫莉花看穿了，她当时在离他好几步远的地方，朝着天空笑着大声地说：“才不是咧！那明明是大雁！”

他正陷入自己的思绪中，菜地的那一头，黄菊花突然开始唱起《雁南飞》歌曲——“雁南飞，雁南飞，雁声阵阵心欲碎……”

杨昌平忽然站起身来，朝着歌声走过去，他呆呆地望着黄菊花，拉着她的手有些疑惑又有些欣喜地叫道：“莫莉花！莫莉花！”

“我是黄菊花，不是茉莉花。小杨，你，你怎么了？”黄菊花推开他的手说道。

“啊！对不起，你好像我的同学莫莉花。”杨昌平像醒了一般收回手，他有些尴尬地道了一个歉。

“小杨，你搞错了，她不是茉莉花，她是我们青菜组的黄菊花呀！”黄宝营急忙走过来，和气地解释道。

收工的路上，杨昌平走回村子，经过一片稻田，有几个人正在忙着插秧。

走近时，大家听到其中有人在唱歌，唱的是《茉莉花》。

突然间，杨昌平停下了脚步，大声地喊道：“莫莉花，你要挺住！莫莉花，我来救你了！”他说完连衣服也不脱，就直接跳进一旁的鱼塘里，游到鱼塘中间，四处摸寻着。

“喂！小杨，你在鱼塘中干什么？摸鱼捉虾呀？”旁边有个知青路过，不知道发生了什么，打趣地问道。

“救命呀！我的女同学莫莉花掉到水里了！”杨昌平一边四处摸寻，一边大声呼叫。

“什么？”这个知青听了，立刻扔下水桶和扁担跳进鱼塘里，与杨昌平一块四处摸索着。

10多分钟过去了，他俩什么也摸不到，什么也找不着。这个知青才发现杨昌平有些不对劲：“小杨，你的同学叫莫莉花？她也是来我们大队插队的？还是来看你的？”

杨昌平听了，转过头去反问道：“她来看我了？”

于是他立刻从鱼塘里爬出来，头也不回地往村子里跑去了。

留下那个知青，一脸茫然，不知所措，过了半晌才爬出鱼塘追了上去。

他找到杨昌平，却只见他衣服也不换，就坐在宿舍门口，呆呆地说：“怎么不见了呢？怎么不见了呢？”

杨昌平脑子有病这件事像是长了翅膀一般，不到一天就传遍了村子。当天晚上，联队刘队长派人召集各分队的队干、大队医务所医生和青菜组人员及拉塘屯的部分知青前来开会。

“一位平时勤恳、诚实，劳动积极的城市知青，怎么会突然间患‘神经病’了呢？黄宝营，你这个组长是怎么当的！”刘队长有些生气地问道。

看到没人说话，刘队长又问：“李海峰、黄翠蓉，你俩都是大队的医生，你们分析一下，这是什么原因？然后对症下药，将他医治好。”

大家还是沉默不语。

半晌，黄菊花把今天上午和下午，杨昌平的反常现象，一五一十地向大家讲了一遍。

刘队长听后，揉了揉太阳穴，说道："黄菊花，你，还有其他女同志，今后不许再唱《雁南飞》和《茉莉花》这两首歌曲。"

这时候李海峰说："这种病病因很多，也很复杂。例如失恋或曾经受过什么沉重的打击都可能引起。而且还要看他家族三代的直系亲人中，有没有人患过这种病。"

指导员邓创业问道："葛勤、王平安，你们和杨昌平是同一批来插队的校友，你们知不知道这是怎么回事？"

葛勤如实地说道："杨昌平的父亲是一位'南下干部'，原来是南宁地区一个局的局长。前几年，他父亲被打成'走资派'，还被押送到宾阳农场劳动改造。他以前曾经有一个青梅竹马的女同学，好像就是叫莫莉花。两年前，这个女生跟同学去大王滩水库游泳，不幸溺水身亡……"

王平安接着说道："去年在朔柳水库工地，各排各连评选知识青年积极分子代表，杨昌平落选了。那天晚上，他就开始出现胡言乱语的反常现象。第二天上午，水库工程指挥部领导派车将他送回拉塘屯。具体情况就是这样。"

刘队长突然有了一个主意，他说："黄菊花，听说杨昌平一直对你有点意思。假如你接受他的爱，他的病情可能就会好转。"

他刚说完，绿谷屯分队长就附和道："这种精神病，也叫'发花癫'，每月逢初一或十五最容易旧病复发。要等到患者结婚成家以后，病情就会自然好转或痊愈。"

"'癞蛤蟆想吃天鹅肉'。这叫作一厢情愿，痴心妄想。"钦社屯分队长听到这里便插了句嘴。

"常言道，'强扭的瓜儿不甜'，没有爱情基础的婚姻不幸福。这个还要看他俩有没有夫妻的缘分。"黄宝营深有体会地说。

听罢，黄菊花羞红着脸说："我最近才发现杨昌平对我的感情。如果他早一点大胆地向我表白，第一个对我说'我爱你'，我会考虑这个问题。只是我现在已经有了对象。"

刘队长点点头，说："我看这样吧，先让杨昌平在宿舍休养几天。休养期间，黄翠蓉定期上门检查。杨昌平也暂时调离青菜组，派潘山顶上。"

这件事传开后，过了三天，头塘大队的黄书记也来到青菜组做黄菊花的思想工作。

黄支书若有所思地说："前两天，我听联队指导员邓创业汇报说'知青杨昌平患有间歇性轻度精神病'。"

黄菊花点了点头，说："是的，那么好的一个男知青，实在太可惜了。"

"据说，这种病只有结了婚，才会自然好转或痊愈。我还听说，杨昌平暗恋你?"

"这个……我当时已经说了，我已经有对象了，这有什么办法呢?"

"黄菊花，你是钦社屯的妇女委员，又是一名党员，你能不能想办法帮杨昌平介绍一个未婚的农村姑娘？这是组织上交给你的一项任务。"黄支书语重心长地说。

"这个可以，我试试看吧。"黄菊花颇有信心地说。

于是黄菊花就开始物色合适的姑娘，但是带了三个去见杨昌平，都没有成功。

这天，黄菊花又带了村里一个名叫刘莉芳的姑娘去见杨昌平，她对自己说，这个要是不行，估计就没有办法了。

谁知这两人一见，竟似曾相识。一番交谈得知，刘莉芳是杨昌平的房东刘大叔的侄女。两年前，每逢节假日，她时常跟随母亲来到刘大叔、刘大娘家做客，好几次曾在一起同桌吃饭。

刘莉芳初中毕业后，就回到钦社屯参加农业生产劳动。她中等身材，性格开朗，能歌善舞。

看到杨昌平的神情终于回复到正常的样子了，黄菊花心里直叫好，觉得这一次，事情一定能成了，总算放下心来。

过了一个月，黄菊花接到调令，她被调到二塘街的头塘公社革委会，担任妇女主任。

当天下午，刘队长来到青菜组，就人员调配的问题征求她的意见。她想到杨昌平已经回来劳动一个多星期了，便积极推荐了刘莉芳。

刘队长深知"成人之美"的道理，他微笑着点头应许了。

果然，刘莉芳加入之后，杨昌平也回到了最好的状态，他积极建议组长黄宝营总结上次的失败经验，继续试验反季节蔬菜，并向一些老社员询问本地的霜期，制订了根据气节的变化规律种植反季节蔬菜的时间表。

在青菜组的努力下，这一年的冬菜均喜获丰收。杨昌平更是收获了爱情，喜上加喜。

十七　新恋情

日子步上正轨之后，杨昌平的精神似乎也恢复了正常。这天他正在菜地里劳动，忽然《雁南飞》的歌声从百东河那边飘过来。杨昌平本来正躬着腰，忽然间就不动了。

他突然看到地上的包菜，变成了莫莉花的笑脸。

莫莉花开口说道：“昌平哥哥，你健壮活泼，英俊潇洒。我还没有来得及对你表白，苍天就让我变成了一只相思鸟。”

杨昌平伸手抚了抚包菜，动情地说：“莫莉花妹妹，你秀丽淡雅，洁白无瑕。我还没有来得及对你表白，苍天就让你变成了一只相思鸟。既然这样，苍天理应让我化为一棵相思树。”

他说完，就扑向那棵包菜，此刻，一只手把他扶了起来。

“莫莉花妹妹，你不要走，不要离开我。”杨昌平看着扶起他的人，喃喃地说。

“杨昌平哥哥，我永远和你在一起，真的。”刘莉芳说道，并没有立刻纠正他。

“我们到树下坐一会儿吧。”她扶着他，两人一起往相思树下走去。

她坐在杨昌平身边，什么也不说，任由杨昌平一脸陶醉地沉浸在自己的思绪里，等到那《雁南飞》的歌声结束，他就会恢复正常了。

果不其然，歌声结束后好一会儿，杨昌平突然开口说：“莉芳妹，我，我想告诉你，我父亲是一个‘走资派’，你跟我在一起，怕不怕受连累？会不会给你造成不良影响？”

“不怕。不管有什么影响，我都要跟你在一起。”她坚定地说。

刘莉芳也把心里话说出来：“昌平哥，我也要告诉你，我有一个叔叔有麻风病，现在在二塘皮防站的新山麻风村治疗。”她停了一下，接着说，“我还要告诉你，我的两个手臂上有白斑，我没有跟别人说过，我怕别人害怕我……我，我怕自己会死掉。”

“不要胡说。”杨昌平安慰她，“让我看看是什么样子的。”

刘莉芳慢慢将袖子卷了起来，杨昌平仔细地看了看，说道：“这个看起来有点像白癜风。莉芳妹，你要及时到皮防站或县医院检查治疗。”

她慢慢将衣袖放下，说道：“两年前，我跟邻村的一位复员军人谈恋爱，后来他发现了我手上的这个症状……我们就分手了，这之前，我们谈了一年多。”

杨昌平有些难受，握着她的手，说：“我有一个从小一起长大的好朋友，在我高二时，她因为到湖中游泳，结果……”

这件事情刘莉芳已经知道了，连忙握紧他的手，笑着缓和气氛道：“昌平哥哥，我们不用把所有的话都在今天说完，以后还有机会的。过两天，你送我去二塘皮防站看看吧？”

杨昌平点点头，说：“好的，听你的。”

夕阳西下，众鸟归林。晚霞映红百东河水，映红红岭坡与村庄，映红了一对情侣的背影。

十八　砖瓦窑风波

1972年5月上旬的一天上午，《右江日报》的一位记者前来头塘联队采访。

当他来到绿谷屯时，发现瓦窑组附近的两三块稻田被挖去了一大层泥土，搞得稻田不像稻田，鱼塘又不像鱼塘，无人耕种，仍在丢荒。

于是这位记者写了一篇《良田烧砖瓦，得不偿失》的通讯报道，在《右江日报》上刊登发表。

阅报后，县委书记立刻带领工作组，召集头塘公社各分管负责人等人员前往绿谷屯召开现场会议。

会上，县委杜书记一手拿着一个喇叭话筒，一手拿着一张《右江日报》，大声问道：“几年来，头塘大队在将茅草房改造为瓦房或砖瓦房方面，做出了一定的成绩。但是，我们还是犯了这样或那样的错误，《右江日报》记者报道的文章，说得很有道理。但是，当初开办这个砖瓦窑，到底有没有人审批把关？”

"当年，是以头塘联队的社员黄瑛民、邓达闽等人的名义申报的，申请报告中，没有写清楚采用什么材料……"公社副书记拿出那张保存的申办报告回答道。

黄文武支书接着说道："关于砖瓦窑的问题，我有责任，公社领导有责任，你这个县委书记也有一定的责任。当初，县革委会叫我们自力更生，因地制宜，将茅草房改造成砖瓦房，没有讲明不能采用田泥烧制砖瓦这一条。"

听到这里，县委杜书记暴跳了起来，他满头大汗，连忙说道："头塘大队领导，马上派人拆除这座倒霉的砖瓦窑!"

砖瓦窑被拆了，组长黄瑛民也受到了一定的处分。但他倒没有消沉，过了两天，他就想着再建一个正规的砖瓦厂。

他带领几位成员去到附近的红岭坡一带考察。但这一带褐红色的土壤泥质比较松散，黏度不够，达不到烧制标准，这个设想只好告吹。

黄瑛民不甘沉寂，过了几天他又想找人合伙办一个石灰厂。

于是，他带上几个原砖瓦窑小组成员，去到那坡街附近的几家石灰厂参观学习。

回屯之后，黄瑛民与黄革宏、邓达闽等三人联名写了一份《关于申办头塘石灰厂的报告》，并把厂址暂定在绿谷屯村头的红岭坡山脚处。

但这份报告，在呈交到田阳县革委会及有关部门时，被压了下来。主要原因是申办者没有设备、技术和资金。更重要的是没有关键人物挂名办厂，也没有大企业及"大人物"担保。

开弓没有回头箭，黄瑛民想尽办法从中斡旋，多方奔走，终于筹集了资金，得到了审批，一个中型石灰厂立刻正式点火开窑、投入生产。

石灰厂里的人都决心增加经济收入，提高经济效益，早日改变村屯贫穷落后的面貌。

十九　好事多磨

王平安的女朋友黄翠蓉是大队的赤脚医生。所谓赤脚医生，都没有到专业学校学习过，只在县医院参加过三个月的医疗基础知识培训。平时，他们就靠土办法和经验治病，对于一般的伤风感冒、小病小痛，也许能够治愈；若遇到重病大病或疑难杂症，就束手无策了，只好将病人推往县医院。

人们常说赤脚医生“周身刀，把把不利”。就是说，他们在内科、外科、儿科、妇科等方面样样都懂一点儿，但没有哪一样精通。

当年的赤脚医生，随叫随到，背起药箱走村串户，不畏艰苦，勤勤恳恳，热心地为病患服务。那个年代的乡镇医疗就由他们来实施。

这一天，黄翠蓉有些得意地对王平安说：“平安哥，我要告诉你一个好消息。”

“什么好消息？”他急切地问。

“我已经怀孕将近3个月了。”她故意压低了声音。

“真的？为什么不早一点儿告诉我？”他故作责怪道。

看着她那微微隆起的腹部，他还是没忍住，激动地跳了起来，欢呼：“谢天谢地，我要当爸爸啦！你要当妈妈啦！”

过了一段时间，杨昌平来到隔壁王平安的宿舍里。他一进门就说：“王平安同学，我有一事相求，请别见笑，多多包涵。”

“你不要拐弯抹角的，有事就说，有屁就放。”王平安催促他。

“我，我的女朋友现在已经怀孕两个多月了。你的女朋友是大队的医生，你能不能叫她帮我的女朋友做人工流产手术？”杨昌平恳求地说。

王平安感到有些为难，他慢吞吞地说：“不行，公社领导规定，大队赤脚医生不能随便为他人做人流手术。一定要到县医院或到公社卫生院才行。”

“那你知不知道需要办什么手续？”

这时，王平安苦笑着说：“昌平，不瞒你说，我的女朋友也怀孕3个月了。前两天我去打听过，人家说，要做人流手术，一律需要大队证明或结婚证明。”

“那你的女朋友做人流了吗？”杨昌平又问。

“没有啊！一来我弄不到证明，二来她不愿做手术，死活都要将孩子生下来。其实，打胎容易保胎难。有的孕妇走路不小心，摔一跤就流产了。”

这个话就有些刻薄了，杨昌平不解地问：“平安，你为何想让女友打胎呢？”

“第一，我认为自己和她的感情基础还不够好，一时的感情冲动，酿成如今的大错。没有思想准备，也没有物质准备。第二，我想过两年才要小孩。最重要的，我最近听说，知青在农村结婚成家以后，就不能被招工进厂，不能到企事业单位工作，也不能被推荐上大学了。”

杨昌平听到这里，他愤愤不平地说：“第三个原因真是扯淡，我们要向公社领导及向县领导反映情况。”

“听说，担任自治区政府办公厅主席的覃应机分管全广西的知青工作，我们可以给他写信直接反映这一情况。”王平安感同身受，他喃喃地说。

两人絮絮叨叨地聊了一阵，什么结论也没得出，只好作罢。

一周后，黄翠蓉的大嫂与刘莉芳的表姐一块，找遍了县知青工作办公室和县医院，终于在某个科室内找到了王平安和杨昌平。他俩面面相觑，一脸困惑，感到十分尴尬。

她俩把王、杨二人揪了出来。

性格泼辣的大嫂，厉声厉色地说：“你俩给我听好了，常言道，一个巴掌拍不响，生米已经煮成熟饭。事到如今，我俩只提出三个条件：第一，你们放弃这批招工进厂到外地工作的机会，等到下批本县的厂矿企业招工时，才进厂矿或进企事业单位工作。第二，要求男方按照壮家的婚俗，到女方家送‘订婚彩礼’。第三，你们各自尽快到公社办公室领取结婚证，然后，选择良辰吉日举行婚礼。”

“如果我不同意呢?”杨昌平试探地问道。

大嫂愤愤不平地说：“一个男人如果抛开为他怀孕的女人，必将受到道德与良心的谴责。”

“我们也可以到县知青工作办公室和县法院控告你。”表姐不客气地回答。

最后，王、杨二人屈服了，他们表示对方说得有道理，同意了这三个要求。

在农村，女方未婚先孕是极不光彩的事情。幸好当时两个姑娘的身孕大概是三个月，肚子还不算太大，加上冬季可穿一些比较宽大的衣服遮挡，总算还有挽回面子的余地。

后来，他们来到县城的百货商店买了一些日用品，表姐与大嫂各自专门选购了两套男女婴孩的衣服。随后大家高高兴兴地乘车返回本村屯。

两对新人一起来到位于二塘街的头塘公社革委会办公室领取了结婚证，总算如愿以偿了。接下来的婚礼也办得相当热闹，四个人的亲朋好友全都来了，显得特别隆重。

之后，他们还各自回到南宁的家中补办婚礼。日子像是走上了正轨一般。

一天上午，县医院妇产科里，传出一阵婴儿的啼哭声，黄翠蓉顺利地产下一个六斤多重的男婴。妇产科门外的走廊内，王平安得到喜讯欣喜若狂，给儿子起了个奶名叫“小虎儿”，大名叫“王健民”。

但刘莉芳就没有那么幸运了。跟所有的农村妇女一样，她在怀孕时一样要操持家务、干农活。一天中午收工回家后，刘莉芳挑起水桶到500米处的小河边担水，当走上一个泥泞的斜坡时，她不小心滑了一跤，瞬间腹部疼痛，血液渐渐渗出。闻讯赶来的杨昌平在村民的帮助下，将妻子背到附近的大队医务室。随后，又立刻送到县医院抢救。

然而，胎儿还是没有保住。

杨昌平婚前本来并不想要孩子，但现在真的失去了孩子，他却特别痛苦，整日郁郁寡欢。家里人都纷纷安慰夫妻俩，孩子不在，那是没有缘分，把身子调理好再要一个也不是不可以。不像王平安两夫妻，杨昌平和刘莉芳还是有感情基础的，每遭遇一次打击，两个人的关系似乎就更好了。这件事情他们从谁也不提，到最终能够互相安慰，互相鼓励。

两年之后，刘莉芳也成功怀上了孩子，最后生下了一个白白净净的女孩儿。

二十　村屯情景

在每天繁忙的劳动中，一些女知青与女社员不时哼唱着丰收的歌谣。

当年的5月6日，《右江日报》第三版刊登了记者王公理采写的一篇题为《头塘大队村屯种植藠头大有奔头》的通讯报道。

1975年5月4日至5日，在县政府礼堂内召开“田阳县多种经营专项发展经验交流与表彰大会”。下栋屯副队长周欣同志代表头塘大队，做了《我们种植藠头的经验介绍与总结汇报》。

他在会上介绍、总结了本村藠头连年喜获大丰收的经验，会场上不时发出一阵阵热烈的掌声。周欣的经验介绍得到与会代表及各界人士的欢迎和赞扬。

记者王公理采写的另一篇通讯报道《绿谷屯的社员，用上了洁净的自来水》，于6月6日在《右江日报》第二版上刊登发表。主要内容摘录如下：

前几天，记者王公理深入到绿谷屯进行采访，他看到一座高耸的自来水水塔，还看到滤水、储水池及连接入户的水管。当得知这项工程是由该屯的社员和知青自行建造及安装时，他伸出拇指，兴奋地说：“好，真是好样的。”

当天上午，正值绿谷屯自来水工程全部完工，举行开水供水典礼。在一户社员家里，当一位老大爷拧开水龙头，看到自来水“哗哗”地流出来时，他热泪盈眶、激动地说：“俗话讲，‘饮水不忘挖井人’，我们永远感谢各级人民政府，感谢共产党。”

在另一户社员家里，当一位老大娘扭开水龙头，看到自来水“哗哗”地流出来时，她笑容满面、情不自禁地唱起心中的歌。

多年来，报社记者利用《右江日报》的宣传作用，鼓舞广大的农民群众遵照“以粮为纲，全面发展”的指示精神，在“多种经营”的大道上奋勇前进。

代课教师

一　回访故乡

2010年11月中旬，来自南宁、百色等地的400多位插队知青，齐聚在田阳县头塘镇政府内，参加“知青回访第二故乡”活动。

11月15日早上，我们先来到原百里小学，此时正好有一群小学生背着书包，三三两两地走进校门，一如我们当年上学时快乐的样子。

到了学校，校长黄玲珍女士和教导主任言智先生热情地接待我们。知青代表谈洁女士向该小学赠送一批体育与学习用品。知青们的爱心行动，受到了在校师生的欢迎。

校长告诉我们，原来的百里小学已改名为“广州百里光彩小学”。1997年，广州市光彩事业委员会、广州市工商业联合会等企业捐资30万元，援建了一栋四层高的教学大楼和大门。

我们参观了校园，看到新教学大楼的一至三层，主要作为教室和办公室，第四层，则设立了“头塘百里村成人文化技术学校”。

我们的第二站是回访头塘完全小学。

到了小学，我们一行人下了车。

“老何，你好！”有人叫道。

我猜想是不是有人叫我，抬头一看，惊喜地叫了起来：“老黄！想不到，在这里遇见你。”

这个老黄就是我当年在绿谷屯插队时的社员黄保营同志，他现在头塘完小当门卫。

时间飞逝，如今大家都年过半百了。

一番叙旧后，老黄直接把我们带到学校领导办公室，知青代表李航女士向学校赠送一批体育、学习用品。

原来的头塘完小，在20世纪80年代初已更名为头塘村中心小学。该校于2002年5月，由广州市民政局牵线香港特别行政区的幸福集团捐资20万元人民币，援建了一栋四层的教学大楼。现在，该校已重新命名为头塘幸福希望小学。

我们所到之处，书声琅琅、歌声阵阵。学生们都努力学习、奋发向上，在园丁们辛勤的培育下，这些祖国的花朵正在幸福地生活着、成长着。

我们也亲眼见证了这些学校从泥墙瓦房到白墙高楼的变化。

二　百里小学

每年的夏收夏种“双抢”任务完成之后，学校新的学期就将开始。

当年，头塘公社的九所小学和两所中学，师资力量很不足。上级部门领导决定选派有一定文凭的插队知青和农村回乡知青，前往各个乡村的小学、初中，担任代课教师。

1971年，莫祥英就成为这些代课教师中的一员，任教于百里小学。

百里小学始建于1957年，坐落在头塘公社东部的百里大队百果屯村头。学校距县城6公里，小学部和初中部的设置跟今天的学校一样，共有学生420人，教师19人。学校生源主要来自百里村的五个自然屯。

当时的学校主要是两栋4开间的普通平房，为土砖土瓦木梁结构。校园内，教学大楼、学校的平房及围墙，形成了四合院式的空地，师生们称之为“前操场”。前操场上砌有两个砖墩水泥板式乒乓球台和单、双杠等体育设施。

在横向教室平房的后面，是一个小型篮球场，师生们称之为“后操场”，三面用泥砖砌成围墙。

校园内，种有四棵凤凰树和两棵芒果树，还有一棵玉兰树。

一条乡村道路，从学校门前经过。

“叮当！叮当！……”开学的第三天，上午8点10分，第一节课的上课时间到了，老员工覃大叔摇响手铃。

莫祥英拿着一本教材，满面春风地走进小学四年级教室。

这是莫祥英第三次上课，心情还是有些紧张，她壮了壮胆，镇静地说：“同学们，上两节课，我们学习了分数的加法和减法。这一节课，我们继续学习分数的乘法……”

当时的老师，常常兼任几门课，莫祥英当时除了教数学，还给低年级的学生上绘画课。

只要莫老师上绘画课，张健雄都会抽空前去观看，协助她辅导学生。他们会在教室里来回巡堂，为同学们指导。画得较好、较有特色的作品，会拿去县里的青少年活动中心展览。

11月中旬的一天下午，第五节上课时间。百里小学三年级教室里，莫祥英正在给学生上书法课。

莫祥英是高中文凭，之前也很爱读书。在上课的时候，她很会用故事来启发学生。当时也有学生童言无忌，直接地在课堂上大声提问：“我想成为一个书法家，有没有快速成材的方法呢?”

莫祥英总是笑一笑，说道：“好吧，大家可能是想听故事了，那好，我讲一个中国古代书法家的故事吧。唐代有一位书法家，名叫颜真卿，他的楷书非常出名。

据传，颜真卿年轻时，曾拜在大书法家张旭门下学书法。但是，颜真卿拜师数月，这位声名赫赫的名师却很少给他讲什么，只是将自己的作品和前代名师的真迹给他看，要他反复揣摩，并叫他多领悟自然现象，以从中获得启示。

有一天，颜真卿对张旭说：‘几个月来，老师尽教我多多‘领悟’，这些道理我早就知晓。我最需要的是老师行笔落墨的诀窍。请老师传授给我吧！’

张旭听了后对他说：‘我是见公主与担夫争路而察笔法之意，见公孙舞剑而得落墨神韵，除了苦学，就是师法自然，我没有什么诀窍啊！’颜真卿以为张旭故意不肯教，便不停地苦苦哀求。张旭终于恼怒起来，说：‘好吧，我告诉你，凡是一心寻求什么诀窍的人，永远不会有什么成就。’说完，就拂袖而去，再也不理他了。

后来，颜真卿从张旭的这一句训话中，明白了为学之道。从此他埋头苦练，潜心揣摩前辈书法，把从自然景象中领悟到的神韵运用于笔端，终于成了一代名家。”

莫祥英通过引用颜真卿的事例，使学生们得到一定的启发：积累与学习是人生之道，诀窍并不全是生活的捷径。

1. 乒乓球情缘

李福康与廖中波是同一批来到百里大队百果屯插队的知青。他俩有同样的兴趣爱好——打乒乓球，在知青点，两人出钱请社员制作了一张木质乒乓球台桌。每当傍晚或农闲期间，他俩经常切磋乒乓球，结下了一段令人羡慕的情缘。

廖中波从小就爱好打乒乓球，他哥哥廖中城也是乒乓球高手，教了他很多运球技巧。

而李福康在小学时也曾参加过乒乓球业余培训。想不到，如今两人一块被派到百里小学担任代课教师。就这样，她成了他的最佳对手，两人你发球、我挡球，我抽球、你拉球，有输有赢，不亦乐乎。

为了更好地开展乒乓球体育运动，学校采纳了廖老师的建议，成立了乒乓球队，清理出一间库房作为乒乓球训练室并购置相关器材。

白天，廖老师与李老师一起培训队员；晚上，他俩抽出时间，互相对练乒乓球，很多学生晚上有空的时候会前来观战。

只见廖老师右手竖握球拍，发出一个旋转球，李老师横握球拍，将球拉推过去；接着，廖老师手握竖拍即刻高压推挡，说时迟、那时快，李老师手握横拍用力一抽，把球狠狠地抽打到对手桌面的左侧。

他俩左推右挡、一进一退，技艺水平与日俱增。

1972年10月初，田阳县举办全县乒乓球选拔赛，廖中波与李福康均报名参加。

李福康打球的风格讲究“快、狠、准”，她在抽球时，喜欢右脚用力跺一下地板，地板发出“咚”的一声，所抽出的球似乎力达千钧，对手无法抵挡。她在选拔赛上接连得分，终于胜出。

而男单的比赛也非常激烈，廖中波居然正巧与哥哥廖中城对阵，共同争夺亚军。

作为弟弟的师傅与教练，廖中城的技艺当然比廖中波高得多，区体委的领导就看好廖中城，对他进一步加强培训，打算将他培养成为“国家一级运动员”。所以他从小就参加了大大小小的比赛，经验非常丰富，按理说，他完全可以轻而易举地打败廖中波。

然而，这一战，哥哥输给了弟弟，最终，廖中波胜出。

赛后，廖中波曾追问过哥哥几次，他是不是有意“放水”让自己赢的，哥哥总是说没有这回事，还说长江后浪推前浪，是很正常的事情。

1966年，哥哥在一年之内，连续三次打赢国家二级运动员。按规定，他本来可以获得乒乓球国家二级运动员称号，但因为他们的家庭成分是富农，他没有成为运动员，而是成了第一批插队的知青。

哥哥虽然表面上不说，但廖中波心里很清楚，输赢对于哥哥来说，已经不再重要了，但是哥哥热爱乒乓球的心不会改变，这从他现在仍在无条件地教其他乒乓球爱好者，就可以看出来。

对哥哥来说，乒乓球这个梦想，早已超越了那些虚无的名和利。

2. 百东河之恋

六月中旬的一个星期天，廖中波与李福康相约来到百东河游玩。

他俩各自戴着一顶草帽，背着一个挎包，朝着百东河行进。一路上，各色山花竞相开放、争奇斗艳。

李福康一边选摘心爱的山花，一边小声地哼唱着《让我们荡起双桨》。

走到河边时，李福康已经将山花编成了花环戴在头上。廖中波想看她，又不好意思，只能望着清澈的小河水，叹道：“这里真是山好水好人更好，山美水美人更美啊!”

“这叫人在画中游，人在仙境里哎!”李福康也附和着。

稍过片刻，廖中波笑着对她说：“福康，我要到河中游泳，你呢?”

“好哇，我也提前带了一套短袖衣裤。”

廖中波走到一旁，脱去衬衣，只穿短裤，只听“扑通”一声，他光膀赤膊地就跳进了河水中。

他在水中一边挥动着手臂，一边喊道："福康，水里凉爽得很，快点下来吧。"

李福康在一棵大树旁更换了短裤和短袖衬衣，她慢步走到江边，伸出脚，有些犹豫地碰了碰清凉的河水。

突然，廖中波大手一抬，将河水泼到她的身上。她的衬衣被水花打湿，脸和头发上落满了水珠，在阳光的照射下，折射出七彩的亮光。

李福康倒没有躲避，跳进水里迎战还击，两人打了一会儿水仗，廖中波便要求停战："好了，好了，我，我输了，我投降。"

他俩兴致勃勃地游到河对岸，又从对岸游回来。游玩一个多钟头之后，才慢慢上岸。

上岸时，廖中波无意中看到李福康那湿透的花格衬衫裹着的胸脯。她那两个凸起而丰满的乳房，透露着妙龄少女发育成熟的青春气息。

他迅速别过头去，涨红了脸，两人分别在河岸树丛更换衣服之后，有说有笑地回去了。

3. 飞来横祸

1973年4月初以来，李福康经常感觉有些头晕、心悸。下课后，她来到大队医务室，让赤脚医生针灸并开出一些医治头晕头痛之类的药物，病情暂时有所好转。

过了一段时间，一天课后，李福康与班上的学生玩起了"老鹰捉小鸡"的游戏。在一阵欢笑声中，大家跑着、闹着，突然间，李老师感觉一阵眩晕、心悸，她停下来刚张开口，却全身乏力瘫倒在地。一旁的老师急忙将李福康背到大队医务室。随后，因病情较严重，廖中波和大队医生用担架将李福康转送到县医院救护治疗。

经过几天的检查后，确诊李福康患有贫血症。

这种贫血症，是由于体内制造红细胞的母细胞减少，导致红细胞缺乏，这是白血病的早期症状。在常人看来，白血病是一种不治之症，得了这种病的人，基本上就将要和死神打交道了。而在当时的条件下，治疗白血病更为困难。

李福康后来又转院到南宁继续治疗。

转院前一天，学校领导和廖中波等老师前来探望李福康。大家鼓励她：生活要乐观，要配合医生积极治疗……

廖中波没有办法单独跟她说过多的贴心话，只好先写了一封信，走的时候交给了李福康。他衷心祝愿李福康能够战胜白血病，早日康复，早日返校，和自己并肩战斗。

4. 溺水

6月中旬的一天中午，百里小学有4个三四年级的小学生私自到学校附近的百东河游泳。

男孩们在河水中兴致勃勃地玩了半个多钟头，突然间，一个男孩的右腿抽筋，只能一边挣扎一边有气无力地呼喊着救命，其他的三位小伙伴惊慌失措，立刻游到小河边四处呼喊："救命啊！救命啊！""救命啊！有人掉进河里了。"

不远处，一个正在犁地的老农民听见了，急得干跺脚，可他不会游泳，加上年老体弱，只好一起呼救。

呼救声被更远些干农活的一位青年男社员听见了，急忙跑到河边，连衣服也来不及脱掉，就"扑通"一声跳进河水中。不一会儿，就将溺水男孩救了上来。

一会儿，一个小学生把廖中波和大队的赤脚医生叫来了。赤脚医生立刻把溺水者的脸部朝下、腹部抬高，想办法将溺水者吸进肚子里的水挤压出来。

过了一两分钟，溺水者还是无法把肚子里的水吐出来。

此刻，赤脚医生看见了老农民家的那头大水牛，他急中生智，忙叫农民把水牛牵过来。随后，他脱去衬衣铺在牛背上，唤上众人一起把溺水者横卧放在牛背上，头部朝下，两人分别在牛的两侧负责扶好溺水者，由农民牵牛慢步行走。

赤脚医生知道，该男孩溺水时间稍长，如果他肚子里的水不能更快地吐出来的话，恐怕很难救活。现在只能是"死马当作活马医"了。

老农牵牛来回走了几分钟，奇迹果然出现了。男孩在牛背的振动挤压之下，终于把肚子里的水全部吐了出来。

赤脚医生松了一口气，他叫人将男孩抬下来，平躺在树荫下，即刻为男孩做人工呼吸。

这时，溺水男孩的父母亲闻讯赶来，一声声急切地呼喊着："小虎，覃小虎！你快醒过来啊！"

男孩咳了咳，终于苏醒过来。

5.“支农”与“学工”

秋高气爽，艳阳高照。

百里小学门口，是一大片金黄色的稻田。社员和知青们，正在挥舞银镰收割稻谷。

为了让学生亲身体验农业生产劳动，学校领导与百果屯生产队队长联系后，决定全校师生前往白果屯学农、支农两天。

在一块金黄色的稻田里，百里小学一部分高年级师生正在劳动着。他们有的拿着镰刀收割稻谷，有的肩挑车拉，搬运已割下的稻谷。

低年级的学生负责捡拾遗落的稻穗，尽量做到“颗粒归仓”。

支农的活动，不仅生产队很满意，师生们也表示得到了一份田间地头的体验，同时希望今后能有更多的学习机会。

于是没过多久，学校领导就通知高年级的六个班级前往县农业机械制造厂参观学习。

师生们在一位工人师傅的带领下，先后参观了机械加工车间、铸造车间、锻工车间、热处理车间、农机装配车间及拖拉机修理车间。

工人师傅一边走一边向师生们介绍工厂及农业机械的发展与规划的相关内容。他勉励学生们：努力学好科学文化知识，将来，要把家乡建设得更加秀丽多姿，要把祖国建设得更加繁荣富强……

三　回忆

1. 走上讲台

1971年9月3日上午，8点30分左右，平泗小学操场上，正在举行新学期开学典礼。

开学典礼结束后，李校长向新来的教师介绍本校的情况。

平泗小学创办于1918年，已有很长的历史。该校距离县城8公里，位于头塘大队平泗屯村尾。学校有小学部和初中部，在校学生累计有390人，教职员工有18人。

校门两侧的墙壁上，分别竖向写着“好好学习，天天向上”八个大字。

校园内有一棵大榕树，榕树的枝丫上，悬挂着一个汽车刹车鼓钢圈。

每大上学，学校的一位老员工就敲响钢圈，作为上、下课的钟声。

平泗小学就是曾祥瑞任职的学校。他小时候的理想，就是当一名光荣的人民教师，现在他终于如愿以偿了。虽然有人说："在乡村学校当老师，尤其是当代课教师，好像'清水养田螺——不死也不活'。"但说这句话的人不明白真正热爱教育事业的人的心情。每一天，他都精神抖擞、壮志踌躇地走上讲台。

每当在课堂上看到几十双圆圆的眼睛，像雨后春笋般贪婪地吮吸着知识的甘露的情景，他更加感到教师的责任重大，需要用心施教、站好三尺讲台，否则就会"误人子弟"。

经过一个多学期的教学实践，曾祥瑞体会到，当教师虽然受人尊敬，但为人师表的同时，自己必须品行端正，还要有真才实学，才能不负使命。

上个学期，本班的韦芳与李三忠两位学生的数学成绩极不稳定，保持在中、下游之间。到了期中考试，李三忠和韦芳分别是40和36分，排全班倒数。

曾祥瑞便决定，利用空余时间，给这两位同学补课，加强辅导。

经过两个多月的努力，这两个学生的数学成绩在最近的测试和模拟考试中均有所提高，曾祥瑞心里感到很欣慰。

但是还有一些学生，不论怎么教，总好像是榆木脑袋一般，一点儿也不开窍。经过细心观察，他发现这些学生在上课时根本都是在开小差。

有一个女学生，上课总是偷偷织手工艺品；有三个男学生，在上课时偷偷看一些课外读物。

对于这种现象，曾祥瑞没有采用没收、罚站、写检讨等粗暴的方法进行处理，而是选择用谈心、明理施教及表扬与批评相结合的方法解决问题。

"我给大家讲一个故事。"曾老师说，"从前，某地有一个名叫张三的学生，他平时上数学课时，喜欢看小说，打瞌睡或做其他事情。

有一次班里进行数学考试，由于他大部分的试题都不会解答，只好在试卷末尾写上：'春天不是读书天，夏日炎炎最好眠。等到秋来又冬至，不如等待到明年。'

没想到，他的数学老师在试卷中批语：'少壮不努力，老大徒伤悲。'

第二天上午，数学老师当着全班同学的面说道：'张三同学，你的这首诗写得不错，说明你在语文方面有一定的水平。如果你上课时注意听课，在数学方面

加一把劲，同时，在语文等方面再下一番功夫，将来就会大有作为。'

但是，张三没有听，依然我行我素。后来他初中毕业，想要考取高中，却因为数学成绩太差没有考上，过了一年，他遇上了知青下乡活动。在农村，很少用到写作这些东西，但是却常常需要用到数学，他的数学很差，完全都是靠自己农闲时期自学学会的。他总是想，如果当初他好好学习，把补数学的时间用在其他事情上，也许他就……你们猜他就怎么样？"

学生听得津津有味，连忙问："他就当队长？""他就怎样？"

曾祥瑞笑了笑，说："他就能跟心爱的姑娘在一起了。这是张三的故事，你们想学张三，就要想想以后有没有本事再自学数学，否则就要打一辈子光棍了。"

学生们听了都笑起来，有人还喊道："老师，张三就是你吧？"

曾祥瑞也不恼，就是笑着，说道："说完故事了，我们来上课，大家要珍惜学习的机会。"

2. 林晓英

三月初，时有倒春寒的现象发生，万物似乎都是冷冰冰的。校园内的两棵芒果树开出了许多宝塔状的小黄花。小花圃里的各类春花竞相开放，飘溢着淡淡的清香，引来了一些蜜蜂和蝴蝶。校园旁，一棵自生自长的木棉树上次第开放着一朵朵红艳艳的木棉花。

这天，林晓英没有课，便留在宿舍里批改学生作业。当了一个多学期的老师，村里人都认识了她，走到路上随时都会有人叫："老师好！"

乡村的孩子一般都特别懂事、勤快，基本上没有娇生惯养的习性。一方面是家庭困难造成的，另一方面，当地农村还有着"重男轻女""多子多福"的落后观念。许多学生放学后，都要帮家里干活。男孩去放牛，女孩就在家里照顾弟妹、做其他家务活，从小就十分懂事。

那个时候，林晓英就明白，要让乡下的孩子告别贫穷、落后，有更好的生活，读书才是最快捷的途径。所以她对"教书育人"这个行业有着深刻的理解，她爱三尺讲台、爱学生，爱得无怨无悔。

批改完作业后，她走进教室的库房里，准备生火做饭，正好遇上几个女学生。她们与林晓英打过招呼后，便打开自带的午餐。

林晓英看到，女生们各自带了一竹筒大米粥，还配了咸菜，有的人则只带了两个熟红薯或玉米。

林晓英就跟她们交谈起来，说了几句话，她发现其中有3个还是自己班上的学生。

于是，林晓英招呼女生们到自己的宿舍坐一下。随后，她在厨房里做了一碟炒京白菜、一碟西红柿炒鸡蛋和面条。再为女生们热了一下红薯、玉米，邀请女生一起共进午餐。

这些留校午休的学生，有点类似今天的留守儿童，他们有的双亲被派去花山、巴本水库参加劳动，家里只有老人。有的父母在春耕春插农忙时都是早出晚归的，根本无暇顾及儿女。

当天下午，林晓英找到了校长，向他反映了这个情况。

过了几天，学校开会研究后，向师生们传达了研究决定："第一个是在闲置的库房旁搭建一间厨房；第二，规划出两间休息室，男女分开，供留校午休学生休息。星期一至星期六，每天轮流安排两位老师值班。"

第二年9月初，歌声阵阵书声朗，新的学期开学了。

开学的第一节数学课上，林晓英老师发现班里少了一个同学。后来得知，学生闭华退学了。

当天下午放学后，林晓英与班主任刘畅一起，来到闭华同学家里进行家访。闭华一家五口人，除了父母，还有一个妹妹和一个弟弟在上小学。其辍学的原因，主要是家庭生活困难，没有钱同时供三个孩子上学读书。所以，作为大姐的闭华只能退学，在家里分担家务。

林晓英与刘畅商量后决定，共同出钱资助闭华同学。学校里的老师得知这一情况之后，也纷纷表示愿意资助闭华。

另一边，刘畅和林晓英也在反复动员家长，终于说服她的父母，同意让女儿复学。

3. 情信

这天下课后，林晓英正跟班上的学生一起玩跳绳。玩得兴起的当头，门卫黄大叔走过来，说门卫室有林晓英的包裹和信件。林晓英想不起会有谁给她寄东西，连忙赶去门卫室取信，把信打开一看，原来是同学周卫东寄来的。

信中说道，周卫东也被派到横县西津公社第一小学担任代课教师，他还不知道林晓英也当上了代课教师，只是告诉她这一喜讯。写着写着，周卫东终于向林晓英表白了，他说自己从大一开始就爱上了林晓英，但是他一来没有勇气表白，二来他爸爸现在被打成了“走资派”，送到宾阳的“五七干校”劳动改造，他被迫与父亲划清阶级界线，还要检举、揭发及批判父亲，他心里担心林晓英会因此看不起他。如今，周卫东在插队的日子里，有了很多领悟，今天终于鼓起勇气说出了心里话。

随信寄来的，还有周卫东包好的横县茉莉花花茶，他希望林晓英能够把花茶和自己的感情一并收下。

一整个晚上，林晓英把这封信翻来覆去地看了很多次，最终，她拿出纸和笔，挥笔写下了回信。

周卫东同学：

您好！

来信收阅，寄来的茉莉花茶叶和种子收到了，请放心吧。

我也告诉你一个好消息，今年，我也被派到了头塘大队平泗小学担任代课教师。跟你一样，这个岗位也给我带来了很多的领悟。

我还想告诉你一个好消息，1970年3月5日，我在朔柳水库工地光荣地加入了共青团组织。其实我的家庭成分是民族资本家，属于“地富反坏右”“黑五类”的子女。但团支书鼓励我说：“出身不由己，道路可选择，重在个人表现。”

卫东同学，我也说一句真心话。只要你爱我多多，我也爱你多多。你高大英俊，性格开朗乐观，为人忠厚老实，是我芳心相许的“白马王子”。

好了，暂谈到此搁笔。

此致

祝你生活愉快，工作顺利！

田阳县头塘公社平泗小学

同学：林晓英 字

4. 求爱

每年4月初，县城各中、小学都要前往位于县城内的革命烈士陵园，进行公祭烈士。

1972年清明节上午，平泗、完小、百里三所小学的学生，在各校领导和老师的带领下，一起来到陵园的革命烈士碑前。

青松翠柏排成行，献上花圈寄心愿。

清明节的公祭烈士活动，是为了让大家缅怀革命先烈，懂得更珍惜今天的幸福生活。

活动结束后，在回校的路上，曾祥瑞走到了林晓英身边，踌躇地说："小林，待会我俩一起去平泗桥那边散步好吗？"

"待会我没空了。我要洗澡、洗衣服，今晚还要批改学生作业呢。"她推辞道。

"晓英，我、我……"他欲言又止，吞吞吐吐的。

"怎么了？有什么事，你就直说嘛。"林晓英坦率地说。

曾祥瑞握了握拳，似乎终于拿定主意了，但开口的那一刻，不知怎么说成了："我想和你交流一下教学经验。"

林晓英笑了起来，说道："祥瑞哥，这事儿不急嘛，我们改天再交流经验也可以的，是吧？"

曾祥瑞都不知道自己是怎么稀里糊涂回到的宿舍，他心里很懊恼，但除了懊恼自己，他也没有勇气再跑回去把心里话对林晓英说。

就这样过了好几天，他一直心不在焉的状态被同宿舍的老师看出来了，大伙儿都鼓励他去试一下。过了好多天，他的信心又噌噌地长出来了。

这天傍晚，他又来到林晓英宿舍前，林晓英正哼着《茉莉花》这首小曲儿，在花圃前松土。

曾祥瑞走上前去，主动打招呼："晓英同学，你好哇！你在种什么？"

"祥瑞同学，你好！你猜我在种什么？"她说。

曾祥瑞看不出那是什么种子，灵机一动，大献殷勤地说："你刚才那首歌唱得那么好听，该不会是茉莉花吧？"

"是茉莉花，你挺聪明的嘛！"她笑着说道。

曾祥瑞一边在旁搭把手，一边不解地问："晓英同学，我们县怎么也种有这种茉莉花?"

"这些茉莉花，是从横县移植过来的。"

"哦，这些茉莉花又洁白又芳香袭人，像你一样漂亮，多么令人喜爱啊!"他赞美地说。

林晓英低着头笑了笑，没有接这句话。

这样一来，曾祥瑞就有点泄气了。但他实在不愿意重蹈覆辙，趁着林晓英正低头浇水的当儿，他壮着胆说："晓英同学，我有一句话要对你说。"

"什么话，你说嘛。"她大方地说。

"晓英同学，我、我爱你。"他说完这句话，只觉得一股热量蹿到脸上，整个脸估计都红了。

她愣了一下，羞红着脸，有些难为情地说："祥瑞同学，谢谢你对我的爱。但实在对不起，我已经心有所属。"

她停下手中的活，也不抬头看他，只说："祥瑞同学，不，应该叫你祥瑞哥哥。多年来，你像亲哥哥一样，对我关心、爱护和帮助，我真不知如何感谢你。"

"那么说，你已经有了理想的对象了？请你告诉我，你心中的'白马王子'到底是谁？是不是张健雄……或是梁中骅?"他有些激动，也管不上自己还是面红耳赤的了。

"都不是。"她停了一下，接着说，"他是我的大学同学，也是你的大学同学，你猜猜看。"

曾祥瑞一连讲出其他几个男同学的姓名，她都摇摇头。

"周卫东。"当他讲到第五个同学的姓名时，她满脸通红，羞涩地微笑着点了点头。

"周卫东的父亲，是一个'走资派'。"他告诉她。

"我早就知道了。"她答道。

"这个'北方崽'有什么好呢？他有哪一方面值得你去爱呢?"曾祥瑞有些妒忌地问。

"这、这，我不知怎样说。"这些问题，她真的难以说清楚。

曾祥瑞有些想不通，这个绰号叫"北方崽"的周卫东与林晓英只是大学同班同学，而他本人和林晓英，可是从小到大都在一块儿的，与她可谓“近水楼台先得月”。为什么自己得不到她的芳心？他似乎有些不服气，只好埋怨和责怪“月老”乱点鸳鸯谱。

曾祥瑞有些留恋地望着她，感到有些沮丧。他知道，捆绑不成夫妻，强扭的瓜儿不甜。或许，自己和她没有缘分。

气氛僵持了一会儿，曾祥瑞有些生气地说：“晓英同学，不，我也应该叫你晓英妹妹，我预祝你和周卫东生活愉快，婚姻幸福！”

他说完这句话，头也不回地就走了。

林晓英从来也不知道曾祥瑞的心意，她并没想到会弄成这个样子，看着曾祥瑞离去的背影，她一句话也没说。

5. 夏日之恋

在20世纪70年代初，乡村小学的正规教师每月工资约38元钱，校长每月工资约56元钱。

而代课教师没有什么工资，只由所在生产队给每人每天记10个工分。另外，学校除了第一年每月发给代课教师6元钱，第二年则提升到每月8元。

那时，每10分工分的分值，可兑换为5角8分到6角4分不等。

当时也没有双休日，教师们每个星期日能休息一天。寒假期间，代课教师要回生产队参加积肥劳动。暑假期间，正值夏收夏种“双抢”季节，代课教师们还要回到生产队，收割稻谷和拔秧插秧。

第一年的暑假，代课教师都回到原来的生产队参加劳动去了，因大家将近一年都没有高强度的劳动，在这样炎热的天气里，都感到特别劳累、辛苦。

可是那个年代，所有的人都是一样的，没有当代课教师的知青，更是辛苦了一年，所以就算再苦再累，也没有人有怨言。

滕桂花的身子比较弱，双抢期间中暑了好几次，一中暑，她就只能在树下休息，当天的工分就拿不到了。看着其他知青都在田里辛苦的劳作，她觉得特别过意不去。

这些时候，她就会想起闭国威。他会用谈心的方式，对她进行培养、帮助。

记得当初有一天，闭国威找到她，对她说：“滕桂花同志，你在最近的民兵训练中表现比较突出，尤其上次你和莫祥英两位女民兵在汇报演练时，得到了上级领导的称赞。据我了解，你的家庭成分为手工业者，属于劳动人民阶层。在钦社屯的农业生产劳动中，你积极肯干、不怕苦，得到了社员们的好评。滕桂花同志，你应该及时写申请书，争取加入共青团组织。”

“嗯，好的。”她点点头有些腼腆地说。

他从口袋里拿出一本团章递给她：“桂花同志，这本团章送给你学习。”

“感谢你对我的帮助，我一定努力学习、好好劳动，争取加入共青团组织。”她接过团章，感激地说。

几个月后，在花山水库工地东面的山腰上，闭国威把滕桂花约出来，对她说：“滕桂花同志，你的入团申请，团支部已经批准了，由我和支部委员黄卫兵介绍你加入团组织。”

“太好了，感谢你对我的培养和帮助。”

“滕桂花同志，希望你今后严格要求自己，积极工作，起到一个共青团员的模范带头作用。”闭国威鼓励她。

“嗯。你放心吧，我一定争取更大的进步，不辜负领导的期望。”

他俩一边交谈，一边并肩慢步走向水库附近的磺桑江。江面上，一条小船渐渐漂向远方，不时传来阵阵歌声。啊！好一幅渔歌晚唱、夕照江山的秀丽图画。

夕阳映红了山林，映红了江河湖泊，映红了他们的笑脸……

闭国威是广州军区某部工程兵，当兵五年来，曾随部队到过越南、老挝等国家和地区，参加修筑公路，包括修筑隧洞、桥梁等工程施工。他在1967年期间，还参加过“援越抗美”的战斗。

复员军人是当地农村最优秀的男青年，也是许多农村姑娘寻找对象的首选。

闭国威与滕桂花是在参加大队文艺宣传队及民兵训练的过程中，彼此相互有了好感，后来，两人在花山水库工地的劳动中，逐渐产生了爱情。

滕桂花身材高挑，跟国字脸庞，浓眉大眼的闭国威站在一起，特别般配。而且闭国威是一个经历过许多的人，他经常跟滕桂花说一些各地的见闻和逸事，在滕桂花的心中，闭国威就是一个完美的对象。

在花山水库大坝完工后，闭国威当选为大队党支部副书记。当时党支部书记每月的工资30元钱，副书记只有约25元，工资虽然较低，但这却是许多人梦寐以求的职务。

闭国威在向滕桂花传达这个好消息后，主动地向她表白自己的感情："桂花，自从前年下半年搞民兵训练的第一天开始，我就爱上你了。"

"国威，说实话，我是去年3月初，在花山水库工地劳动时才爱上你的。国威，我也爱你。"她想了想，有些害羞地说。

此时此刻，闭国威将坐在身旁的滕桂花搂抱在怀里，他俩甜蜜地亲吻着……

山花似乎在为他俩开放，蜂蝶似乎在为他俩欢舞，鸟雀似乎在为他俩欢唱。

6. 欢送会

光阴似箭，日月如梭。转眼曾祥瑞已经担任了三年的代课教师，他带的初一年级也已升为初三年级。

6月上旬的一天上午，曾祥瑞的早课刚结束，他刚走出教室不远，校长和头塘大队黄文武支书迎面走过来。曾祥瑞与两个领导打了招呼。

黄支书告诉他："曾老师，我这次来是传达上级领导的通知，你和林晓英、张健雄、梁中骅等老师，调回南宁市教育局工作。你们要在7月20日之前办好手续，去单位报到。"

李校长接着说："曾老师，恭喜你了，不过还是请你站好最后一班岗，抓紧数学与物理的总复习，给毕业班做好考试准备。"

"嗯，好的。我一定完成任务。"曾祥瑞充满信心地答道。

7月上旬，初三年级的毕业考结束后，学校就组织师生召开了一场别开生面的欢送会。学校领导和初三的全体师生都参加了这场欢送会。

学生们把桌椅垒起来放在教室四周，中间留出空地，所有的人围坐成一个大圈。李校长向学生们解释了这场欢送会的目的、曾祥瑞等老师今后的工作安排，气氛热烈而又有些伤感。

学生代表随后也发表了对老师的感谢，她说完后还拿出一本花塑封面的笔记本："我们全班同学都很舍不得各位老师，大家一起在这本笔记本上留下了自己的心里话，希望老师一切顺利，走到哪儿都别忘了我们。"

大家热烈地鼓起掌，曾祥瑞接过笔记本，激动不已。也不待主持人请他发言，他站起身来就说道："首先，很感谢学校领导和各位老师，感谢组织，让我在平泗小学里，有实习和施展才华的机会。当然，也很感谢每一位同学，老师会永远记得你们。希望你们在今后的人生道路上，做一个勇敢、正直的人，做一个好人、一个对国家有用的人，不辜负学校的栽培。我在担任代课教师期间，如有什么不足之处，也请大家多多担待。最后，我祝考上高中的同学，年年学习进步。祝回乡参加劳动的同学，岁岁喜获丰收。”

这之后，就是学生们精心准备的表演节目，有舞蹈和歌曲，有欢笑也有掌声，这不仅是代课教师们的欢送会，也是毕业生的毕业典礼。

7. 荷花塘畔表白

雨后，平泗屯的荷塘里，荷叶更翠绿，荷花也别样红。

欢送会结束后的当天傍晚，曾祥瑞和黄桂珍来到荷塘旁散步。

面对眼前美好的景色，曾祥瑞感慨万端，兴致勃勃地说：“‘荷花出淤泥而不染’的品性，受到许多文人骚客的赞赏。而西沉下山的夕阳，在离别之际，将天空和大地装扮得如此亮丽壮观，同样值得人们的颂扬。”

他停了一会儿，问道，“你约我出来，除了欣赏荷花与夕阳之外，还有什么事情吗?”

“欣赏荷花与夕阳，这是一个方面。”她停了一下，接着有些腼腆地说，“曾老师，我有一件事，还有一些心里话要对你讲。”

“你有遇到什么困难吗？不要紧，说出来看看老师有没有什么可以做的。”

黄桂珍摇摇头，羞红着脸，有些不好意思地说：“曾老师，我爱你，我要嫁给你。”

曾祥瑞大吃一惊，停下脚步，问道：“你刚才说什么？我听不清楚。”

黄桂珍抬起头看着他，一字一顿地说：“曾老师，我爱你，我要嫁给你。”

曾祥瑞愣了好一会儿，随后哈哈大笑起来，说道：“黄桂珍，你今年才满16周岁，还不到婚嫁年龄。你应该继续上学读书学习，不要耽误了自己的大好前程。”

黄桂珍撒娇似的抿着嘴说：“不对，我曾辍学一年，读书也晚，我今年已经17岁半了。我的心愿，就是要嫁给一位教过我的、年轻有为的男老师。”

曾祥瑞已经不笑了，而是温柔地说：“黄桂珍同学，你年纪还小，还不懂得什么叫作爱情。”

“我懂，爱情就像天上的紫燕，比翼双飞长厮守；爱情好比水面的鸳鸯，相亲相爱共白头。”

“婚姻大事，岂能当作儿戏。你的父母会同意吗?”

“只要我俩像紫燕、似鸳鸯一样真心相爱，我的父母亲一定会同意的。”

曾祥瑞有点拿她没办法了，便真诚地说：“黄桂珍同学，我比你大10岁，现在你也毕业了，我也不再当你的老师了，我俩干脆结拜为异姓兄妹吧。”

没想到黄桂珍不依不饶，她说道：“你比较大，我不嫌弃。只是我的岁数还达不到法定婚龄，你可以等我。曾老师，请你耐心地等待我两三年，好吗?”

“哎呀，你实在太天真了，到时你会后悔的，将来可没有后悔药卖啊!”

“你放心吧，我绝对不会后悔的。不信的话，咱俩可以用小手指拉钩。”她说完，主动用右手小手指钩住曾老师的右手小手指，一边摇动一边说：“拉钩、拉钩，一百年，不变心。”

曾祥瑞顿时满脸通红，不知如何是好。

“如果你跟我走了，将来，谁来照顾你的父母亲?”曾祥瑞又抛出一个问题。

“前年初，家里为姐姐招了一位上门女婿。这一方面，你放心好了。”

夕阳渐渐西下，晚霞映红大地。荷塘里，几枝粉红色的荷花亭亭玉立，点缀在碧绿的荷叶中间，绽开的荷花，透露着缕缕馨香。

一两枝含苞待放的花蕾，犹如天真、可爱、情窦初开的少女，昂首挺胸，微笑着迎接明天灿烂的花季。曾祥瑞不再说话，这件事情如何走，只能交给时间来决定了。

四 有情人终成眷属

调回南宁工作第三年的春节期间，林晓英和周卫东喜结良缘，成为一对恩爱夫妻。莫祥英从百色师范学校毕业后，与复退军人韦建国喜结良缘，也成为一对恩爱夫妻。

滕桂花的父母听说女儿在插队的农村有了一个复员军人男朋友，一开始都是激烈地反对这门婚事，不同意女儿嫁在农村，担心她在农村会一辈子受苦。

但是，滕桂花说什么也不答应，死活都要跟随闭国威。她的执着与真爱，终于转变了父母的想法。好事多磨，第二年国庆节期间，滕桂花和闭国威终于成婚。

1974年9月，廖中波被分配到南宁市手扶拖拉机厂工作。他一有空就到医院探望李福康。

后来的日子里，李福康总是对他说："中波，谢谢你对我的关心、爱护和照顾。"

她的语气很慢很慢，眼里常常含着泪水："中波，我、我的病看来好不了了，你要找一个身体、品性比我好的姑娘。不要等我，以免耽误你的幸福和前程。"

每当这种时候，廖中波心里都很难受，但他还是强忍着伤悲，假装轻松地安慰她："胡说什么呢，医生今天跟我说，你都好多了！你要乐观地生活，顽强地与病魔抗争。我永远等着你，你会好起来的。"

但最终，李福康病情不断恶化，还是没能战胜白血病，带着她对亲人与男友的爱，与世长辞了。

而曾祥瑞被分配到南宁市第一中学担任数学兼物理教师。第二年9月，他得到一个名额，前往广东工学院进修两年。进修毕业后，他应邀回到南宁市机械工业学校，担任机电专业的教师。

寒来暑往、四季更替。转眼间又到了夏季，当凤凰花盛开时，校园内又热闹起来。

曾祥瑞在南宁机校机电系的第一节课上，忽然发现了一个人特别眼熟。他看了学生的花名册，却没有找到认识的名字。

课后，那个学生自称是黄蕾，主动上前跟他打招呼。

他恍然大悟，真是"女大十八变"！黄桂珍从一个懵懵懂懂的少女，变成了一个大姑娘。

1974年8月下旬，黄桂珍因考试成绩优良，被田阳县高级中学录取，继续读书三年。她在高一时，便改名为"黄蕾"。高中毕业后，她参加第一届高考实验考试，结果考上广西机校，选择学习机电专业知识。

她也没有想到，竟然在这里遇到了曾祥瑞老师。

虽然，黄蕾在校读书期间，还是得到了曾祥瑞的帮助和照顾，但曾祥瑞一直保持着师生的距离，懂事了的黄蕾也没有再像以前一样"童言无忌"，她只享受着待在曾祥瑞身边的时光。

转眼间，黄蕾就要毕业了。一天下午，黄蕾到曾祥瑞办公室找到了他，开门见山地说："曾老师，今晚我们一起到西乡塘电影院看电影，好吗?"

"今晚……我……我今晚可能没有时间。"曾祥瑞本想推辞掉。

"曾老师，我已经22岁了！现在请你把我当一个成年人来看待。"黄蕾认真严肃地对他说，一双大眼睛紧紧地盯着他。

两人对视了一会，忽然同时"扑哧"笑了出来。曾祥瑞想了想，说："好吧，今晚我们最好是看第一场电影。"

"我负责买电影票，到时候，我在电影院门口附近等你。"她还是摆出一副大人的样子，严肃地说。

"我买票，我等你。"曾祥瑞一副你不同意我就不去的神情。

"好，那我给你这个面子。"黄蕾点点头，转身走了出去。出了门口，她才转过身来，对他吐了吐舌头，然后又若无其事扬长而去了。

曾祥瑞看着她，笑着摇了摇头。

黄蕾毕业后，曾祥瑞才开始正式与黄蕾约起会来，他渐渐坠入爱河，从师生之间的友谊，逐渐发展为情侣。

后来曾祥瑞才知道，原来当年他插队时认识的那个叫黄桂芬的姑娘，就是黄蕾的亲姐姐。中专毕业一年后，刚满23岁的黄蕾，嫁给了33岁的曾祥瑞。

1978年12月18日至22日，中共中央十一届三中全会在北京举行。

全会拨乱反正，对冤假错案进行改正，包括对所谓的"走资派""右派"进行改正。许多原单位的领导，得以官复原职。

至此，许多插队知青被招工、招生，回到南宁、百色或其他市区工作，相继成家立业，开始了新的生活。

文艺宣传队

一　文艺队成立

头塘公社文艺宣传队，成立于1967年1月，是“文化大革命”的产物。

当年，头塘公社领导为了宣传党的路线、方针、政策，组成一个头塘公社毛泽东思想宣讲队。队员们除了下乡宣讲演说之外，还采用表演文艺节目的形式进行宣传，收到了良好的效果。后来，便将宣讲队改名为文艺宣传队。

在文艺队，比在生产队干农活稍微轻松一些，而且工分还要多一些。因此，很多知青及农村青年都很想参加文艺队。

在文艺队队部，队员们自办集体食堂，每人每月要交伙食费8元钱。也可以回生产队领大米和食油，拿来交伙食费。

文艺队队长每三天安排两名队员，轮流到食堂当炊事员煮饭炒菜。

二塘街三天一圩，一到圩日或节日，渡船上的老艄公来来往往特别忙碌。

文艺队的炊事员也会在这天去赶圩，而只有在圩日里，文艺队才能吃上一点荤腥，食堂人员既当“厨师”，又当“总务”，每天做好开支计划和购买物品登记，以便月底结账。

这里的米饭随便打、随便吃，从来无人计较，根本不像水库工地的食堂那样，每人每餐只给四两饭。

苏文豪是年纪最大的老队员，他每天都要自酌自饮几口酒。

他总是在喝了一大口酒后，就开始呼朋引伴："来来来，见者有份，队友们，大家最好每人都喝两三口酒。喝酒能够舒筋活络，去除疲劳，冬天还可以抵御寒冷呢。当年，在长征途中，红军爬雪山过草地，酒和辣椒对红军战士起到了很好的作用。"

苏文豪1951年参加部队文工团，虽然不是红军，但是曾到朝鲜前线慰问演出过。复员回乡之后，他又参加头塘公社文艺宣传队。在队里，他是一名骨干。

除了当演员之外，苏文豪会吹笛子和拉京胡、二胡、小提琴等。平时，他还写作编剧，主动担当导演。总之，苏文豪是一位多才多艺的优秀人才。队友们都喜欢称他为"苏大哥"。

其他队员也大多数爱好文艺，学过歌唱与舞蹈的基本功。对排演一些唱跳节目，根本不成问题。

但是，当时全国上下只能演出选定的四个革命样板戏。不仅如此，还规定了演出者的每一段唱腔、每一句台词、每一个动作，都要与正规剧团或电影上所演出的样板戏一模一样，这样的要求对队员来说则有一定的难度。

第一关就是要讲好普通话。

因为文艺队有一半以上人是本地人，本身说话时就夹带了当地的口音。演出时，常常说得引人发笑，演出效果不佳。

为此，文艺队要求所有人从汉语拼音开始学习，用标准普通话反复练习样板戏的每一句台词、唱词。大家都很积极，但是基本上每个人都是半桶水，没人能真正教好其他人。

于是队员苏文豪向黄队长提出建议："黄队长，我有一位朋友原来是广西壮剧团的演员，现在百色市六塘'五七'干校接受劳动改造。听说，有几位广西京剧团的演员，也在那里参加劳动。这些演员曾经到过首都北京，为中央首长专场演出过样板戏的。我们可以去那里向他们请教。"

黄队长听后十分高兴，第二天就带上主要演员前往"五七干校"登门拜师。

但是学习效果不算特别好，因为没有录放设备，队员们学了几天，一回到原来的语言环境，又不知不觉忘了标准的发音了。

这件事还没结束，又有了新的问题。

文艺队缺少活动经费，县委有关部门也不批活动专用款，文艺队只能自筹资金。

公社革委会副主任建议队员去百沙大队的小型煤矿打几天工。但是，单靠打工，也很难解决问题。

但书记同意了这个安排，让百沙小煤矿的工人停工10天，文艺队的男队员下井去挖煤，女队员在地面帮忙，把挖到的原煤卖给县煤炭公司或居民。所得收入就作为文艺宣传队的活动经费。

在漆黑的矿井里，昏暗的矿灯下，男队员们穿着短裤和背心，头戴一顶带灯式安全帽，蹲着身体，汗流浃背地用短柄十字镐挖掘乌黑的原煤。

矿道低矮，他们需要跪着往箩筐里装煤，需要一边爬行，一边拖动箩筐。

就这样，男队员们冒着生命危险，连续劳动了10个昼夜，挖得20多车原煤。

女队员们把乌黑发亮的原煤，拉到县城的县煤炭公司销售，总共得到2000多元钱，比预期多了不少。这样，缓解了文艺宣传队的经费问题。

二　重回舞台

女队员吴虹每次表演结束，在听到阵阵热烈的掌声时，她总是向台下久久鞠躬，激动不已。

吴虹天生丽质，特别喜爱唱歌跳舞。在学校老师的悉心栽培下，她14岁就入选了中学文艺宣传队。

但之后的“文化大革命”，因为家里有海外关系，她父亲被扣上了“走资派”“特务”等大帽子，让直系亲属受到了牵连。她的父亲被押送到阳圩农场，住进牛棚里，进行劳动改造。

尽管如此，她还是很热衷参加学校的文艺演出。但不记得是哪一天，学校组织文艺队登台演出，当吴虹表演完一个节目时，等待她的不是热烈的掌声，而是一阵阵侮辱性的狂叫声：“‘走资派’‘狗崽子’吴虹，你不配登台演出！”“‘走资派’‘特务’的女儿吴虹，你滚下台去！”当时，还年少的她惊恐万分，吓得站在台上一动不动。

她至今无法摆脱那种恐惧，一想起当年那个瞬间，浑身就犹如浸在冰冷的水里。

初中毕业后，吴虹和大部分同学一起来到了田阳县头塘公社二塘大队那培屯插队落户。她和贫下中农同吃、同住、同劳动。住的房东家是地面潮湿、没有天花板的土坯房。不过乡下人虽然比较贫穷落后，却没有一人歧视她，她能感受到社员和村屯干部对自己的关心和照顾。不久，刚满16岁的吴虹，就被头塘公社文艺宣传队选中了。从此，她成为一名文艺队员，在舞台上开始为广大群众表演多样的节目，还多次扮演《白毛女》中的杨喜儿，怎能不感激涕零呢？

三　吴家三姐妹

“吴虹妹，我们到河边散散步吧。”同宿舍的吴慧芳打断了她的回忆。

坐在一旁的吴小鹃一听雀跃不已：“好啊！出去散散心，凉快凉快！”

“不错，正合我的心意。”吴虹微笑着点点头。

当天傍晚，右江岸边，文艺队的“吴家三姐妹”有说有笑地慢步走着。

小型码头旁，停泊着一条摆渡用的小木船。该船被一条粗大的缆绳牵系着。一阵微风吹来，小船儿不时伴随微小的波浪左右摇动。

“呜——！”附近的江中，一艘载着货物的机动轮船鸣着汽笛，绕过了航标灯装置，“突突、突突”地沿着弯曲的河道逆流而上。

一对鸟儿扇动着双翅，从江岸飞向八面山的树林间。

此时，吴虹若有所思地问：“吴慧芳，你和韦宏相恋了？吴小鹃，你也与韦水笙谈上了？”

“吴虹姐，你的消息怎么那么灵通？”吴慧芳羞红着脸问。

“这个嘛，已经是本队公开的秘密了。”吴虹笑了笑，接着说，“我预祝你俩与相爱的白马王子健康快乐、婚姻幸福。”

此刻，吴慧芳反问道：“吴虹妹，你看上队里的哪一位男子了？你是打算嫁在队里‘内销’，还是嫁到别处‘外销’呢？”她说完向吴虹做了一个鬼脸。

吴虹有些不好意思地说：“我、我嘛，八字还没有一撇呢。谁和我有缘分，我就嫁给谁。”

“呜……”右江河中，那艘机动轮船又拉响了汽笛声。越来越近的轮船，似乎正在江面上追逐着西下的夕阳。

江面上，传来一曲动人的渔歌。轮船伴着渔歌晚唱，渐渐地驶向远方……

四　打工挣钱

每年在“青黄不接”的季节，生产队里就没有剩余的稻谷及食油，也没有钱。许多队员领不到粮油和钱，无法交伙食费，食堂就没办法开伙。

当班的炊事员只能到山上摘一些野生的白花菜，有时候是摘野生的番桃，当地人叫“鸡果”。就这样，大家连续几餐都吃白米粥、玉米粥送野菜、野鸡果，熬过了艰苦的日子。

这时候就有队员出谋划策，动用自己的关系，在乡里或镇上找工作，终于有人在二塘粮所仓库，找到了包装工和搬运工的临时工作。

于是全部的文艺队都出动了，男队员负责用麻包袋装干燥的稻谷，女队员则用一根大钢针及麻线，将一袋袋装满稻谷的麻包袋缝好封口。

下午，货车一来，大家要把包装好的稻谷装上汽车。

24位队员每天要工作6个多小时，换取10元钱，总算解了燃眉之急。

但这种工作是可遇不可求的，很多时候大部分的工厂没有零工做。

在文艺队的伙食费正要用完的时候，又有人赶紧想到了一个主意——到尖坡山上割龙须草，卖给县收购站。

大家说干就干，第二天早晨，天刚蒙蒙亮，除了有节目需要排练的队员留在文艺队外，其他人带上镰刀、扁担、绳索等用具，备好干粮和水壶之后，就往尖坡山出发了。

另一边，也有人往县收购站去了解情况，县收购站的负责人表示，按质量及当天的收购价格收购，有多少要多少。平时圩日才开门收购，对文艺队可以打破常规惯例，随到随收。

在山上割了三天的草，10多位队员，总共得到了24元钱。

五　被开除

1970年5月中旬，李志翎因为会拉小提琴，被招收到头塘公社文艺宣传队当乐队演奏员。这对他来说，是一件天大的好事。

调到头塘公社文艺队一个多星期以来，李志翎每天早上都来到右江岸边练习拉奏贝多芬、肖邦的小提琴曲。有时候，他还会拉苏联歌曲《红河谷》，这是一首爱情歌曲，在当时是被列为禁唱的“黄歌”。

结果这件事被人知道了，一天中午，宣传队队长找到李志翎，对他进行了严厉的批评，禁止他以后再拉奏这些“黄色”歌曲。

这件事之后，李志翎改变了战略，他选了傍晚时间，到八面山山脚，继续练习小提琴。

然而他还是再次被人举报了，这次是公社干事把他抓去谈话，干事背着手，严肃地说：“李志翎，有人举报你最近经常拉奏外国的黄色歌曲，还拉奏台湾邓丽君演唱的那些歌曲，这些没有阶级性的靡靡之音，都是被禁止的。要是再有人举报你拉这种‘黄歌’的话，你就会被开除。”

李志翎被训了一通，再也不敢练了，一个月后，他在八面山山腰练了一个小时的小提琴练习曲后，心里感觉有些烦闷，便不由自主地拉奏了一曲《阿里山的姑娘》，没拉到一半，他突然警醒般停了下来，四下看了一会儿，没见着人，便收拾东西匆匆回去了。

没想到的是，第二天上午，公社干事和文艺队队长一起找到李志翎，队长发话道：“李志翎，你屡教不改、三番五次地拉奏黄色歌曲，从今天开始，你被开除了。”

一直沉默的李志翎终于忍不住反驳道：“我没做什么坏事，宪法又没有规定，不许拉奏那些歌曲。”

“上面已经明令禁止唱这些黄色歌曲了，你说我是不是给过你机会？不知道珍惜的家伙，李志翎，你被开除了。”赵干事接着说。

李志翎知道争辩无用，他径自走出房门，回去收拾行李，苦笑着离开了二塘街。

六　演出成功

新山大队是头塘公社比较偏远的村屯之一。这里既没有修通公路，也未接通电源，包办婚姻和近亲结婚等现象比较严重。

于是，县里就将“下乡巡回宣传演出”的第一站定在了新山大队，要求通过巡回演出，提高社员群众的思想觉悟。

为此，文艺队专门创作了一部独幕话剧——《“亲上加亲”的后果》，试演成功后，文艺队开始巡演了。

10月上旬，秋风渐凉。经过将近两个钟头艰难地行走，队员们终于到达了距离二塘街约五公里的新山大队。

当天夜晚，新山大队队部旁的晒谷场上，立着两根长竹竿，中间绑上一块红幕布，还有四盏汽灯照明。

舞台四周早就围满了观众，在一阵热烈的掌声中，演出开始了。

首先是歌舞《壮锦献给毛主席》；接着是样板戏《白毛女》选段，“北风吹”和“扎红头绳”；之后是器乐合奏等节目，最后才是压轴的话剧《“亲上加亲”的后果》。话剧大致内容如下：

某公社某村屯临时的医疗室内，一个男医生和一个女护士，各坐在一张办公桌旁。

医生自言自语地说：“县里有关部门组织了卫生下乡活动。我们已经来这个村一天了，我不明白，为什么那么多人把这个村叫作‘傻子村’?”

此时，一位中年男社员，正拉着一个小女孩，背着一个小男孩，急匆匆地走进医务室，一边把小男孩放下，一边有礼貌地向医生打着招呼。

“农旺民。”

“李医生。”没料到是熟人，两人一见面便惊喜地叫道。

“多年不见，你看小孩都这么大了。”男医生说道。

“快叫李伯伯。”中年男社员拉过小女孩说。不料，小女孩竟“呜啊”地哭了起来。

李医生忙问：“农旺民，你的身体哪里不舒服?”

“不是我身体不舒服，而是小儿子有些感冒、咳嗽。嘿！不知为啥，姐弟俩从小体弱多病。”

李医生拿过一个听筒，帮小男孩探听了一下，说道：“小刘护士，你帮小男孩测量一下体温。”

“哎！好哩。”小刘护士便将体温计夹在小男孩的腋窝下，让他爸帮忙压好小孩的手臂。

中年男社员说道：“李医生，我的大女儿已经13岁了，只有这么高，小儿子已经9岁，才有两尺高，而且还经常要父母抱着或背着，现在还不能上学读书。

你看看姐弟俩是不是肚子里有蛔虫？”

“你妻子的情况怎么样？”李医生问。

男社员答：“我老婆的身体结实、健康。当年，我就是看上她身体好，能劳动，会挣工分，加上又是我的表妹，所以，我才跟她结婚的……”

女护士拿出体温计看了一下，说：“39摄氏度。”

李医生给小男孩开了一些药。

这时，一位中年女社员从幕布右侧急匆匆地走上场，刚走进医疗室就说：“医生啊！我的儿子刚才走路不小心，摔了一跤，头部受了一点伤。”

李医生走过去看了看小孩额头上的伤口，说道：“小刘，你来帮忙处理一下伤口。”

中年女社员说：“李医生呵，我儿子从小就多病，补品吃了不少。什么‘三七’炖鸡，什么‘十全大补’，都给他吃了好多回，就是不长。”她看着孩子，接着说，“别的小孩1岁多就会说话、走路，他5岁才会说话、走路。现在，他都10岁了，仍然有些痴痴呆呆的。读书考试不及格，留级了两年。嘿！请问医生，这到底是怎么回事？”

“他爸爸的情况怎样？”李医生关心地问。

中年女社员说：“他的爸爸是我的表哥嘛，他和我从小青梅竹马，身体一直很好的！”

李医生问：“你们村里，像这样‘亲上加亲’的多吗？”

中年妇女兴致勃勃地说：“我们全村有40多户人家，起码有20户人家都是这样的。全村瓜藤扯着豆藤，差不多都是亲戚。舅舅的女儿多数是姑妈家的儿媳；姑妈家的女儿又多是舅舅家的儿媳。”

医务室内外，还有10多位拖儿带女前来就医的社员群众。

李医生站起来，向涌来的群众大声说道：“社员们，你们好！义诊两天来，有的人问我，咱们村为什么被人们称作‘傻子村’。村里的大人和小孩，为什么有那么多的缺陷。他们有的是哑巴，有的大腿如竹竿细，有的斜鼻歪眼，有的15岁了才有1米高，而且还多病难养！

我现在告诉大家，上述问题的主要原因，就是近亲结婚，‘亲上加亲’的后果。我国的《婚姻法》中，有一条就明文规定：直系血亲和三代以内的旁系血亲禁止结婚。

但是我们是边远山区，不清楚这些法律规定，许多16岁至22岁的青年不经过登记就结婚，以为摆上几桌酒席就是夫妻了，这是不对的。

我们根据多年的实践经验得出科学结论，凡是近亲结婚的，对子孙后代的健康都有影响。任何人违反了这条规律，都要受到惩罚。我们再也不能提倡‘亲上加亲’了，不然就会一代不如一代。”

社员们听后议论纷纷。

一位女社员说：“哦，原来是这样。”

又一位男社员说：“好像真的是这样啊！有没有什么医治的办法呀？”

李医生说：“这个是没办法医治的，只能从源头上扼制！再也不近亲结婚。”

在一阵阵掌声和欢呼声中，演出结束了。观众们渐渐散去。新山大队的黄支书握了握公社干部赵尚武的双手，又握了握黄礼岩队长的双手，他激动地说：“你们演得太好了！尤其是《壮话快板》和话剧《“亲上加亲”的后果》，使我们受到了很大的教育，谢谢你们。”

七　入团

一个多月来，队员们跋山涉水、翻山越岭，不畏艰难，先后到本公社的新山、百沙、百坡、联坡、头塘、百里、四联、二塘等9个大队巡回演出。

下乡演出虽然辛苦，但伙食会好一些，每餐都有一些荤腥，由当地社员帮忙煮食。晚上演出完毕，还有夜餐吃。

许多大队和村屯都非常淳朴、好客，社员们杀鸡杀鸭，甚至杀狗杀羊，款待队员们。过节时，社员们还会争相送来粽粑、糍粑、凉粽或五色糯米饭和各种水果，队员们个个笑得乐开了花。

下乡归来的当天，主要由韦宏与吴慧芳当炊事员，负责煮饭与炒菜。

等到只有两人独处时，吴慧芳拿出一包东西，对韦宏说：“韦宏，我送给你一件礼物。”

“什么礼物？”他惊喜地问。

“一件新的毛线衣。这件衣服，上个月我刚织好，我们就去下乡了。所以今天才有机会。”她爽快地说。

韦宏用毛巾擦了擦手，接过毛线衣，摸了又摸看了又看，高兴地说：“太好了，这个冬天，再冷我也不怕。”他说完把毛线衣包好拿回了宿舍。

第二天，文艺宣传队队部召开了团支部会议。

公社团委书记兼直属团支部书记赵尚武说道：“我们直属团支部，现有12名团员。其中，文艺队有8名。从去年10月到现在，文艺队又有4位队员写入团申请书。经过一段时间的培养与考验，他们在各方面都有了一定的进步。现在，请大家讨论一下，随后，举手表决。”

团支部副书记苏芝兰拿出一份申请入团人员名册，开始念道：“吴慧芳，女，家庭成分贫民，文化程度高中，从南宁市来到二塘大队插队落户。同意吴慧芳同志加入共青团组织的，请举手。”她用右手食指数了数，“好！有10人同意。按照选举法，超过半数以上同意的就算通过！”

她继续念道：“黄爱秋，女，家庭成分贫农，文化程度初中，二塘大队第五生产队回乡青年。同意黄爱秋同志加入团组织的，请举手。”

她用右手食指数了数：“好！全部通过！”

这时，一位男团员提问：“请问领导，家庭成分不好的青年人，出身‘地富反坏右’的子女，是否可以加入组织？”

赵尚武考虑了一下，答道：“毛主席教导我们，‘出身不由己，道路可选择’。家庭成分不好，但要求进步的青年人，重在个人表现。他们经过培养和考验，完全可以加入团组织。”

又有人说道：“我认为，家庭成分不好的申请人，最好适当延长考验期。例如，可将韦宏同志推迟到下一批，再发展入团。”

一位女团员接着说：“吴慧芳同志平时爱打扮，经常穿一些花色娇艳或丝绸的奇装异服。这是资产阶级思想的表现，她不具备无产阶级艰苦朴素的生活作风。”

“‘爱美之心，人皆有之。’我认为，个人的穿着打扮是生活小节问题，不属于资产阶级思想的生活作风问题。我们不能给人家上纲上线，乱扣帽子。”团支部副书记苏芝兰为之辩驳。

此话一出，下面的人开始议论纷纷。

赵尚武敲了敲桌子，说：“大家还有什么意见和问题，一个个单独提出来。”

所有人顿时鸦雀无声。

赵尚武便大声地说："好！今天的会议到此结束。散会！"

八 单恋

过了几天的下午，二塘街后侧的右江边，一棵红棉树下，赵尚武与吴慧芳正在交谈。

赵尚武说道："吴慧芳同志，告诉你一个好消息。你们几个人的入团申请，上级团委已经批准了。由我和苏芝兰做你的入团介绍人。祝贺你成为一名光荣的共青团员。今后，希望你戒骄戒躁，发挥团员的积极作用，争取更大的进步。"

"感谢领导的帮助、鼓励和培养。"她感激地说。

这句话说完后，两个人陷入了奇怪的沉默中。按理说事情说完了就可以走了，但赵尚武不发话，吴慧芳也只能尴尬地站着。

冷场了好一会儿，赵尚武才试探性地问道："我这次约你前来，主要想听一听，你对我各方面的评价。"

吴慧芳考虑了一下，大胆地说："论身材，你魁梧高大；论文凭，你高中毕业；论职务，你主管公社文教工作，又是干部，很有发展前途。在工作上，你认真负责、积极肯干；在生活上，你勤俭朴素；尤其是你很平易近人，经常关心、爱护与帮助同志。"

赵尚武听后，高兴地说："照你这么讲，我快变成一个十全十美的人了。可是，我现在连一个爱我的人都还没有，连一个像样的家都还没有。"

"像你这样的人才，有许多好姑娘，打着灯笼都找不到呢！这一方面，你不用担心，有缘有福自然来嘛。"吴慧芳安慰他说。

"那么说，我、我值得你爱吗？如果我爱你，你会爱我吗？"他诚恳地问道。

吴慧芳吓了一跳，羞红着脸，有点不好意思地说："你确实有很多地方，有许多优点值得我学习，也值得我赞赏。"她停了一会儿，叹惜道，"唉！只可惜，我的心中，早就装着另一位男子。"

"吴慧芳，你是否可以告诉我，你心中的那一位男子是谁？"他不解地问。

"当然可以。他就是我们文艺宣传队的韦宏同志。"她如实地答道。

赵尚武有些妒忌地说："他的家庭成分是富农，你可要考虑清楚。"

“我知道，我考虑过了。”她坚定地回答。

“那好吧。”赵尚武尴尬地笑了笑。

“赵干事，我祝你早日找到一位理想的女朋友。预祝你们将来生活美满幸福……”

赵尚武点了点头，却不再说话，两人不欢而散。

九　八面山之恋

这一天是休息日，韦宏与吴慧芳、黄得宝与谢红玫、韦水笙与吴小娟、李振兴与黄爱秋这四对情人，相约一起去攀登八面山。

秋风送爽，蜂蝶飞舞，鸟雀欢唱。山脚下、山腰上，野菊花及不知名的山花，一丛丛一簇簇地竞相开放，绿树、红枫与黄花相映成趣。

黄得宝拿着一根竹棍，在前面开路。四位女同胞，她们在后边一边闲聊，一边慢步行走。

走在最前面的黄得宝唤道：“喂！你们快点上来！这里有好多牛甘果。”

这个季节，牛甘果都成熟了。六个人边吃边摘，摘满了一大袋。

几个人玩得累了，便坐在半山腰的草地上，眺望远方。

一条右江河，从西方迂回流淌而来。右江河畔，一个个村庄、一间间农舍掩映在翠竹与绿树丛中。对岸是一大片金黄色的稻田；右面，是二塘华侨农场的数栋楼房及田地；远处一座座雄峻的山峰直插云天。

沿河两岸的树木、山峰，倒映在江水中。

“呜——”一艘载货轮船拉响汽笛，“突突突”地行驶而过。江面上，漂荡着几叶小舟；小舟上，不时隐隐约约地传来一阵渔歌……

吴小娟看着茫茫江景，对韦水笙说道：“你父母的身体还好吗？家里还有什么亲人?”

“我父母在10多年前就先后病逝了，我是一个孤儿，是姑妈和姑丈把我拉扯大的。我家现在还有姑妈、姑父、堂妹等亲人。你呢?”

“我的父亲也是在几年前病逝了，母亲的身体还好，我还有两个姐姐。”她爽快地答道。

韦水笙有些羡慕地说：“你比我好，比我幸福。”他穿着一套半旧的长袖军装，两边扎起衣袖。

他诚恳地说：“小娟，说实话，我很爱你。”

吴小娟抬起头看着他，说：“水笙，我也很爱你。”

“小娟，不知什么时候我俩才能够结婚?”他问。

“我今年刚满18周岁，还不到法定的结婚年龄呢。”

“那我等你。再等你两三年，哪怕是等你10年，我也情愿。”他说。

“我也等你，咱们一言为定。”吴小娟拿出一个用纸折成的小白鹤，接着说，“水笙，我送给你一只纸鹤，希望这只纸鹤能变成一只仙鹤，驮着我俩飞向理想的乐园。”

“好啊！谢谢你。”韦水笙接过纸鹤，他想了想，拿出笔记本，撕下一张纸，折成了一艘小船，说，“小娟，我也送给你一条纸船，希望这条纸船能变成一艘远洋巨轮，载着我俩驶向幸福的地方。”

“谢谢水笙，我会留着，等今年的乞巧节再放到江上。”她小心翼翼地将纸船收进袋子里。

另一边黄得宝向大家介绍道：“我们坐着的这座山，叫作八面山。左边这座山，叫作土地山。”

谢红玫好奇地问：“听说，这座山的后面，有一个麻风村，是真的吗?”

李振兴饶有兴趣地回答：“当然是真的。我有一个亲戚，在土地山山腰的二塘皮防站工作，他曾告诉我，在麻风村里，现在还住着上百个麻风病人，时常有个别麻风病人，从这座山的后面跑过来呢。”

谢红玫听后，沉默了一会儿，说：“得宝哥，我想跟你说件事情，我这一段时间，总是感觉肚子这儿很不舒服，去医务所检查，也不知道是什么原因，下周我要去县医院看看，如果没什么问题的话，马上就可以回来了。”

“肯定没有什么问题的！到时间吃午饭了，我们下山吧。”他站起来，朝身旁的人说道：“咱们走吧!”

十　特大风灾

1972年的4、5月份，百色地区文化局、市政府等部门组织举办了全地区12个县（市）的文艺会演。

欣逢节日来临，百色城内的男女老少在大礼堂观看了由各县市文艺队精心选送的文艺节目。

演出结束后，观众们各自回到家里，演员们也回到住所。

各县文艺队的100多个队员，当晚就住在百色市升平巷的一栋土砖砖柱、砖墙、瓦顶、木梁结构，高约5米、比较宽大而空荡荡的“大字报棚”房屋内。

这个平房于1966年下半年搭建，是“文化大革命”期间专门用来贴大字报的房屋，当地人习惯称之为“大字报棚”。

当晚，所有的队员们都睡着了，谁都没有预料到，大约在清晨4点钟左右，开始刮起了风，一阵小雨也淅淅沥沥地下了起来。

一会儿的工夫，风越刮越大，狂风中，有不少居民起身走出街道。但还有些人认为，百色城内时有大风大雨，往往都是一两个钟头后就风歇雨停了，所以还留在屋子里。

这一边，文艺队的许多队员，都被狂风吵醒了，等他们睁开睡眼，才惊觉棚屋要倒了，于是来不及穿外套，穿着睡衣就冲出了棚屋。有的女队员，身上只穿内衣内裤，在众目睽睽之下，感到很不好意思。加上雨越下越大，空气越来越冷，她们决定跑回棚屋宿舍内穿衣服、拿雨具。

当她们刚回到棚屋宿舍时，只听“轰隆！哗啦！”“轰隆！哗啦！”数声巨响。天地之间突然出现了一股强大的龙卷风，一瞬间将大棚屋及附近的数10间居民房屋刮倒。人民市场旧圩亭和百色高中的旧式大礼堂也未能幸免。

此时，天刚蒙蒙亮，天气依然是狂风骤雨、雷电交加。

一片废墟中，风雨雷鸣声、叫喊声、痛哭呻吟声响成一片，场面惨不忍睹，令人同情落泪。

早上，中国人民解放军百色军分区的官兵，急速赶到风灾现场。

附近的居民也纷纷赶来参加救援。

医护人员在现场建立起临时医务所，开展救护工作。

人们顶风冒雨，在废墟中徒手挖掘砖砾。

一小时过去了，又一小时过去了。人们除了挖出一具具血肉模糊的尸体，还挖出了一个个重伤或轻伤的幸存者。

到了上午，风停了，雨也停了，天空还是阴沉沉的。

这时，许多在郊区厂矿企业刚上完夜班的人员正急急忙忙地往家赶。面对眼前的废墟，面对荡然无存的家，有的人从此失去了父母，有的人从此失去了兄弟姐妹，还有的人从此失去了妻子儿女……

他们一声声地呼喊着亲人的名字，但一连喊了上百遍，还是没有亲人的回音。

一个人失声痛哭起来，周围的人也忍不住流下了眼泪。

“兄弟姐妹们，大家不要哭，我们要坚强一些。让我们擦干眼泪，化悲痛为力量，投入到挖掘抢救伤员的行动中。”一位刚下班回家寻找父母亲的青年男子擦了擦眼泪，他大声地说。

挖啊！挖啊！有的人十指都渗出了鲜血，但他们忍着疼痛，谁也没有停下来。

搬啊！扛啊！有的人在摇摇欲坠的危房内，冒着房屋二次倒塌的危险，满脸尘土地奋战在抗灾援救之中。

在大字报棚已倒塌一半的砖柱下面，解放军官兵救出了两名被砖瓦掩埋的文艺队女队员。

夜幕降临，这一带因停电而一片漆黑。上级领导指示：昼夜连班进行挖掘救援。居民们主动提着数盏汽灯照明。

当晚10点多钟，武警官兵在人民街中段一栋已倒塌大半的墙角下，救出一位被碎砖瓦掩埋的中年男子……

这场百年一遇的特大风灾的受灾地点，主要为百色城内的人民街、人民市场、升平巷、祥庆巷、长寿巷、太平街、共和街等地。风灾遇难的人员主要有靖西等县文艺队的队员，还有一些当地居民，其次就是外地前来人民市场做生意的商客。

吴小娟家的房子也被龙卷风刮倒了。她们三姐妹同时遇难，母亲被武警官兵从砖瓦堆里救了出来，遍体鳞伤、奄奄一息，立刻转送到县人民医院抢救……

在鹅城东北方向的一座青山上，5月盛开的各色山花，还是那么艳丽。蜜蜂照常在花间采蜜，蝴蝶照常在花丛戏舞，小鸟照样在树枝上跳跃欢唱。

山腰上，活着的人悲痛欲绝，伤心哭泣，他们正在依依不舍地向在风灾中遇难的亲友的遗体告别。

有年迈的母亲向女儿告别，有儿女向父母告别，有兄妹向姐弟告别，还有新婚不久的丈夫向年轻美貌而心爱的妻子告别……

他们掩埋了在风灾中遇难的亲友，在荒山野岭上堆起一座座新坟。

逝去的亲人，今朝驾仙鹤西天去，你何日乘神龙故地游？

逝去的亲人，你的形象永远活在我们心中，你的灵魂日日夜夜将民众护佑。

根据报刊及相关资料记载：1972年5月2日，百色城发生特大风灾。在这次特大风灾自然灾害中，累计死亡97人，重伤6人，轻伤138人。损坏建筑物面积21万多平方米，其中，倒塌房子面积9万平方米，造成经济损失约772万元。

十一、思念

自从吴小娟遇难之后，韦水笙一直心情沉痛，郁郁寡欢。他经常独自一人到右江河边，或登上八面山山腰，遥望桂西，寄托哀思。韦水笙呆呆地站在河边，手里拿着一只小纸船和小纸鹤。纸鹤还是吴小娟送的那只，纸船则是他重新折好的。

他记得去年秋日的一天，自己与吴小娟来到右江河边散步。有一群大雁排成人字形从头上飞过，不时发出“呱呱”的叫声。韦水笙有感而发，说道：“记得在我小学的时候，语文老师曾给我们讲过一个大雁的故事。她说雁群如果发现有同伴失踪了，就会到处寻找，如果找不到，起飞后还会在此地的上空盘旋许久，才恋恋不舍地飞去。到了第二年返回时，它们来到此地还要再次盘旋，再次呼唤同伴。”

当时吴小娟说：“没想到大雁也这么有情有义呀，水笙哥，我们应该像大雁一样，团结一致、共同奋进。”

想到这里，他仿佛看见吴小娟乘着一只仙鹤，从天边渐渐飞过来。她深情地说：“水笙哥，我走了，仙鹤要带我飞到一个理想的乐园。水笙哥，忘掉我吧，请你不要再为我痛苦、难过。”

她的表情一如往常，像是没有受过什么痛苦，他听见她说，“水笙哥，去年你送给我一只小纸船，我一直带在身上。现在我要乘着这艘远洋巨轮，奔向幸福的地方了。”

“小娟妹，等等我。”韦水笙急忙走上前，想拉住她的手，向她诉说几句知心的话儿，但吴小娟一下子就不见了。

他继续上前几步，走进水里，这才有些回到现实。江水无情，用力地想要推开他，他低下头看着有些湍急的江面，将小纸鹤装进纸船里。

随后，他把纸船放在水面上，让纸船载着纸鹤，漂荡到吴小娟身边，飘荡到远方……

十二、伤逝

三个多月后的一天中午，黄得宝收到一封从南宁寄来的信件，他急忙拆信阅看。

尊敬的黄得宝哥哥：

您好！

我是谢红玫的姐姐谢白玫，当你看到这封信时，我想请你不要伤心难过。我的妹妹谢红玫在上个星期病情恶化，经抢救无效于第二天（12月22日）早上离开人世，第三天上午也已经送到南宁殡仪馆火葬场进行火化了。告知你她的情况是红玫的遗愿，她希望你不要怪她三个月来都没有与你联络。

近日你不必前来南宁了，待到明年农历二月初二，如你有时间，可以按信上的地址来南宁找我。到时可以随我们一起去殡仪馆悼念妹妹。

时间关系，暂谈到这里吧。

祝你身体好、学习好、工作好！

谢白玫

1973年1月8日

当天下午吃罢晚饭，黄得宝独自一人在右江河边来回徘徊着。当初谢红玫轻描淡写地说去医院看病，他也就以为没什么大碍，后来听说她转院，他急忙跑去县医院寻找，没有任何消息。他又去她家找，已经人去楼空，附近的人说谢家已搬到南宁，不知具体在何处。他没办法长期在外寻找，只能一边在乡下参加劳动，一边多方打听，没想到最后等来的是这样的结果。

呼呼劲吹的西北风，似乎在与黄得宝一块儿述说失去女友的痛苦。直到晚上9点多钟，他还在河边呆坐着，嘴里喃喃地念叨着女友的姓名。三年前谢红玫亲手织给他的一件浅黄色的毛线衣，至今还穿在他的身上。

这时，黄得宝的弟弟黄得鑫与队友李振兴在河边找到他，他俩也已经得知了这个噩耗。两人劝了他许久，直到天上下起了毛毛细雨，才一左一右地搀扶着泪流满面的黄得宝走回宿舍。

十三　择偶风波

转眼间，1973年的五一劳动节来到了，这一天下午，吴慧芳乘车回家探亲。

家里，母亲、姐姐、姐夫及刚满3岁的外甥都在，一家人高高兴兴地共进晚餐。

到了晚上，吴慧芳和姐姐吴慧芬正在房中谈天说地，这时，母亲走过来说道："人家都说'男大当婚，女大当嫁'。慧芳啊，你今年24岁了，个人的婚姻大事，也该考虑了。"

"是啊，我结婚那一年，你刚好去农村插队，一转眼就过了4年多时间。"吴慧芬说，"慧芳妹，我和你姐夫商量好了，决定帮你在市内找一个各方面条件都好的男朋友。"

她一边说，一边从挎包里拿出几张年轻男子的相片，每张相片下方，还贴上写有个人简介的纸条。

吴慧芬抽出其中一张相片，说："这个人名叫张忠勇，今年25岁，大专毕业，高干子弟，现在市农业机械研究所工作。"

说完又抽出另一张相片介绍道："这个叫李卫东，今年26岁，复员军人，党员干部，现在市机械厂担任保卫科科长。"

吴慧芬刚想抽出第3张相片时，吴慧芳急忙说："姐姐，我在插队的农村，已经有了一位男朋友。"

"什么？你有男朋友了？还在农村？"姐姐吴慧芬有些惊讶。

吴慧芳从挎袋里，翻出一张照片，介绍说："我的男朋友，名叫韦宏，今年25岁，他和我一样，现在是田阳县头塘公社文艺宣传队队员。他家住在本县的乡村，父母均务农。"

她母亲一听，便开始皱着眉头大声地说："慧芳啊！我和你姐姐不同意你嫁给农村男青年。难道你想嫁到农村，一辈子过着苦日子吗？"

吴慧芬也帮腔道："俗话说，'男儿最怕入错行，女儿最怕嫁错郎'。我同意妈说的。"

看到吴慧芳不说话，她接着说，"慧芳妹啊，我劝你三思，重新选一个理想的男朋友，好吗？"

母亲和姐姐苦口婆心地劝了半天，吴慧芳语气坚决地来了一句："不行，我非他不嫁。"

母亲听了，生气地说："如果你不听话，一定要嫁在农村，那么，今后你就不要再回这个家，我也不认你这个不孝的女儿。"

"阿妈，姐姐，你们不要逼我。如果我不能嫁给他，我只有两条道路可走，第一，终身不嫁，出家当尼姑；第二，投江自尽，为真爱殉情。"吴慧芳斩钉截铁地说。

吴慧芬知道吴慧芳脾气比较倔，她担心因为她们的干涉，会有什么不良的后果，随即转变了态度，设法先缓和一下气氛。

她拿过吴慧芳手中的相片看了看，说："不错，这位男朋友五官端正、相貌堂堂。能让妹妹看上并芳心相许的男子，想必一定是一位多才多艺的农村优秀青年。慧芳妹，这个月如果有时间，你最好带他来家里玩几天，让我们见见嘛。"

母亲在一旁喃喃自语："真是翅膀硬了，管不得啰。"她停了一下，有些没好气地说："常言道，'是骡子是马拉出来遛遛'。慧芳呵，你的对象长得怎样？他的人品好不好？我和你姐姐都不知道，你叫我们如何同意你俩的婚事呢？"

这时，吴慧芳的脸上露出了一丝笑容，她有些娇嗔地说："谢谢姐姐和妈妈，过两三天，我一定带他回家。"

十四　好事多磨

吴慧芳一回到队部里，就找到了韦宏，向他说明情况。

第二天中午，韦宏挑上二十斤糯米、一斤香菇、一笼鸡、几斤水果等和吴慧芳到了她家里。

"妈！我又回来啦。"吴慧芳刚跨进家门口，她便大声喊道。

“怎么又回来了？忘了东西了？”她母亲一边开门一边说道。

“伯母！您好哇！”韦宏有礼貌地叫道。

吴慧芳的母亲看到女儿突然带着她的男朋友回来了，吃了一惊，但她很快反应过来，说道：“好，大家好！进来吧。”

吴慧芬也正好在家里，几个人相互见过，吴慧芬帮母亲收下礼物。过了一会儿，吴慧芬和母亲商量了一下，就对韦宏说：“小韦，家里最近买了一批柴火，还找不到人帮劈柴火呢，你来得正是时候，请你帮我们劈好这堆柴火，好吗？”

“好哩，没有问题。”韦宏说完，跟着吴慧芬来到厨房旁，拿过一把斧头和一块厚垫板。开始劈起柴火。

对农村男青年来说，劈柴火这个活儿，根本不在话下。韦宏连续劈了将近两个钟头，终于把一大堆柴火劈完。

母亲看到他做事勤奋，又没一句怨言，一边微微点了点头，一边提着菜篮子走出家门。

她从菜市买回了排骨、五花肉和一条鲢鱼，还买回了灯笼辣椒、西红柿、芥菜等。

刚一回来，吴慧芳就小鸟一般飞上去接过菜篮子，说道：“妈，我们难得来一趟，您不如去叫三叔三婶他们今晚来吃晚饭吧。”

母亲说：“你这一个星期来了两次，是难得来吗？再说了，你做的饭菜能吃吗？”

吴慧芳笑了笑，说：“放心吧，有大厨。”

母亲看了一眼韦宏，点了点头表示同意。

等吴慧芬和母亲带着几个亲人回到家时，桌上已经摆上了白切鸡、扣肉、青椒炒排骨、酸甜五柳鱼等好几样菜。还有两小碗由葱、蒜、芫荽、酱油、香油制成的汁料，俨然是大饭店的标配了。

三叔三婶看到这丰盛的晚餐，纷纷赞不绝口夸起韦宏来，母亲听了也连连点头。亲人团聚，格外欢喜。大家一边吃饭，一边有说有笑，一家人沉浸在幸福与欢乐之中。

这位“准女婿”经考核合格了。吴慧芳舒心地笑着，母亲更是笑得合不拢嘴。

十五　慰问演出

头塘公社文艺宣传队，经过全体队员多年来的努力，在表演艺术水平和节目创新等方面都有了很大的提高，达到了县级文艺队的标准与水平。

头塘公社文艺宣传队除了到本公社各大队演出之外，还到本县各公社宣传演出。

县委书记农振珉、革委会主任杜清一等县领导认为：头塘公社文艺宣传队与县文艺队相比，水平不相上下，但前者自编自演的节目内容新颖、别具一格。许多节目具有浓厚的农村生活气息，深受城镇、乡村广大群众的喜爱和欢迎。

因此，今年一月初以来，县领导派出头塘公社文艺宣传队，代表田阳县到本地区的百色、田东、平果、德保等县交流演出；还到驻本县的空军某部队、雷达站、武警部队及靖西县、那坡县的边防部队慰问演出。

当年的庆祝“八一”建军节晚会上，在靖西县边防部队某连队小礼堂内的舞台上，8位女演员穿戴藏族服装，表演歌舞《洗军衣》。她们边舞边唱：

“……哎！是谁帮咱们修公路呢？
是亲人解放军，是救星共产党。
军民本是一家人，帮咱亲人洗呀洗衣裳呢……”

演员们的精湛表演，赢得了官兵们一阵阵热烈的掌声。

“大红枣儿甜又香，送给亲人尝一尝；一颗枣儿一颗心，哎咳哟嗬心心向着共产党。”

接着，是独唱曲目《南泥湾》。乐队的队员坐在一旁伴奏，8位女演员各自手捧花篮，分别在舞台中伴舞。

“花篮的花儿香，听我来唱一唱……咱们走上前，鲜花送模范。”

吴慧芳那清脆、甜美的歌声，伴舞女演员优美的舞姿，又赢得了官兵们一阵阵热烈的掌声。

农科试验

一　过“三关”

经过两年的奋战，朔柳水库大坝终于封顶。开了祝捷大会之后，第二天中午，头塘公社各大队的社员和知青都返回了各自的村屯。这时，大部分村子都建筑了知青宿舍，搭了简易的厨房。

几天后的一天上午，“噼里啪啦”一阵鞭炮声响过之后，居住在仓库内的第一批14位知青，高高兴兴地搬到了新平房宿舍。不久，居住在社员房东家的第二批10位知青，各自与房东大伯、大娘等亲人告别，也欢欢喜喜地搬到了新平房宿舍。

此后，知青们就要自己烧火做饭了。大家都要继续经受生活关、劳动关、思想关的考验。

学会煮饭、煮粥和炒菜，是知青们要过的第一关。当地农村大多烧甘蔗叶或茅草。知青们从来没有用过这种燃料，时常搞得乌烟瘴气的。

第一天轮班的知青覃智宁就没有意外地把饭煮糊了。正当他看着一大锅烧糊的米饭一筹莫展时，林陪根走过来说：“大老远就闻到这焦味儿了！你是不是真的把饭煮糊了？哎哟，还真是。”

“别幸灾乐祸的，我就不信你能把饭煮好。”覃智宁正心气不顺，说话也没好气。

“能不能煮好等我试了才知道，但我可以教你一招，你现在盛半碗开水搁在饭上焖一会儿，就能除去大部分焦味了。”

覃智宁半信半疑地按照这个方法试了一下。

十分钟后，他叫道：“开饭了！吃饭啦！”揭开锅，果然焦味少了许多。

打饭时，锅底的一层米饭已被烧成黑炭，周围也是一层坚硬的锅巴。就这样，8个男子汉连锅巴都一起吃了还觉得没吃饱，量实在太少。覃智宁只好拿出从家带来的两斤面条给每人再煮上一碗充饥。

务农劳动，是第二关。而这一关的第一个基本功，就是练习挑担；第二个基本功，就是练习打赤脚，包括打赤脚挑担及干农活。

冬季农闲时，黄队长会安排知青们做一些比较轻松的农活。每天负责到附近的山坡捡牛粪、砍烧杂草；同时，将牛栏里的牛粪挑出来，与草木灰搅拌后晾晒；随后，把这些农家肥堆积起来，盖上塑料布待用。

一开春，黄队长便安排知青们把农家肥挑到田间。他们学着社员的样子，高高地卷起裤筒、打着赤脚，各自挑着两筐农家肥，在田埂上艰难地行走。

两位带队的社员赤脚挑担行走在田埂上，如履平地、健步如飞。社员们干活从来不穿鞋，上山下田一律光着脚。知青们都穿着鞋袜做工，只有在迫不得已时，才赤脚下田。

平时，知青们穿鞋挑担都有些困难，更何况现在要赤脚挑担走在田埂上，不时就有人摔进田里。衣服脏了不要紧，筐里的东西也常常撒了一地。

社员李大叔看了哈哈大笑，他以前以为这些读书人应该是比较机灵的，没想到这么没有生活经验。他告诉知青们：赤脚走路时，要把5个脚趾分开抠住地面，用脚板尽量贴地走。这样在田埂上行走不会打滑，而且万一踩到草根或碎石，也不会扎到脚心。知青们纷纷学起来，光着脚在平地上七扭八歪地练了起来。

二　开办知青食堂

当年一月中旬的一天晚上，生产队队长黄健生、副队长杨俊峰，召集全屯的20多位知青参加会议。在一栋知青平房旁，黄队长若有所思地说：“今天下午，接到百坡大队陆斌支书的通知，坡圩屯要率先创办一个知青食堂。不知大家有什么困难和问题？请提出意见和建议。”

根据大家的意见，黄队长派出李大叔和杨大伯，前来帮忙砌建火灶、制作碗柜，还到田州街购买锑锅、铁锅、碗碟等用品用具。

第三天上午，李大叔和杨大伯各驾驶一辆牛车，搭上知青们，前往附近新山大队的山坡，砍伐一些灌木和钩取干树枝当作柴火。

根据反映，许多知青还不懂得煮大锅饭。杨副队长是一个复员退伍军人，曾在部队当过三个月炊事员，由他负责教会知青们煮大锅饭。

队里经研究决定，每三天安排两位知青到食堂担任炊事员。在担任炊事员期间，每人每天付给10分工分。当年每10分工分价值6角2分钱。

几天后的一天上午，在一阵鞭炮声中，知青食堂正式开火了。知青们早上起床洗漱之后，就能吃到可口的早餐，中午及下午收工回家，就可以吃到饭热菜香美味的午餐及晚餐。

女知青张昭英虽然只是初中毕业生，但她的算盘打得快、珠算学得好，她主动在每月初利用三四个晚上的休息时间，担任业余会计，然后公布上个月的开支账目。

两个月后的一天晚上，黄队长前来动员大家，他说：“食堂要养两头至4头猪。一来可在春节期间，杀猪制作腊肉腊肠；二来有利于积肥，方便所种植的瓜菜与庄稼施肥。”

第二天上午，李大叔、黄大伯等几位社员又前来帮忙，在平房西侧附近，砌建两间泥砖土瓦竹木结构的简易房子。其中，一间为猪栏猪舍，另一间为工棚仓库。

几天后的一天上午，恰逢田州街圩日，杨大伯驾驶一辆加长型牛车，搭乘陈海涛、倪晓鹏、张昭英、韦爱芳等4位知青前去赶圩。郑梅特意交代韦爱芳帮买10多只小鸡崽。

中午时分，有经验的杨大伯，为知青们选购了4头每头七八斤重的本地优良猪崽。韦爱芳也买好了10多只小鸡崽。

当天下午，收工回到宿舍，吃罢晚饭，知青们陆续走到猪栏旁围观。

这时，当班炊事员梁丽铃与石德园正在喂猪，4头憨态可掬、摇头摆尾的本地小猪“吧嗒、吧嗒”地争吃猪潲，不时发出“嘟、嘟”的叫声。大家一边观看一边议论，露出欣慰的笑容。

三　农科试验田

春节后不久，一天傍晚，黄队长前来通知：“全体知青都要参加青年民兵突击队和农科试验小组。”

前年4月份以来，试验小组曾在试验田里做过几次农科试验，但是部分试验失败了，稻谷反而减产。

因此，有的社员讽刺说：“农科试验田是破坏性试验田。”“农科试验小组，是‘杨白劳’试验小组。”

那时，试验小组的组长杨峻峰承受了很大的压力。他多次向黄队长打报告，要求辞去职务，黄队长都没有批准。

后来，有人告诉杨峻峰，知青覃智宁是从广西农业技术学校毕业的中专生时，杨峻峰便收回辞职报告，写了封推荐信，要求任命覃智宁为副组长。

任命书立刻就颁发了下来，覃智宁也喜滋滋地接受了这个任命。

农业八字宪法（土、肥、水、种、密、保、管、工）是毛泽东于1958年提出来的农业八项增产技术措施。

当地流行一句农谚：“有收无收在于水，收多收少在于肥。”根据“八字宪法”及农谚内容，杨组长及部分社员向覃智宁等知青建议：今年要想获得粮食丰收，可先从肥料方面着手，同时做好农科方面的试验。

覃智宁了解到，刚来插队时，村屯所种植的稻谷名叫“台汕”。这种稻谷稻秆较矮，早熟，产量较低。平均亩产稻谷500多斤。

1月上旬，村屯决定大部分水田种植“广选”杂交型稻谷。这种“广选”杂交型水稻稻秆较高，适合种早造、晚造双季稻，平均亩产稻谷600~700斤。目前，主要有“广选1号”至“广选6号”等六个品种。

插秧时，为了方便进行水稻杂交花粉传授，覃智宁拿来两捆小麻绳，他让石德园、林陪根各在田埂一头拉线，又叫林陪根、吴水生各在田埂一头拉线，这块田两线之间的距离为1.1米宽。随后，他叫几位女知青，在拉线竖行先插“公谷秧”（也叫父本秧）；接着，又叫其他女知青在两行“公谷秧”内，分别插6次

“母谷秧”（也叫母本秧）；随后，再插另一行，使左右与前后秧行的间距约为15厘米。

插秧之后，水田里的禾苗渐渐由青转绿。山坡下，一片绿油油的庄稼，一阵风吹来，好像翻滚着绿色的浪涛。

转眼到了水稻吐穗扬花期。6月上旬的一天上午，覃副组长安排知青们给水稻杂交，进行花粉传授。

在一块稻田的田埂上，女知青张昭英和潘秀玲各在一头，拿一条长竹竿；郑梅与韦爱芳各在另一头，也拿着一条长竹竿。她们横着竹竿，轻轻地摇动、拨动“公谷”稻秆的上部分。目的是，让“公谷”花穗的花粉，向四周围飘洒、掉落到“母谷”花穗的花蕊中去，使“公母花粉”更好地结合、杂交，以便结出饱满、优质的稻谷。

林陪根、石德园及陈海涛等几位男知青，各自拿一条长竹竿，横向轻轻地打击、摇动“公谷”稻秆上半部位。

覃副组长交代大家，要轻轻摇动“公谷”稻秆的两边，即摇动完一边再摇动另一边，这样效果最佳。

摇动完一行稻秆后，站在稻田中间的陈海涛大声地问道：“喂！覃副组长，这边哪一行是‘公谷’稻秆啊?”

“哎！海涛，你从刚摇完的这一行数过去第7行就是啦，‘公谷’稻秆稍微高一点、粗壮一点，比较容易区别。”他微笑着大声地说。

“稻花香里说丰年。”稻谷飘香之时，社员们的脸上，开始露出了笑容。

张昭英一边摇动竹竿干活，一边吟诵顺口溜：“摇啊摇，摇到外婆桥……”站在附近摇动竹竿的潘秀玲、朱小莲等女知青，也跟着小声地吟诵起来。

四　诱蛾灯

每年秧苗分蘖后，禾苗会长到封了行。这一带的早稻在五、六月，晚稻在九、十月之间，此时正是水稻的生长发育期，也是稻田害虫的高发期。

人们传统的灭虫法宝就是诱蛾灯。就是在田埂上支起一座座三脚架，架下再放上一个铁盘或木盘，盘里盛水，水中滴上一些柴油。

入夜后，在三脚架上挂一盏点亮的桅灯，这便是六七十年代乡村地区的简易诱蛾灯，每两三亩田架设一盏。主要在稻飞虱、钻心虫、棉铃虫等害虫成蛾时加以诱杀。

夏秋夜间，各种翅类田间害虫，一看到光亮，便争先恐后地飞去。它们围着梳灯上下翻飞，岂知炽热的玻璃罩是足以致命的。害虫在翻飞的过程中只要一碰触灯罩，就会掉到盆里被油污粘住。

到了半夜，还要给每盏灯加一次煤油。那些被煤油熏黑的梳灯玻璃罩，每天都要擦一遍。每隔三四天，就要将灯盘内的死虫捞去。

林陪根虽然学过农学，但还是缺乏实际经验，他守夜的第一天，就问杨队长："队长，下雨天怎么点灯？"

杨峻峰笑了笑，说："下雨天的晚上，不用吊挂诱蛾灯。"

"哦哦。"这个问题太简单，他应该能想到才对，杨峻峰没有笑话他，倒是他挠了挠头，有点不好意思。

初夏及初秋之时，每当夜幕降临，站在高处的人就会看到山下的千亩稻田里一盏盏诱蛾灯与天上的繁星相互辉映的美景。这样一幅乡村灯火图，令覃智宁总是在今后的日子里不断想起。

除了晚上点诱蛾灯外，白天还要在稻田内进行定期撒放"六六粉"。

第二天上午，覃智宁带领全体知青，将草木灰捞拌"六六粉"，抛撒到稻叶上。

转眼间，水稻吐穗扬花、继而结出一串串稻谷，很快稻谷就要开始灌浆了。

杨峻峰交给覃智宁一项试验任务。让他在试验田内，用"九二〇生长素"做各种试验。

"九二〇生长素"是一种激素，需要在稻谷结穗、开始灌浆时，将其冲水稀释后，用喷雾器喷洒到谷穗表面，促使谷粒增多、饱满。

这是覃智宁第一次做试验，对于是否能收到理想的效果，他没有什么把握。

为了夺取粮食丰收，他还是决定试一试。

五　炮兵训练

当年的9月18日上午，在县城原烈士陵园旁左侧的运动场上，正在召开"田阳县民兵师誓师大会"。

百坡大队民兵营得到组建一个“82迫击炮”炮兵加强排的指标任务。为了便于管理与集中训练，民兵营长黄务实决定，要在坡圩屯的基干民兵中组建炮兵排。一个排分为4个班，每班5人。具体分为：男知青炮兵班、女知青炮兵班、男社员炮兵班、女社员炮兵班。

三天后的一天上午，接到上级通知：全县“82迫击炮”炮兵营的全体民兵，统一到县武装部参加培训班，脱产学习、训练15天。然后，参加实弹演习与接受检阅。

10月28日这一天，晴空万里、阳光明媚。上午10点钟左右，田阳县“82迫击炮”炮兵营的160多位民兵在头塘公社新山炮兵训练基地，进行实弹射击、演练汇报。

县武装部部长作“战前动员报告”之后，随着武装部作战参谋的一声令下，只见几十门“82迫击炮”先后发射炮弹，上百发炮弹纷纷落在预定的目标区域，全部弹无虚发。炮兵们娴熟的动作和高超的技艺，博得到场的观摩代表、县领导及地区领导的一阵阵掌声与喝彩声。

至此，为期15天的“八二迫击炮”培训班圆满地完成了学习和训练的任务。

这次训练与检阅结束时，县武装部部长总结了训练的经验，表彰了在训练中表现突出的先进班排与个人。

其中：头塘公社炮兵连、百坡大队炮兵排、田州公社炮兵连、三雷大队炮兵排分别获得了嘉奖。其中：百坡大队炮兵排第一班的女炮兵，获得第二名。百坡大队民兵排第二班的男炮兵，获得第三名。当天下午，获奖代表捧着奖状凯旋。大家的脸上，露出了欣慰的笑容……

六　蜂窝

这天，覃智宁和陈海涛从田里收工回来，听说鸡果熟了，他们便抄小路到粮仓后的山上摘鸡果。

10多分钟的功夫，俩人就摘了半箩筐鸡果。忽然，旁边的树枝晃动了一下。陈海涛看见那树杈上有一个蜂窝，四周有七八只蜜蜂正在飞来飞去。没等他反应过来，几只蜜蜂就迎面飞来，其中一只在他的额头上蜇了一下。

“哎哟，不好，我被蜜蜂蜇伤了。”他说完急忙爬下树。

覃智宁刚抬头朝那边看了一眼，自己的脑门上也被蜇了一下。顿时感到火辣辣的，真是疼痛极了。

来不及呼叫，两人挑起箩筐，惊慌失措地就往回跑。

正在家门口喂鸡的李大叔，看到两人跌跌撞撞地跑过来，他忙问："喂！小覃、小陈，出了什么事啊?"

"我、我俩被蜜、蜜蜂蜇伤了。后山的鸡果树上，有个蜂窝。"两人停下脚步，气喘吁吁地说。

李大叔连忙招呼他俩进家，他设法把蜜蜂的断针拔了出来，再找来一点氨水，涂到伤口上。

"小覃、小陈，没事了。这个小包，很快就会消失的。"李大叔说，"以后再被蜜蜂蜇伤，要及时将毒刺取出，再涂上肥皂水或氨水。"

陈海涛好奇地问:"李大叔，假如被黄蜂或被马蜂蜇伤了怎么办?"

"如果是被黄蜂蜇伤，可用食醋或酸笋。如果是马蜂，则用马齿苋汁或是氨水。"他停了一下，接着说："幸好今天蛰你们的是蜜蜂，要是马蜂的话，就惨了。马蜂的毒性比蜜蜂要大得多，并且马蜂会成群结队、前仆后继地攻击人类或动物。我以前见过一头大水牛被一群马蜂活活地蜇死了。"

处理好伤口后，李大叔说："小覃、小陈，你俩先回去吃午餐吧。我做一些准备，下午我们去收拾那窝蜜蜂。"

"嗯，好哩，多谢李大叔。这筐鸡果送给您。"他俩别过李大叔，回去急匆匆地吃了一碗饭，马上就来到李大叔家里。

出发前，李大叔将捣碎的桉叶汁液抹在三人的头部、颈肩与手上。每人再头戴一顶用竹笠、蚊帐布及透明塑料制成的防护帽。

来到"案发现场"，李大叔看见附近果然有好几只蜜蜂在飞蹿。

他走上前，有些吃力地爬上树，站在一个树杈上。他用手拨开另一个树杈上密密麻麻的小蜜蜂，不一会儿就露出一个像菜碟般大小的蜂窝。他张开备用的麻袋，迅速地将这个蜂窝连同蜂窝四周的蜜蜂一块装进麻袋里。

李大叔成功地抓到了蜂王和蜜蜂，他要拿给自己的老表，让老表来养蜜蜂。

七　寻父

夕阳残照、晚霞多姿；江山秀丽、蔚为壮观。

坡摩山上，陈海涛遥望着南方故乡的方向，他思念着母亲与姐姐，还思念着远在台湾的父亲。

在读小学一年级的时候，陈海涛时常问母亲："妈妈，为什么别的小朋友有爸爸接送，而我没有爸爸接送呢?"

"小海涛乖乖，你爸爸去到很远很远的地方出差了。"母亲总是这样回答。

"妈妈，爸爸出差到什么时候才能回家?"小海涛又问。

"小海涛乖乖，等到你长大之后，爸爸就会回家啦。"母亲又答道。

从此，小海涛天天盼望着自己快快长大，盼望着父亲早日回家。

他总是幻想着有一天，爸爸会突然回家，还带着好多好多的糖饼、水果。接着，爸爸会抱起自己，让自己骑在他的脖子上，然后，爸爸和妈妈会带着他和姐姐，一起来到儿童游乐园玩耍。

等到读中学的时候，又爆发了"文化大革命"运动。他又开始不解地问母亲："妈妈，为什么我们家被打成'反革命家属'？爸爸到底怎样了?"

在儿子的一再追问之下，母亲玉珍只好一五一十地把事情的缘由告诉他。

"你爸爸18岁那一年，被国民党军队'抓壮丁'，就是拉去当'猪崽兵'。幸亏当时所在的部队是打日本鬼子的。在打鬼子的几场战中，你爸爸作战勇敢，获得了不少战功。加上大战之后，部队减员不少，原排长阵亡，你爸爸就被提拔为排长。在解放军百万雄师渡过长江时，部分国民党军队已溃败到东南沿海一带，修筑工事继续抵抗。当时，你父亲已成了副连长。有一天，师长批准他回家探亲几天，那个时候，你姐姐才满两岁，我已怀上你四个多月。你父亲见兵荒马乱，便将我们送回南宁老家，让我安心待产。他临走前，对我说他只是到外地出差，估计一两个星期就可以回来了。他又说，假如生的是男孩，取名叫陈海涛；假如生的是女孩，就叫陈海棠。"

陈海涛的母亲原来真的以为分别十天半月，就可家人团聚、共享天伦之乐了。想不到，盼星星盼月亮，望眼欲穿，妻子再也盼不到丈夫的身影，儿女再也盼不见父亲的归来。更别说陈海涛自己，从出生以来，都没有见过父亲的样子。

父亲生死未卜，实在令人担心。

后来，经多方打听，陈家终于得知，在1949年5月下旬的一天，他的父亲跟随18军部队官兵，被迫乘船前往台湾金门。

广西南宁解放时，陈海涛出世刚几个月。

在“文化大革命”期间，陈海涛的母亲曾多次被红卫兵拉去批斗，罪名是“反革命家属”。年幼无知的姐弟俩因此也受到了牵连，似乎从小就被烙上了不光彩的印记、戴上“反革命分子子女”的沉重帽子。

因为当时毛泽东说了一句话：“出身不由己，道路可选择。”姐弟俩才有了进小学、中学读书的机会。

1963年8月，姐姐陈海珠初中毕业后，因无法继续读高中，便只好跟随母亲到市郊区的园艺场打工。

五年后，陈海涛初中毕业，并于当年12月，来到田阳县坡圩屯插队。

坡摩山上，陈海涛遥望那坡公社一带连绵不断的崇山峻岭，遥望山岭下蜿蜒曲折的右江河。他记得初中刚毕业的那个暑假，家里突然得知了父亲的下落，他就产生了去台湾寻找父亲，带他一起回家的想法。

他查过地图，知道福建厦门与台湾金门等岛屿的距离最近。还听别人说，在五六十年代，时常有渔民乘船从台湾到大陆的福建沿海，也有渔民从厦门乘渔船偷偷去到台湾金门一带的海域。

暑假的某一天，陈海涛问姐姐要了几元钱，背上一个挎包，悄悄地离开家，跑到了南宁火车站。

当天晚上，他爬上了一辆运煤的货车，几经周折，终于来到了厦门的海边。陈海涛与一位渔船船长林大叔相遇，向他说明自己的情况与来意。林大叔为他千里寻父的精神所感动，便让他乘船前往金门。

当这艘渔船行驶到将近一半航程的时候，前面突然出现一艘巡逻的小型军舰，海警要例行检查进入台湾金门诸岛来往人员的通行证，陈海涛没能藏住，被海上巡警押送到厦门市公安局。经批评教育后，他被公安人员遣送回到南宁市公安局。然后，通知他的母亲，将儿子领回家严加管教……

这个冒险，就这样结束了。

夕阳西下，众鸟归林。稻谷金黄，丰收在望。菊花灿烂，飘溢清香。

山坡草地上，陈海涛呆呆地望着蜿蜒曲折的右江。那奔腾不息的江水，经过九九八十一道弯，日夜汇入苍茫的大海。江水与海水融为一体，流到台湾海域，带去儿子对父亲的思念与祈愿。

八 探亲

初夏的一天傍晚，覃智宁与郑梅相约，一块到附近的坡摩山散步。

“覃智宁，祝贺你被提拔为农科试验组副组长。希望你再接再厉，做出新的成绩。”郑梅欣喜地说。

“郑梅，谢谢你的鼓励。我一定继续努力，争取更大的胜利。”覃智宁感激地说。

覃智宁是从南宁市农业技术学校毕业的中专生，郑梅是百色市某中学毕业的高中生；两人都是1968年12月10日来到百坡大队坡圩屯插队的知青。

这时，覃智宁摸出一张纸，谦虚地说：“郑梅，我写了一首《插队知青之歌》，你不是爱好音乐和唱歌，请你帮忙谱曲。好吗?”

“哦，好啊，先让我看看吧。”她说完接过歌词，展开看着。

《插队知青之歌》

众知青、到农村（哎），
历经风雨炼红心（啰）。
人民公社我家好（哎），
贫下中农胜亲人（呢咧）。

勤劳动、土变金（哎），
战天斗地献青春（啰）。
实验田里丰收乐（哎），
故乡建设面貌新（呢咧）。

她看了一会，便开始哼唱乐谱。覃智宁拿出纸和笔，他一边跟着哼唱，一边记录乐谱。两人头挨着头，一起讨论了很久，反复哼唱、修改曲谱。

山坡上，各种颜色的山花竞相开放，它们有的吹起小喇叭，有的弹起了心爱的土琵琶。树上的小鸟也来凑热闹，“叽叽喳喳”地进行伴奏或伴唱。

忽然，覃智宁喃喃地说：“郑梅，我要告诉你一件事情。”

“怎么了？我这个曲谱有什么问题吗？”郑梅奇怪地问。

“不是曲谱，是我。我的父亲之前被打成‘走资派’，后来被送到宾阳县的五七干校劳动改造。前几天，我母亲来信告知，我父亲在今年初已设法调到了百色的五七干校。”他停了一下，接着说，“明天上午，我要去探望父亲。”

没想到郑梅爽快地说：“我也去。我的一位伯父，原来是百色地区的地委书记，他也在那里。我原先也计划了很久，要去探望他，我们可以结伴同行。”

第二天上午，覃智宁和郑梅乘坐班车，来到了位于六塘公社某村屯的五七干校大门口。

办理有关手续后，在工宣队工作人员的带领下，覃智宁终于与父亲覃运机见面了。

体弱的父亲握着儿子的双手，心情激动地说：“智宁啊！你响应毛主席的伟大号召，来到农村插队锻炼，我很高兴，也很放心。看！你结实多了，成熟多了。爸爸之前在政治面貌方面连累你，给你造成不良影响，请你多多谅解。”

“爸爸，这些都不要紧，你被打成‘走资派’，我就是‘走资派’的儿子，我不会责怪你的。爸爸，你到这里3年多了，身体好像衰弱多了，你一定要保重好，锻炼好身体，安心在这里劳动改造。”

“嗯，知道了。智宁啊！请相信，你的父亲为官清廉，勤政为民，没有做过什么对不起党和国家的事情。”

覃智宁握着父亲的手，坚定地点了点头。

这时，郑梅也见到了伯父郑少东，两人也一阵嘘寒问暖，相互鼓励。之前覃智宁以为郑梅的这个伯父也是在五七干校改造，没想到原来她伯父是学校的副校长。

返回村屯的路上，覃智宁怪郑梅没有事先说清楚，害他误会了一番，郑梅只是笑笑，说：“对不起，我不是故意要瞒你的，我没想到你产生了误会。”

原来郑梅伯父郑少东是第一批学生军，随桂系部队北上抗日。

后来，郑少东跟随新四军第四师、华中野战军部队南征北战，历尽了重重艰难险阻，经历了无数的战役。32岁时，郑少东奉命从第三野战军调回广西工作。两年后，郑少东又调到百色老区。

从言语之间，可以听得出来，郑梅为自己有这样一位伯父而感到自豪和骄傲。

九　弃婴

外号“田阳肥妹”的韦爱芳，看到自己爱慕已久的覃智宁与郑梅好上了，心里十分嫉妒。她总是心想，什么时候有一位跟自己般配的男知青主动爱上自己啊？

这天，轮到陈海涛与韦爱芳当炊事员。这个工作虽说没有干农活那么辛苦，但要煮20多个人的饭菜，也不是那么容易的事情。

一般来说，男知青主要负责挑水、劈柴、炒菜，女知青则煮饭、摘菜和洗菜。

陈海涛与韦爱芳经常一起轮班，相互都很熟悉，加上陈海涛时常给她讲一些幽默的故事，使她心情舒畅，难以忘怀。

一次，陈海涛从外面挑水回来，拿出几个又大又熟的杨桃递给韦爱芳。她囫囵几口就把杨桃吃完了。擦了擦手后，开始洗菜，一边洗一边问道：“海涛哥，你家里都有什么人呢？”

“我嘛，有阿爸、阿妈，有一个姐姐和姐夫，还有一个小外甥。”他停了一下，接着说，“不过我的阿爸在新中国成立前被‘抓壮丁’，然后又被迫去了台湾，直到现在都音信渺茫。”

韦爱芳大大咧咧的，根本没听出这话里的悲伤，她又问道：“海涛哥，你小时候的理想是什么？”

陈海涛拨了拨头发，答道：“我曾想当一名飞行员，驾驶一架飞机飞到台湾寻找爸爸，将爸爸接回家。两年前，我曾报名参军，体检合格，可惜政审不过关。”

他说完反问道：“爱芳，你家里都有什么亲人呢？”

“我嘛，有爸爸、妈妈，还有一个哥哥在百育公社六联大队插队。我和你一样，我爸也是国民党兵。听我妈说，1937年的时候我爸到桂南一带做生意，就去了国民党的部队当兵。后来，他也是上了去台湾的船。”

“真的吗？你的情况跟我一样啊！”陈海涛感慨地说，“我俩同是天涯沦落人啊。”

韦爱芳点了点头，陈海涛看了她一会儿，说：“爱芳，你很乐观啊。”

韦爱芳反问道：“是吗？”这时她才意识到他指的是什么，于是说道：“海涛哥，你一定会再见到你爸爸的，不要灰心。我嘛，我相信我应该是随了我爸的性格，他应该过得挺好的。”

临近傍晚，天上出现了一轮月亮。

韦爱芳突然想到什么，喃喃地说：“我听妈妈说过，在有星星的夜晚，如果看见天空有流星划过，立即许愿，就能实现。”

陈海涛关切地问：“如果可以许愿，你想许什么愿？”

“我妈妈最近身体不太好，我希望她早日病愈，恢复健康。”

陈海涛点点头，说：“我祈愿远在台湾的父亲身体健康、平安无事，早日回到祖国大陆和我们团聚。”

这天知青们吃过晚饭，陈海涛和韦爱芳留下来善后，收拾好后，两人一同返回宿舍。

路过自留地附近时，他俩听到路边有婴儿的啼哭声。

在夜里听到这种声音还是有点瘆得慌的，陈海涛急忙停下了脚步，只觉得头皮有些发麻。韦爱芳则好奇地顺着声音走了过去。陈海涛本想叫住她，但看她的样子好像真的发现了什么。看到韦爱芳急忙叫他过去，他顿时就不害怕了，过去一看，韦爱芳抱起了一个襁褓，里面有个婴儿。

俩人四周看了看，都没有看到人，翻了翻襁褓，里边也没有字条，女婴“哇哇”直哭，想必是肚子饿，要找母亲吃奶水了。于是，他们就决定先抱回食堂。

陈海涛还跑到最近的华侨农场场部百货商店，把老板叫起来，买了一包牛奶奶粉、一个奶瓶和一套婴孩衣服。

因为夜太深了，他们只能先把孩子抱回宿舍。还没走到宿舍，知青们就被婴孩的啼哭声吸引出来了，大家纷纷前来围观。

林陪根看到这景象，打趣道：“陈海涛，你和韦爱芳这么快就有小孩了？”

陈海涛十分尴尬，韦爱芳便一五一十地把事情的缘由说了出来。大家纷纷责怪林陪根乱说话，随即拥上来查看这个可怜的小孩子。

忽然有人翻出一张纸条，字条一看就是女婴的父母留下的，上面写了女婴的出生日期和原因。不出众人的意料，女婴的亲生父母已生育了“五朵金花”，由于生活太困难，无奈之下，只好将刚出生七天的小女儿狠心地抛弃。希望有好心人捡到抚养。

知青一下子炸开了锅，虽然弃婴这种事情大家都知道，但真的发生在自己身边时，还是很愤慨。

有人提议道：“这个小孩子与我们有缘分，理应由我们集体抚养。白天，主要由炊事员负责，晚上由女知青轮流分工照顾。”

“不行，不行，我们都是未结婚的男女青年，哪有经验抚养孩子。”一个女知青插话说。

郑梅也给了一个建议：“我们可以在村屯里请一个保姆帮抚养，每月付给保姆费和生活费。”

“我来说两句。”覃智宁挥了挥手说，“我们最好转送给本村或附近村无儿无女的已婚夫妇抚养。”

“这个可以。”“听起来不错。”大家纷纷点头表示同意。

“哎哟，小家伙撒了我一泡尿，看！将我的衣服都弄湿了。”郑梅说。

于是大家的注意力又转到逗小孩这件事上了。

第二天中午，坡圩屯的女社员黄丽大嫂就闻讯前来，要求抱走女婴。黄大嫂说：“我在二塘大队那培屯有一个表妹，两年前到河边挑水，摔了一跤流产了。至今都要不上孩子，我问过她的意见了，她很想要这个小孩，你们知青同志同意吗?”

最后众人讨论了一会，都同意了这个请求。

十　坡摩山之恋

坡摩山间，几丛野菊盛开一簇簇黄色的花朵，各色山花也在争奇斗艳。秋风送爽，鸟儿欢唱。

1973年10月上旬的一天傍晚，山顶平地，大榕树下，一对情侣在石块上并肩而坐。

坐在左侧的名叫倪晓鹏，他身材中等，结实健康、性格文静、对人热情大方。两人都是1969年9月中旬，从南宁市某中学初中毕业，来到坡圩屯插队锻炼的。

过了一会，张昭英关心地问："晓鹏，你的父母身体好吗？家里的情况如何？"

倪晓鹏说："我的父母身体还好，父亲原担任南宁市统计局副局长，在"文化大革命"初期被停职审查，母亲是统计局普通工作人员。我的家庭成分为贫农。家里有一个妹妹，今年在读初中一年级；还有一个奶奶，她老人家身体不好，经常生病。"他停了一下，关切地问，"昭英，你的家庭情况是怎样的呢？"

张昭英说："我的父亲在广西日报社担任编辑，母亲是广西日报社的普通工作人员。我的家庭成分是地主，这是没有办法改变的。"

接着，她关心地问："晓鹏，你曾告诉我，今年9月上旬报名参军，现在情况怎样了？"。

"全县报名参军的大部分男女青年，在这个月中旬已经到县医院体验。我的身体没有什么问题，体检过关了。听说，还要过政审这一关呢。"

"你的家庭成分是贫农，加上你自己没有做过任何坏事，政审肯定没问题。"她点了点头微笑着说。

"我们大队只有一个名额，有几个男知青和几个青年男社员报名，一同参加体检。可能要十里挑一，进行筛选竞争呢。"他喃喃地说。

这时，张昭英从背着的挎包里拿出一包东西，情深意切地说："晓鹏，我送给你一件礼物。"

"好哇，什么礼物？"他问。

"你打开看看就知道了。"她答。

倪晓鹏接过礼物打开一看，原来是一件泥色的长袖毛线衣。他试穿了一下，高兴地说："很合身，太棒了。今年冬季再冷，我也不怕。昭英，谢谢你。"

"没什么，这是我的一片心意。"张昭英含情脉脉地望着他。

十一　应征入伍

当年10月中旬的一天，上午7点钟左右，在坡圩屯的晒谷场上，几位男社员敲锣打鼓，部分社员和知青欢送倪晓鹏应征入伍。

倪晓鹏身穿一套长袖新军装，头上戴着军帽，有些不好意思地站在人群中间。这时，百坡大队的陆支书走上前，亲自在倪晓鹏的胸前戴上一朵大红花。两人亲热地握手之后，陆支书语重心长地说："晓鹏啊！好男儿志在四方，你到部队保家卫国，要牢记全大队社员与知青们对你的希望，练好杀敌本领，为党和人民争光……"

在一阵阵锣鼓声中，拖拉机将人们送到相距约一公里的二塘街。

当天是二塘街圩日，街上人来客往，买卖兴隆，非常热闹。

在圩亭左后侧临时搭建的会场，正在召开"头塘公社欢送新兵光荣入伍群众大会"。来自百坡、那坡、新山、头塘、百里等8个大队及头塘公社直属机关的新兵共有9位。这时，新兵们分别走到讲台前面列队，只见他们身穿新军装，头戴军帽，胸前正中戴着大红花，左侧扣着"新兵入伍证"的方形小牌。稍过片刻，新兵们面向群众敬礼。

时任头塘公社党委书记兼革委会主任的周景园同志大声地说："伟大领袖毛主席教导我们，'没有一个人民的军队，便没有人民的一切'。同志们，今天，本公社的9位新兵应征入伍了。这是新兵及其亲属的光荣，也是我们公社全体民众的光荣。希望新兵们继续发扬革命传统，争取更大的光荣……"

张昭英鼓励倪晓鹏，情真意切地说："晓鹏哥呵，你在部队要安心服役，争取立功受奖，不要忘记坡圩屯的知青与社员，不要忘记第二故乡。"

"嗯，我记住了，你放心吧。"他点了点头，深情地说。

稍过片刻，在一阵阵锣鼓声和欢呼声中，新兵们乘坐一辆解放牌汽车，前往县人武部集中。

"嘟、嘟！"汽车开动了，车上与地面，人们挥手致意。

十二　通信

1974年3月中旬的一天中午，知青们在食堂吃罢午餐不久，就听到黄队长在平房旁喊道："张昭英，张昭英！"

"哎！我在这。"她走出宿舍门口答道。

"张昭英，你有一封信。"黄队长说完把信件递过去。

"谢谢黄队长，麻烦你给我送信。"她接过信件感激地说。

回到宿舍里，张昭英急忙拆开信封。信笺里夹着一张8寸全身黑白生活照片，她拿着相片凝视了一会。只见倪晓鹏头戴钢盔，身穿一套长袖军装，两边卷起两三扎衣袖，手握钢枪，站在友谊关前留影，好一派威武雄姿。

接着，张昭英展信阅读。

张昭英同学：

您好！

去年10月23日（农历霜降）下午，我们新兵乘坐从百色至南宁的“七三”客轮轮船，于第二天下午到达南宁。

在南宁的广西军分区驻地训练两个多月之后，我们百色地区的新兵，被分配到凭祥县。其他地区的新兵，有的被分配到龙州县、东兴县；还有的新兵，被分配到靖西县、那坡县等地。我们主要负责在中越边防哨所和中越边境线上，执行站岗、放哨、巡逻等任务。

我在凭祥友谊关附近，看到了中越边境的零公里界碑，看到了来来往往出境入境的中越两国人民，体会到了中越两国人民兄弟般真诚的友谊。

从今年初开始，我要复习初中课本知识，自学高中课本知识，力争后年6月份报考桂林陆军学校。

昭英同学，我俩是从小学到中学的同班同学，中学毕业后又一起去到田阳县坡圩屯插队。我俩结下了同学之间的友谊，结下了插队知青的战友之情，但愿我俩的友情，将来得到进一步的飞跃发展。

好吧，暂谈到此。请代我向本屯农科试验组的社员和知青们问好！祝大家身体健康，试验顺利、喜获丰收。

此致

敬礼

广西凭祥县××××部队第三分队（转交）

同学：倪晓鹏 字

日期：1974年3月5日

阅信之后，张昭英心潮起伏，她的眼前，不时闪现出倪晓鹏同学健壮的身影与微笑的脸庞。

她立即拿出纸和笔，在桌上写回信。

倪晓鹏同学：

您好！

来信收阅，随信寄来的相片收到，请勿挂念。

去年12月初，经过一个多月的奋战，我们完成了秋收任务。今年春节前三天，大伙杀了一头大肥猪，还腌制了许多腊肉、腊肠呢。大家还领出糯米备好料，社员李大婶前来教我们女知青包粽粑、煮粽粑。百色及田州的知青，都回家过年了。我们12位南宁知青，大多留在屯里和贫下中农一起，过一个革命化的春节。晓鹏同学，你在部队要练好杀敌本领，提高警惕、保家卫国，防止国内外阶级敌人对我国的社会主义建设进行破坏活动。与此同时，还要进一步增进中越两国人民的团结与友谊。祝你学习进步，成功考取桂林陆军学校。

现寄去本人的一张相片，照得不够好，请收下作个留念吧。

好了，暂谈到这里，下次再详谈吧。

祝你进步！

同学：张昭英 字

1974年3月13日

十三　右江河畔之恋

当年8月下旬，覃智宁兴冲冲地找到郑梅，对她说："阿梅，告诉你一个好消息，上个月下旬，我被贫下中农推荐到广西农学院读大学。过两三天，我就要去学校报到。"

"智宁，我衷心地祝贺你。我也要告诉你一个好消息，我也被推荐到广西医学院读书。过两三天，就要到位于南宁的学校报到。"

"阿梅，你哪一天去学校报到呢？"他问。

"我明天先回一趟百色，把这个喜讯告诉父母及其他亲友。后天上午，我再来坡圩屯与你同行好吗？"

"嗯，好的，我等你。"

郑梅又问：“智宁，你的父亲怎样了？是否还要去百色五七干校看望父亲？”

“我的父亲在今年5月已被调回南宁的五七干校了。”他兴奋地回答。

覃智宁吸了一口气，缓缓地说：“阿梅，去年10月，我曾向你表白自己的爱慕之情，想和你结婚。当时，你说，结了婚可能无法调回城市，所以你不同意在农村结婚成家。”

“是呵，那时的文件上写得清清楚楚，知青在农村结了婚，就不能回城。听说有的已婚知青，为了回城而假离婚呢。”她解释说。

他接着说：“那个文件已经被取消了，而且，我们现在都要回南宁了。阿梅，我俩应该何时结婚？在哪里安家立业呢？”

她笑了笑，娇嗔地说：“你真笨，这个还用问？当然是等到我俩毕业，分配工作之后嘛。”

“你说得对，太好了。咱们一言为定、永不反悔。”他说完伸出手，将她紧紧地搂在怀里。

“呜！……”江面上，一艘拉货轮船正在“突突突”地绕过航标灯，朝着田州方向驶去。

十四　大会餐

1975年9月1日，又有一批初、高中毕业生从南宁、百色等地，来到头塘公社的乡村插队锻炼。

1968年至1969年来插队的老知青经过面试、体检，都被各地的工厂、企事业单位招收了。为了欢送老知青，同时欢迎新知青，覃智宁和郑梅建议，搞一次大会餐。

大家决定：现存栏的三头大肥猪，一头送到县食品公司交“派购猪”，另一头猪杀了吃，剩下的一头，留给暂时没能进厂的知青春节时做年猪，再买4头小猪崽回来饲养。

9月3日早上，集体食堂内外，人们忙着杀猪、杀鸡，犹如过年过节一般。

下午大家摆好6桌酒席，举行“欢迎新战友，欢送老战友”的宴会。

除了本屯的36名知青外，他们还邀请了百坡大队的陆支书、民兵营长等领导，坡圩屯的其他队干和社员等。

宴会开席，陆支书和黄队长都致了辞。最后，是知青代表覃智宁发言。他激动地说："同志们，虽然我和部分老知青就要奔赴新的工作岗位。但是，我们永远不会忘记第二故乡，不会忘记关心、爱护、教育我们成长的好社员、好村干、好领导。"

在掌声中，覃智宁举起酒杯大声地说："各位知青、各位社员与村干，让我们举起酒杯，捧起酒碗，互相干杯，大家开怀畅饮。"

十五　回家

冬去春来，花开花落。时间不知不觉就到了1979年元旦。新年伊始，全国人大常委会发表了《告台湾同胞书》，倡议两岸应"尽快实现通航、通邮，以利双方同胞直接接触、互通信息、探亲访友、旅游参观"。

从20世纪80年代初以来，台湾退伍老兵思乡想家的要求愈加强烈。

1987年2月，姜思章、何文德等老兵发起"返乡运动"，发表了《自由返乡运动宣言》。

1987年11月起，两岸开始可以互通音讯。

1990年3月上旬的一天下午，在市派出所与街道办事处人员的帮助下，刚从台湾归来的陈荣几经周折，终于回到广西南宁的家。夫妻、父女久别重逢，真是格外欢喜。在市农机厂工作的陈海涛闻讯赶回家，一家人终于幸福地团聚在一起。大家共叙思念之情，纷纷落下欣喜而苦涩的泪水。陈海涛的爷爷、奶奶已于10多年前先后病逝，陈荣再也不能见到父母亲的面了。

第二天上午，陈荣随同妻子、儿女及其他亲人来到郊区良庆公社处的一座青山上，拜祭已故的双亲。他看到，在父母亲的坟墓旁还有一个墓，坟前立有一块写着"陈荣夫君之墓"的墓碑。原来，妻子以为丈夫客死台湾，在8年前就建了这个衣冠冢并立碑。他当即和几位亲人找来锄头、铁铲等工具，将墓碑挖掉。

祭拜祖坟后，一行人到饭店为陈荣接风洗尘，晚餐时，陈荣说了自己在台湾的这些年一直都未娶妻，和10多个跟他情况类似的老兵住在一块，大家互相照料，互相帮扶。

三个月的探亲假很快就到了，陈荣明天就要起程返回台湾。虽然陈荣说自己过得还可以，但陈海涛总是忍不住想象着他在台湾孤苦伶仃、无依无靠的生活。

陈海涛与姐姐、姐夫商量后，向父亲提出希望他下一次回来探亲时，跟母亲正式复婚的建议，这样父亲就可以在大陆定居了。

父亲陈荣一听，顿时热泪盈眶，他笑着点点头，缓缓地说："好好，不过我还是要先返回台湾申请办理在大陆复婚及定居的手续。"

母亲玉珍听了没有说话，只是笑着扯了扯自己的衣角。

韦爱芳的父亲韦武也于1991年3月中旬，从台湾回到广西田阳。虽说县城不算大，但原来的地址已经旧貌换新颜。在县派出所人员的帮助下，他在田州街找到了自己的家。

离别40余年，第一次回家与妻子、孩子团聚，心里激动不已！

韦武当年因打仗勇敢，又救过师长的命，很快被提升为副连长。到台湾后不久，因为他读过几年私塾，有一点文化，就被提升为师部参谋。10多年前，他被任命为台湾某县文化与宣传部部长。当年，他在台湾结婚娶妻，现已育有一个男孩和一个女孩。

事情演变成这样，韦爱芳的母亲也没有责怪韦武，只是让他晚上到宾馆旅社住宿。三个月的探亲假期结束时，母亲讲出了心中的一句话："韦武，下一次回家探亲时，你最好带上台湾的妻子及儿女。让她也来认认我这个老姐姐，让台湾的儿女认认家乡的姐姐和哥哥。到时，还要带亲人们去祭拜祖坟，这叫认祖归宗啊。"

父亲紧握着母亲的双手，他点了点头喃喃地说："好的、好的，我一定照办、一定照办，请你放心吧。"

送君千里，必有一别。韦武乘坐的南宁至厦门的列车渐渐开动了。

"呜！呜"随着汽笛长鸣，亲人们互相挥手，并呼喊着："再见！""再见！"

对他们来说，这是一句一定会再相见的祝福。

缘定右江

一　初到那培屯

1968年12月8日，第一批前来田阳县头塘公社插队的知青就有500多人。经过举办为期两天的学习班之后，大家便被分配到头塘、二塘、四联、百坡、新山等8个大队。其中，分配到二塘大队那培屯插队的知青共12名。他们都来自百色市和南宁市，最初也是全部被分配到社员家里居住。

二塘大队那培屯，曾分为那培上屯与那培下屯，即第2和第3生产队。后来为了生产的需要，两个屯合并为一个大屯，即那培联队。

屯前，是一大片稻田。一条水渠从磺桑江水利延伸而来，流向远方。

离村屯约200米远的江中，有一个长方形小岛。当地人称之为“沙洲”，因岛上是由沙子、鹅卵石和泥土堆积而成；同时也叫“白鹭岛”，因为常有一群白鹭，在那片沙滩上觅食。

南岸是一座座高耸的山峰，像威武的卫兵，日夜护佑着这片村庄。

抵达那培屯的第二天晚上，生产队队部就召开了全体知青会议。

房屋内的桌子上摆放着一盏煤油灯，在昏暗的灯光下，陆队长询问初来乍到的知青们有什么问题需要大队帮忙解决。

女知青吴虹第一个就问："陆队长，队里怎么连一个公共厕所都没有啊?"

"在农村，社员们都是在自家的猪栏里大小便的，请多多谅解。"队干黄妈高插话道，她中气十足，一看就是一个干活的好手。

大家叽里呱啦说了一阵，陆队长说道："现在我们选一下班长和副班长，以后有什么问题，班干部来做工作。"他说完拿出一个烟袋，将一点儿烟丝放在一张小白纸上，很快地卷好一支喇叭烟并叼在嘴上。

知青们都是刚来两天，连名字都还没记全，就胡乱推选了黄康乐为班长，吴虹为副班长。

二　撑竹筏

在劳动中，吴虹和吴小娟不时唱起《学习大寨赶大寨》。她俩的歌声清脆、甜美，几位知青和社员情不自禁地跟着哼唱起来。

"学习大寨赶大寨，大寨红旗迎风摆……"

冬去春来，莺歌燕舞，大地渐渐地披上绿装，蜜蜂、蝴蝶、燕子、布谷鸟等春天的使者也在向人们报告春天的信息。

"布谷、布谷……"一只布谷鸟在树枝上欢快地啼叫着。

"出工啦！出工了！"每天早上，队干黄妈高一边走，一边大声喊着。

前两天，几位男社员已将几块旱地犁耙好了。

今天，是要播撒玉米种子的季节。

在谢大嫂的指导下，知青们按照要求挖出了一个个小坑。接着，在每个坑中先撒一些农家肥，再放入2～4粒玉米种子。

谢大嫂告诉知青们，撒播玉米种子时，在坑的四周最好再放入一两颗豌豆、饭豆、南瓜种子。这些种子生长期较短、收获较快，可以一举两得。最后稍微将周围的泥土压实即可。

活干完以后，大家就可以收工了。

当天刚吃罢午餐，张寨生就找到黄康乐，偷偷地对他说，河边有两个竹筏，自己已经观察了好几天，这个时候老船工都不在，然后问黄康乐要不要一起去玩玩，黄康乐二话不说就答应了。

两人立刻兴冲冲地往河边走，老船工果然不在那里，只有一大一小两个竹筏在水上孤零零地漂着。他俩解开河岸木桩上的绳索，跳上了一个大竹筏。

两人抓起竹筏上的两把长柄木桨就开始在水里乱划一通，竹筏漂了起来，但几乎是左右摇摆，团团打转式地前进着。

一个夹着脸盆走过来准备在河边洗衣服的村姑看见了，便将脸盆往岸边一放，解开竹筏系在岸边的绳子，只见她双手撑着一根长竹竿，身姿如燕子般矫健，一跃就跳上了竹筏。不一会儿工夫，小竹筏就行驶到大竹筏旁边。

“喂！你们没事儿吧？”她大声问道。

“我、我们要到前面那个小岛去玩耍。”黄康乐一边用手指了指，一边答道。

“原来是这样！”村姑爽朗地笑道，“我还以为你们出了什么事儿呢！”

村姑转身跨上大竹筏，双手撑动竹竿，使小竹筏漂到一处漩涡中，然后对二人说道：“我送你们过去。我已经几年没有到这个小岛玩了。”

张寨生指着那个小竹筏说道：“那这个小的……”

“放这儿不会漂走的，待会儿回来的时候再撑就可以了。”

她说完顺手拿过他俩手中的木桨，把木桨分别在竹筏左右两边的支柱上挂好。双手便一前一后熟练地推动着双桨，一边划一边教他俩怎样划桨。

“我叫黄康乐，他叫张寨生。”黄康乐说完壮了壮胆，有礼貌地问，“姑娘，请问你贵姓？”

“我叫谢小芳，我家就住在周大叔的隔壁。”她爽快地回答。随后，她一边划着双桨，一边唱起渔歌。

竹筏很快就到达了小岛旁边，黄康乐和张寨生先后走上小岛。

谢小芳扯过竹筏前端的麻绳，将麻绳绑在一棵树下。

那厚、那培屯一带的河道较浅较窄，只能通过小船。濑汪屯那边的河水较深较宽，可通航客轮。

小岛四面环水，岛上树木葱茏，无人居住。每年的春、秋、冬三个季节，会有成百上千只白鹭飞来这里栖息，场面非常热闹。

三个人兴致勃勃地在岛上沿着小路，走走停停，尽情地观赏岛上的花草树木和风光。各种颜色的野花，正在热烈地开放；数只蝴蝶在花丛中欢舞，蜜蜂在花间忙着采蜜，几只叫不出名字的鸟雀，也在树枝上跳跃、啼唱，好像正在欢迎远方的游客一般。

“哇！这简直像一个‘蓬莱仙岛’。”黄康乐感叹地说。

张寨生接着说道：“如果在岛上遍种桃花，可以称作东晋诗人陶渊明的‘桃花源’了。”

在小岛上游玩了约一个小时，三人依依不舍地登上竹筏返程了。

黄康乐双手握着双桨把柄，学着谢小芳的样子，有板有眼地来回划动着木桨。在她的指点下，弯弯曲曲地划行了一段水路。划着划着，竹筏一下子就要划到江心。

“喂！黄康乐，你要将竹筏划到河对岸啊？”张寨生大声提醒。

“还是让我来划双桨吧，我还有事，需要赶回去。”谢小芳一边说，一边接过双桨划起来。她接着忽然问：“你们使用竹筏，问了管理人了吗？”

黄康乐和张寨生面面相觑，支支吾吾一下子没能答上来。

谢小芳心里其实已经明白，她没有继续逼问，若无其事地说：“这两个竹筏，还有一条木船都是生产队的，由我的一个大伯负责管理，如果以后想要用，问问他就可以了。”

两个人听了，直点头如捣蒜。

江中，竹筏飞快地向那培屯岸边驶去，这次心血来潮的游玩总算没有不欢而散。

三　相遇

十多天后的一天下午，下了一场雷阵雨。当时，黄康乐正在收割稻谷，他的头上只戴一顶草帽，结果被淋成了落汤鸡。

回到宿舍吃过晚餐后，黄康乐感到身体有些不舒服，先是感冒，继而发烧。

傍晚一到，他就听到外边陆队长由远及近大声喊道：“夜战了！夜战了！”

房东周大叔正在查看黄康乐的状况，听到了集合声便跑出去把黄康乐的病情告诉陆队长。陆队长同意黄康乐休息养病。

其他的知青去“夜战”了，房间里，黄康乐在床上侧卧着。

一会儿，周大叔带着赤脚医生来了，医生拿出一支体温计，叫黄康乐夹在腋窝下，过了一会儿，她接过体温计看了一下，说道：“39℃。”

黄康乐本来有气无力地应了一句：“这么高啊。”

等他抬眼定睛一看，顿时来了精神，笑着说：“呵，你、你不是那位教我们划竹筏，带我们去小岛玩的姑娘吗？”

“我曾说过，我不叫姑娘，我叫谢小芳。”她点点头，微笑着说。

“原来你们早已认识了。”周大叔随和地说。

谢小芳熟练地给他针灸了两三个部位后，分别包了几粒药片。“每种药一次吃两粒，一天三次。”她交代说。

自从第一次见过谢小芳后，黄康乐的脑海里时常闪现她撑着竹筏的矫健身姿。他知道不论是不是村里的姑娘，这个年纪的少女总会有些害羞，可是谢小芳却大大方方，一副怡然自得的样子，令他不知不觉对她有了好感。

四　乐闯劳动关

八岭山的山腰、山脚及右江岸边一带都是旱地，比较适合种玉米、红薯、花生、黄豆等农作物。清明节前后，人们所种下的玉米，经过雨水的浇灌以及人们的淋育，玉米种子渐渐生根发芽长叶。又经过人工松土、除草、施肥等工序，6月份，玉米纷纷抽了穗，而且玉米秆上还结出两三个小玉米苞。那小小的玉米苞像极了襁褓中的婴儿，玉米苞上的绒毛又好似婴儿的头发。

到了9月上旬，一个个玉米苞都似打扮得活泼可爱的胖娃娃一般，脱去了绿袄，换上了黄色的棉袍，还争先恐后地探出金黄色的小脑袋来，仿佛在对着勤劳的人们微笑呢。

这个时候，就可以摘收玉米了。

几天来，陆队长安排部分知青和社员到玉米地摘收玉米。

玉米地里，几位男知青负责掰下玉米苞集中堆放。只见黄康乐双手配合用力掰玉米苞，只听玉米叶“哗哗”作响并不时摆动；还有“噼啪”掰玉米苞的声音。他一连掰了20多个之后，兴致勃勃地说：“玉米可以整个烤来吃，可以煮玉米粒糖水，也可以碾成玉米粉用来煮玉米粥，还可以做窝窝头。”他停了一会，继续说，“玉米的营养价值很高，怪不得农村的小孩常喝玉米粥，一个个长得又胖又结实。”

“我从一本农科杂志得知，玉米最早在南美种植，明朝后期传入我国宁夏地区，清朝中晚期才在全国广泛种植。”在一旁干活的荷宁接着说。

在另一旁干活的张寨生也发表自己的高见：“玉米粒可以煮吃，刚砍下的玉米秸秆，可以拿来喂牛，晒干的秸秆还可以当柴火烧。可见，它浑身都是宝。”他停了一下，接着说，“哎哟，我的两个手臂有些酸疼。康乐，你呢?”

“我的手臂和腰背都有些酸疼。没办法，中午只好去找赤脚医生了。”黄康乐苦笑着说。

在收获玉米忙碌的劳动中，知青们也感到腰酸背疼的。

每年深秋，河岸及村庄旁，盛开着一簇簇、一朵朵黄澄澄的野菊花，煞是好看。但更夺目的金黄色是在稻海里，秋风一吹，就掀起阵阵波浪。

虽然秋收劳动没有夏收夏种双抢时节那么辛苦，但对于今年9月中旬第二批前来插队的知青，却是一次最艰苦的考验。也就是说，知青们首先要经历劳动关的磨炼。

在一块稻田内，大部分知青和社员都在挥镰收割稻谷，一部分知青负责挑运稻把或稻谷。

黄城辉用人力打谷机打完一把稻谷后，趁机休息一会儿，他感慨地对同伴说：“小智，有一首古诗叫《悯农》，‘春种一粒粟，秋收万颗子。四海无闲田，农夫犹饿死’。”他停了一会，继续说，“现在时代变了，最后一句应该改为‘农民饱肚皮。’”

廖小智是今年9月份刚来插队的百色男知青，他哼哧哼哧地将几捆稻谷搬到打谷机旁，随后站起来说：“从古到今，农民们都是‘面朝黄土背朝天’，一年四季起早贪黑、辛勤劳作，就是为了‘日求三餐夜求一宿’嘛。”

黄康乐也插话道：“我们来插队，主要就是为了挣工分，解决吃饭与生活问题。社员们辛勤地劳动，也是为了挣工分，养育儿女，过上好一点的生活。”

田间地头，另一部分知青和社员，正在把打下的谷子装进箩筐，挑往晒谷场。

五　开始新生活

1970年10月上旬，生产队队长派人在屯边给知青们砌了两栋平房做宿舍。但是因为大部分知青都不愿意开食堂，最终大队决定大家自己解决伙食问题。

黄康乐认为，不论是开办饭堂还是自行煮食，都要解决柴火问题。便向陆队长反映道：“陆队长，我们不习惯烧茅草和甘蔗叶煮饭炒菜，怎么办？”

陆队长考虑了一下，说：“这样吧，明后两天，让周大伯和黄大哥各驾一辆牛车，带你们去新山那边的山坡砍灌木，钩干树枝。”

除了砍柴火，还要配上其他厨房用品，几个知青拣了一个圩日，到二塘街上采购去了。

黄康乐独自来到二塘大队队部附近，一溜烟走进了医务室里。他一眼就看见谢小芳坐在椅子上，正在翻看一本病历。

“谢小芳医生，你好哇，我又来打扰您了。”黄康乐很有礼貌地说道。

“呵，你好！请坐吧。”谢小芳放好病历，接着说道，“你的失眠、头痛好点了吗？”

“好一些了，不过我担心还会不会复发。”他无可奈何地说。

“那我再开点助眠的药给你吧。”谢小芳说完站起身，将药包好递给他。接着说道，“你凡事要正确对待，不要过分操心，不要想得太多，生活要乐观。”

“嗯、嗯，谢谢你的关照。”他一边点头一边说道。

接着两人有一搭没一搭地聊了起来，谢小芳说自己从小跟着父亲学了不少中草药的知识和针灸的技术。高中毕业回乡务农一年后，队里安排她担任赤脚医生，一直做到现在。

不一会儿，医务室忙了起来，黄康乐看这形势便向谢小芳告辞，转身离去。

黄康乐跟其他人会合后，大家在街上的一间粉店里吃了几碗粉，随后返回了那培屯。

知青宿舍也砌好了小炉灶，新的生活就这样开始了。

六 “自来鸡”

春天到了，河边、滩涂及附近的小岛周围，有许多白鹭正在觅食。一头老黄牛正在草地上吃草，有白鹭时不时停在牛背上。

稻田左边，一辆拖拉机在犁田。上空，10多只燕子一边叫着一边在空中飞舞，它们正在用一把把剪刀，为春姑娘剪裁漂亮的花衣裳。

秧田间，一部分知青和社员在拔秧、插秧。

眼前，一片片绿油油的庄稼长势喜人。

经过两个月的奋战，春耕春插任务完成了。这几天，荷宁没有出工，整天在家睡懒觉。

知青平房附近住着社员黄大哥。他的家门口还放养着七八只鸡。

这天中午，一只正在觅食的大项鸡跑进了荷宁的宿舍里。忽然起了一阵大风，把虚掩着的房门关上了。

大项鸡无路可走，便在屋子里咕咕叫起来，荷宁立刻站起身，愣在原地好一会儿后，便走到门边，扒开门缝看了看外头，见附近没有人影，他又轻轻地把门合上了。

他慢慢转回身子，突然伸出手，一把把鸡抓住……后来这只鸡，就成了他桌上的白切鸡。

荷宁一个人，美美地饱餐了一顿。吃完之后，他将鸡毛、下水和鸡骨头严严实实地包了起来，趁着夜深人静的时候，丢到了河边的杂草丛中。几个月都没能饱餐一顿猪肉，更不用说饱餐一顿鸡肉了。荷宁心想，反正天知、地知、你知、我知，不吃白不吃。吃饱了，关键是懂得抹嘴巴就行了。所以本来略有不安的他，顿时也心安理得了。

第二天早上，黄大嫂就开始“咕咕、咕咕”地叫唤那只鸡，她找遍了所有的房前屋后甚至野外几里地，不停找还不停骂道：“哪个发昏鬼偷吃了我的大项鸡，他不得好死，没有好下场!”

七 毒蛇

一个星期后的一天上午，黄康乐与荷宁没有出工，相约到白鹭岛附近钓鱼。

中午时分，俩人各自钓得几条二三两重的鱼，便兴冲冲地走回宿舍要饱餐一顿。

当他俩走到河边的草丛时，走在前面的荷宁，发现不远处有一条头形扁平、口吐芯子的大蛇。

“蛇！前面有蛇，不好了。”荷宁喊了一声。

黄康乐立刻停住脚步，眼睛巡视前方的草丛。

这时，荷宁捡起一块石头，用力向大蛇掷去，不料没有打中，这激怒了大蛇，它立刻弓起身子，向他猛窜过来。

荷宁不知所措，一时慌了手脚，转身刚跑两三步，就被扁头的眼镜蛇追上，在他的左小腿下面左侧部位狠狠地咬了一口。

“哎哟，黄康乐！我被蛇咬伤了，怎么办?”荷宁一边跑一边惊叫着。

黄康乐曾听别人说，如被毒蛇咬伤，首先要保持镇静，不要乱走动。但是他俩为了躲避毒蛇，你追我赶地根本停不下来。

黄康乐喘着大气说：“被蛇咬了不能跑，你还是先坐下吧!”

荷宁一边跑一边回头，看到没有蛇的踪影后，他才战战兢兢地停了下来。

黄康乐立刻把鱼篓的背带解下来，在荷宁的伤口上端用力绑紧扎好。

正在这时，荷宁抬头看见附近的河边码头处，有几个人，一个是正在挑水的黄大哥，另外两个是在洗衣服的妇女。

“大哥、大婶、大娘，快来救人啊!”这头黄康乐刚系好，荷宁就撒开腿一边喊一边跑过去。

黄大哥听到呼喊声，转身一看，立刻问道：“是什么事呀?”

“大哥、大娘，他被毒蛇咬伤了，求求你们帮帮忙。”黄康乐上气不接下气地说。

几个社员放下手中的活，急忙走到跟前来。

黄大哥走近一看，原来是这个农忙时经常缺勤、工分最少的南宁知青。他查看了一下伤口，说道："谢大娘，我先设法把伤口的毒液挤压出来，你快去告诉谢大伯，叫他把蛇伤药拿来。"

接着，黄大哥拿出一把小刀，用火机将刀口烧了一下，随后用小刀在伤口处划了个小十字，痛得荷宁哇哇叫。接着，他一边从伤口上部往下挤压，一边用水冲走伤口上的血液。

不一会儿，半壶开水就用完了。随后，黄大哥和黄康乐扶着荷宁走到河边，继续挤压伤口，又拿来河水冲洗。

稍过片刻，谢大伯拿着药丸一拐一瘸地急忙赶过来。他看了看荷宁的脸部，又查看了一下伤口。随即拿出一颗蛇伤中草药药丸，让他服下。

谢大伯拍了拍荷宁的肩膀，说道："小伙子，不用担心，现在已经没有什么危险了，回去敷下草药就好了。"

随后，黄大哥背着荷宁，黄康乐拿起鱼竿、鱼篓及水壶，一起走回村子。

宿舍里，荷宁斜躺在床上。谢大伯采来七叶莲、天南星等草药捣烂，敷在他的伤口上，并用一块纱布包扎好。

感谢过两人之后，黄康乐疑惑道："黄大哥，我不太明白，你为何要解开绑着的绳子，还要用小刀割大伤口呢?"

黄大哥笑了笑，答道："这些目的是要让毒汁流出来，如果只是绑紧绳子而不排出毒素，毒液虽然很难流到其他部位或心脏，但这条腿很可能残废。"他停了一下，接着说，"还有另一种急救方法，用小刀割大伤口之后，剥下三四根火柴杆上的火药到伤口上，随后点燃火柴，用火将血液中的毒素燃烧掉。但是这样会很疼很疼，还会留下伤疤。"

话音刚落，谢大伯接着说："万一是被眼镜蛇王咬伤的话，十个有九个可能马上就死了。一般的蛇医蛇药根本没法医，必须马上送到南宁市的国营大医院，注射'血清'及吊针输液抢救。"他看到荷宁脸色突然有些难看，笑着大声说道，"小荷，你这伤不碍事，安心在家休养，明天中午我再来帮你换药吧。"

谢大伯名叫谢德，就是谢小芳的父亲，是一位远近闻名、自学成才的老中医。解放初期，他作为支前民兵，曾参加解放田阳县城和那坡镇的战斗。50年代末，他还参加过那坡公社洞印村一带大石山区的剿匪战斗。那坡洞印曾是一个土匪村，村里大部分青年都被迫参加土匪，村子四周还建有炮台与暗堡。在这场剿匪战中，谢德的右腿被土匪打伤，现在仍留有伤疤，走路还有些一跛一跛的。因此，生产队让他专门赶牛车。

因当年谢大伯参加剿匪，荣立战功，受到军分区领导及县领导的表彰。后来，他和一位救护自己并在她家养伤的女民兵相爱，继而结婚成家。

八　探父

一天下午，黄康乐收到一封从百色市的家里寄来的信件。信上写道：

康乐儿：

你好！上个月的来信收阅，请勿挂念。由于各方面的原因，一直拖到现在才回信，请予见谅。

家里一切安好，你的姐姐康华去年年初结婚，今年夏天终于生下了一个胖男娃。你姐经常带姐夫和小外孙回来看望我，你放心好了。

还有，你的父亲在上个月已从阳圩农场转到百色市六塘“五七干校”劳动改造。

你插队的头塘公社应该离百色六塘比较近吧？如有时间，你可以抽空去看望父亲。

在农村插队，你做工干活要勤快，要和插友及农民搞好团结，还要保重好自己的身体。

好了，暂谈到这里吧。

顺祝

三好！

你的母亲　字

1970年9月10日

黄康乐的父亲，名叫黄学毅，原是百色市高级中学高中一年级的语文兼历史教师。在1958年下半年的一天，他因为给学校和市教育局的领导提意见，说了几句牢骚话，便被打成右派，送到百色阳圩农场劳动改造。黄康乐的母亲，是百色市机关幼儿园的教师，姐姐黄康华也是老师。

黄康乐收到信后，过了两天便抽空前往市六塘“五七”干校，在那里劳动的有二三百人。

在干校大门旁的接待室内，黄康乐终于与父亲见面了。

父子相见，心情激动，热泪盈眶。

“康乐，你响应毛主席的伟大号召，来到农村插队锻炼，我很高兴，也很放心，看！你结实多了，成熟多了。康乐，你要相信，爸爸并不像有些人所说的那样，是一个反党反社会主义的右派分子，爸爸已写信向地区及向自治区有关部门领导反映情况，总有一天，爸爸会得到改正的……”

黄康乐点点头，说：“爸爸，10多年来，你辛苦了，请你保重好身体，安心在这里劳动改造。我们要相信毛主席、相信共产党。灿烂的阳光，一定会重新照亮我们的心灵……”

在没有相见之间，两人心里都有说不完的话，真的相见后，原来反反复复说的都是那些：身体好不好，过得是否开心。再多的话好像也说不出了，好像也不需要说了。

离开“五七”干校，黄康乐当天下午就要乘坐班车返回那培屯。

路上不断后退的风景，令他想起少年时期的往事。

他记得刚满8岁那年，周围的一切都显得很高，不可逾越，像是房门对着的那段矮墙。一天，几个持枪民兵突然冲进家门。

他当时其实啥也不懂，只是看见姐姐哭了，自己也哭了，听见姐姐追着喊：“爸爸！爸爸！”他也追着喊：“爸爸！姐姐！”

一直到母亲冲上来一手一边抱住两人。

他还记得当时有个声音在耳边说：“乖孩子，不要哭，爸爸到很远的地方去做工了。”

那个时候，他父亲似乎还回过头来看了看他们，但他已经记不得父亲脸上的表情了。

母亲还在不停地安慰两人："康乐、康华，不要哭，爸爸做工回来，就会买好多好多的糖果饼干给你们吃，好吗？"

听了这句话，他就不哭了，只有姐姐还在压着声音抽泣。从那天起，他和姐姐一放学回来，就一起在家门口盼望爸爸"做工"回家。直到他长大，知道这不过是个谎言，但还依然常常盼着，念着，就这样，母子三人，一等就是10余年。

九 高炮训练

为了贯彻落实伟大领袖毛主席关于"备战、备荒为人民"的指示精神，当年的9月18日，田阳县成立了民兵师。

县革委会与县武装部立刻组建了民兵预备役部队，希望能够像正规部队一样，"召之即来，来之能战，战之能胜"。为此，各公社相应组建了"民兵旅""民兵团"，二塘大队的民兵编制为：田阳县民兵师第二师第二旅第三团第一营。其中第一连第一、第二排的民兵，全部是知青，又称"知青民兵排"。其他的民兵排，均为农村青壮年。

"二塘大队得到组建民兵高炮连的一个指标。"

消息传来，群情振奋，大家争先恐后地积极报名参加。一个高炮连只要48人，但报名人数达到150多人。最终决定组建4个男民兵高炮班和2个女民兵高炮班。

得知自己被录取的民兵们，心情都特别激动。

9月下旬，田阳县高炮营的144名民兵，来到百色军分区民兵训练基地开始了集训。按照训练的日程安排，要进行一个星期的基本训练，先分班组队列操练，再学习军事理论基础知识。

大家最期待的就是实操训练。在训练基地上，摆放着8门高炮。指挥官喊起了口令："放列……就定位……"48名炮兵，一个个身穿军装、头戴钢盔，紧张地进入8门高炮炮位，等待指示。

经过几天的训练，民兵们很快就上手了，能够迅速完成进入战斗状态、准备射击、收炮撤离等一整套动作。

接下来是发射演练，待各就各位后，测量手快速准确地测量目标，瞄准手也迅速地瞄准好目标，炮长右手举起小红旗，大声地下令道：“向目标开炮！”

此时此刻，第一座高炮负责射击的一炮手黄康乐狠狠地向“敌机”开炮。

“嗵嗵！嗵嗵！”只听连发的四声炮响，高炮连2班男炮兵操作的高射炮所射出的炮弹命中目标。

炮声响起后，附近观看射击表演的人员顿时都欢呼起来。

十　划船

自从上个月随同谢小芳划竹筏到小岛游玩之后，黄康乐就经常失眠，有时还头痛。昨天下午，他从百色市参加高炮训练回到村屯。一天来，谢小芳的倩影又不断浮现在他的脑海里。

怎样才能见到她呢？黄康乐分析道，谢小芳是一位赤脚医生，家住本屯，每日白天上班，可能中午及傍晚回家吃住，她肯定常到河边洗菜、挑水或洗衣服。

于是，他就经常在中午或傍晚到河边假装来一次相遇。

功夫不负有心人。黄康乐一连等了几天，终于在第四天中午，看见谢小芳和两位村姑在屯尾处河边的石阶上洗衣服。

但他又突然犹豫了，假如直接走过去叫她或与她打招呼，效果可能适得其反。

他正懊恼着，转眼突然看见河边浮荡着一个竹排和一条小船，便灵机一动，走过去解开木桩上的缆绳，跳上那条小船。他找不到木桨，随手拿起一根长竹竿撑起来，小木船无目的地向江中漂荡。

这时，黄康乐远远看见荷宁与黎尚城正扛着钓竿走过，便故意大声喊道：“喂！荷宁、荷宁！”

谢小芳随着喊声的方向望过去，看见小船上的人，微微笑了一下。

于是她急忙将衣服洗好，放到桶里提回家。过了大约10分钟，谢小芳扛着两把长柄木桨来到河边。

“喂！黄康乐，你快点撑到这边！”

黄康乐应了一声，渐渐将小船撑到岸边。谢小芳一跃而上，她在左右两侧竖立着的桩架上挂好木桨，黄康乐就抓住木桨把柄，说道："让我先练习划一下吧。"

他学着她上次划船的姿势及动作，一俯一仰地划动着，不一会儿，小船将要行驶到江心。

"你想划到哪里去?"她问道。

"我想到河对面那边的沙滩玩耍。"他答。

"江心的河水又深又急，还是我来划桨吧。"她说完接过双桨把柄，有板有眼地划动着。冲破激浪险滩，绕过江中的一对航标灯，小船顺利到达对面的河岸。

几个光着屁股的小男孩，正在河边打水仗。他们看见有大人走过来，都争先恐后地跳进河水里，"扑通、扑通"几声，小男孩泡在水里，只露出一个个小脑瓜。

黄康乐用麻绳绑好小船后，俩人一起行走在沙滩上。黄康乐走走停停，似乎在沙滩上寻找什么宝贝。

"哎，你在找什么东西?"她问。

"奇石和贝壳。"他答。

"好哇，我也帮你找。"她跟上前去，问道，"康乐，你最近还失眠、头痛吗?"

黄康乐诡秘地笑了笑，说道："经过你的关心与治疗，好多了。"

"是吗？应该是药起作用了。"谢小芳有些害羞地说。

"说实话，我是因为想你，晚上才睡不着的。"黄康乐有些傻乎乎地望着她，大胆地说出了心里话。

"你真坏!"她不敢看他，只觉得自己耳根都红了。

初秋中午的艳阳，映照着田野，映照着沙滩和江面，明晃晃的光，还直直地照进了两人的心底。

十一　捕捉老鹰

这天，荷宁没有出工，他向黄康乐借了单车，来到二塘街的土产、农资公司的营业商铺，买回一些桐油，还买回一个小瓦罐及日用品。

中午，荷宁开始用瓦罐烧桐油，然后砍了四根约30厘米长的竹片和一根圆形小竹棍。晚上，他还想方设法捉了一只老鼠。

第二天上午，天气晴朗，荷宁又没有出工，他踩着黄康乐的单车来到红岭坡山脚下找了一块空地，用手锤先在地上垂直插入一根小竹棍，并以此为圆心，将其余四根竹片按半径20厘米的距离稍微倾斜相对地插入地面。

接着，他在每条竹片涂上桐油，然后拿出一条短绳，一头绑住老鼠的右后脚，一头绑在中间的竹棍上。这样老鼠就会在竹棍中间绕圈走动，引诱老鹰。

荷宁在一旁守了大半天，终于有两只老鹰出现在附近的土地山上空，它们飞了几圈之后，又飞到红岭坡上空盘旋，影子像几片黑云投射在地面上。

百米开外的荷宁足足等了两个钟头，还不见老鹰飞落下来抓老鼠，他开始不耐烦起来。他站起身，从自行车架的挎包里，拿出水壶“咕嘟、咕嘟”地喝了两三口开水。正打算鸣金收兵时，荷宁听到身后有动静，回头一看，竹桩有一只暗褐色的老鹰正抓着老鼠在奋力挣扎着，他急忙跑过去，追赶老鹰。只见这只老鹰拼命逃窜，被竹棍上的桐油黏着的左翅膀终于挣脱了，一边“呱呱”地叫着，一边飞跃到附近的树林里。

眼看就要手到擒来的老鹰逃走了，他懊恼不已，不断责怪自己一时疏忽。

回宿舍的路上，荷宁却开始怨天尤人起来。他想着，自己不过中等身材，又那么瘦，干活都要比别人吃亏，自己的出身是中农，父亲不过是南宁市糖业烟酒公司的售货员，母亲又没有工作，只能在街道做散工。还有一个正在读初一的弟弟，家里情况本来已经不好了，父亲还是一个酒鬼，经常与那些酒肉朋友喝得醉醺醺的，对他和弟弟从来都是不闻不问……自己的命怎么这么苦呢？

荷宁越想越气，开始把自己犯的错也怪到家人身上。他从小就贪小便宜，小偷小摸也不是第一次了。插队一年多以来，他好吃懒做，出勤不出力，经常不出工，在家睡懒觉，时常“偷鸡摸狗”。如果说有什么优点的话，荷宁想了想，那就是自己是一个重感情、够朋友的人。

老鹰飞走了，荷宁垂头丧气，顿觉又渴又饿。他问了当地的几个社员，想要找在四联插队的几个同学。

一路打探到了四联，在养猪场当饲养员的何英其刚收工回到宿舍，看见荷宁来访，十分高兴。何英其热情地招呼荷宁进宿舍歇脚，留他吃晚饭。

另一个在酿酒蒸酒作坊当蒸酒员的理三弟得知荷宁来到，马上从宿舍提了一瓶自己酿造的米酒和一碟油炸花生仁，兴冲冲地来到何英其的宿舍。

梁学珺、梁维基等其他同学也带上小菜赶来聚会。

俗话说:“酒逢知己千杯少。”同学相逢，心情格外舒畅，大家有说有笑、共进晚餐。

理三弟在每个人面前斟满米酒，他兴奋地说:“来来来，荷宁、何英其同学，大家干上一杯。女同胞也要喝一两口酒。每天喝一点酒，对身体有好处。”

无奈之下，梁学珺、梁维基两位女同学各自捧起酒碗，每人喝了一大口。

酒过三巡之后，梁维基有些神秘地说:“诸位同学，我告诉大家一个好消息，我们就要有喜酒喝啦。”

“喝谁的喜酒?”在座的三位男同学异口同声地问。

“梁学珺同学爱上我们村的一位男青年了。前两天，还是我陪同准新娘和准新郎去公社办公室登记及领取结婚证的呢。”她朝着梁学珺做了一个鬼脸，有些得意地说。

“梁学珺同学，恭喜你啊！是哪一天良辰吉日喝喜酒啊?”荷宁焦急地问。

梁学珺羞红着脸，有些不好意思地说:“快了，我估计在明年劳动节期间结婚，到时再通知，请大家都来喝喜酒啊。”

“好好好!”大家拍起手来叫好。

有人倡议再来一杯，所有人都纷纷举杯，理三弟说道：“今晚应该把这位‘妹夫’叫来，让他跟我们大伙见个面嘛!”

梁学珺碰了他一杯，说：“今天他不在，下次一定介绍给大家认识。”

十二　再次捕鹰

几天来，在那培、那厚屯的上空，时常飞翔、盘旋着一只老鹰。

听一位社员说，本屯最近有鸡崽及大鸡丢失，可能是被老鹰叼走了。

荷宁一心想捉住这只老鹰，他总结了上一次捕鹰失败的原因，决定换个计策。他把竹片改为更大的圆竹棍，长度不变；梅花桩圆竹棍的数量，从4根增至8根；桐油的黏度不够，要煮得更黏稠。

等到一天天气晴朗，阳光明媚，荷宁没有出工，而是又跑去捉老鹰了。

这一次，他还把老鼠换成了小鸡崽，引诱老鹰。做好一切准备，荷宁就走百米开外的躲起来，耐心等待“猎物”。

一只老鹰在八面山、八岭山及土地山的上空盘旋、翱翔，荷宁足足等待了一个多钟头，老鹰还是没有飞落下来抓鸡崽。

又过了10多分钟，这只蓑衣般大的老鹰，不知是终于发现了小鸡崽，还是侦查完毕确认安全了，它忽然猛地向地上俯冲，一下子就用双爪牢牢地抓住了那只鸡崽。但是，它的双翅不幸被竹棍上的桐油粘住了。

老鹰使劲扇动翅膀，双脚撑地用力跳起，好不容易将竹棍拔起来。但是它的双翅与身体都沾上了桐油，桐油的黏性使它无法飞翔，只能靠双脚不停地奔跑或跳跃。

荷宁见状，马上飞奔过去，一把就把这只老鹰逮住了。

中午，荷宁回到宿舍把老鹰关在鸡笼里。他喝完一碗粥送萝卜干后，便侧身躺在床上休息。不一会儿，荷宁便睡着了。他梦见，自己又成功捕获了几只老鹰；他梦见，自己被其中的一只老鹰抓伤额头，鲜血直流……

听人家说，将老鹰肉和老母鸡肉砍成块，放进锅里，加进姜酒腌10多分钟，再加一些中药慢火煲煮，就能炖出一锅上等的滋补美味。

荷宁心想，现在要是能够再捉到一只跑进宿舍的“自来鸡”，那该多好啊！于是他转而又想，还是先把这只鹰放在一个鸡笼里养几天，等弄到一只“自来鸡”，再一起炖了。到时，邀请黄康乐、陆队长、周大叔、谢大伯、黄大哥等前来品尝老鹰肉，大家再痛痛快快地干一杯“土茅台”美酒，一醉方休……

“知青荷宁捕捉到一只老鹰。”当天，这件事在那培屯成了一则特大新闻。

“荷宁！荷宁在家吗?”傍晚时分，陆大哥找上门来。荷宁被吓了一大跳。一开始，他还以为是前一段时间，自己偷吃“自来鸡”的事情败露了，原来是虚惊一场。

宿舍里，陆大哥对他说：“小荷，听说你捉到一只老鹰?”

“嗯，是呀。”荷宁松了一口气，镇定地答道。

“我父亲体弱多病，经常头晕眼花，还患有风湿骨痛。”他犹豫了一下，说道，“我想跟你买这只老鹰拿来泡药酒，行吗?”陆大哥恳求道。

荷宁犹豫了一下，不知道是心虚还是一下子开窍了，他鬼使神差地同意了。

“你要多少钱?”陆大哥问。

这一刻荷宁心里已经有些后悔了，可是说出去的话泼出去的水，他踟躇了一下，还是说：“既然拿来泡酒治病，不用给钱了，就送给你吧。”

“这怎么行!”陆大哥考虑了一下，“那我回送两只大项鸡给你杀来吃吧。”陆大哥非常诚恳地说。

“我要一只大项鸡就可以了。”

就这样，陆大哥用一只项鸡换得一只老鹰。

有一位亲戚告诉陆大哥，把老鹰宰杀，去内脏洗干净，用刀起出整个骨头框架，再用木炭将骨头烘干。装瓶后，倒进50度以上的高度米酒，封盖好，浸泡三四个月即可饮用。鹰骨药酒，可治疗头晕眼花、风湿骨痛、四肢麻木等病症，如配上一些中草药一起泡酒，效果更佳。

回到家后，陆大哥把这只深灰色的老鹰养在一个大鸡笼里，他先将老鹰身上所粘的桐油清理干净，又在它受伤的部位涂上药水。

经过几天的精心照料，这只老鹰基本康复了。

后来，陆大哥的爷爷到他家里小住几天，知道了这件事。陆爷爷当时已70多岁高龄，他召集了家里人，语重心长地对他们说：“自古以来，我们壮族的祖先最崇拜青蛙、牛、蛇、雄狮、蜜蜂与苍鹰这六种动物，你们看我们的铜鼓上，还有这几种动物的样子。它们都是我们壮族人的伙伴和朋友啊。”

最后，陆爷爷叫陆大哥放飞了这只苍鹰。

陆大哥最后同意了。一天上午，晴空万里，阳光灿烂。陆大哥在家门口，当着自己的父亲、爷爷及众乡亲的面，将苍鹰放飞，让它回归大自然。荷宁听说了这件事，也跑来送它一程。

只见这只曾经遭受磨难的苍鹰，扇动几下翅膀，先飞到一棵苦楝树的树杈上，这时，另一只苍鹰也飞到上空盘旋着。

树上的苍鹰使劲地扇动双翅，一边“咯咯”地叫了几声，冲上了云霄。

这两只苍鹰，在空中飞翔、盘旋了一大圈后，就飞走了。

十三　通报

春节过后，二塘大队领导又接到新的任务，组织人员转战花山水库。过了几天，队里召开二塘大队生产扩大会议。

会上，大队党支书宣读了几个通报。

其中一个通报是说百坡大队那荷屯男知青何梦财，因平日经常偷鸡摸狗，屡教不改，上月被本大队的几位民兵抓捕。后来，何梦财被有关民兵捆绑、殴打。为此，殴打他的民兵，也被另行处理。

通报说完，黄支书又提醒大家，本大队发现在两三个屯里，时常有大鸡及小狗失踪、被盗的现象。这些偷鸡摸狗的行为，虽然还没有抓到嫌疑人，但希望各位知青、社员提高警惕、大胆举报，队里重重有赏。

会后还宣读了奔赴水库劳动的人员名单，择日就启程赶往工地。

十四　花山与湖泊之恋

这一批的民工中就有黄康乐和谢小芳，两人因了这个便利，倒能常常聚在一起。

谢小芳在花山水库工地的医务室，担任医务人员。黄康乐时常找借口，隔三岔五到医务室“看医生”。

当他做工感觉身上酸痛时，就去让谢小芳针灸或按摩几下。

她关心地问："康乐，你最近又被派去做什么工作？累不累？"

"上个月以来，我们第一排民兵的主要的任务是拿大锤、钢钎，两人配合在大石块上打孔洞（打炮眼）。嘿，我们都是干苦力活的，大家都一样，还好我有你，别人哪有这种福利。"

"胡说啥呢！"谢小芳伸出手想推他，又把手放下了，"你现在还有哪里疼？"

他用手指了一下肩膀和手臂："这里和这里还有些疼痛。"

谢小芳便开始给他按摩手臂、肩膀及颈脖等部位。

"现在舒服多了，好多了，谢谢你。"黄康乐感激地说。

望着她那双令人心神荡漾的大眼睛，他情不自禁地一把搂过谢小芳，给了她一个长长的热吻，吻得她那白皙而溢满纯真的脸上泛起羞涩的红晕。

花山水库山清水秀，风光旖旎。

8月上旬的一天傍晚，附近的湖面漂荡着一条三板艇。

谢小芳向小船保管员要来两个木桨，她和黄康乐在船内一人一边用力划动着，小船在湖中慢悠悠地向前行进。

谢小芳下身穿着一条咖啡色长裤，上身穿着一件粉色短袖衬衫。她在夕阳的映照下，好似一朵艳丽的红玫瑰。黄康乐则是蓝色长裤配白色衬衫，余晖下显得英姿勃发。

但他这会儿只是空有蛮力，虽然使出了全力在划桨，但船儿根本没有前进一分，而是在原地兜圈。不一会儿，他就气喘吁吁，累得满头大汗。谢小芳掩着嘴笑了起来，说："不急，你慢一点划，等等我，我没那么大的力气。划船要两人配合好才行，不然的话，船儿就会原地团团转。"

"嗯，好的。小芳，我们要划到前面的小岛玩。"

夜幕降临，晚霞变幻，山水景色更靓丽。他俩先是在小船里，背靠背坐着，欣赏碧湖四周优美的风光。随后，他俩相对而坐，默默相视。

黄康乐伸出手抚了抚谢小芳的脸，深情地说："阿芳，我爱你。"

"康乐，我也爱你。"

说完之后，两人就拥抱在一起，尽情地狂吻着。

他俩只觉得心脏在扑扑地跳，血液在沸腾奔涌。一种莫名其妙的冲动，使他想“越轨”行动，尝试爱情“禁果”。

谢小芳抓住他的双手，她也平静了一下自己的呼吸，说：“康乐哥，我们不能这样做。我们当地把这种事叫作先斩后奏、偷尝禁果，很不光彩。万一未婚先孕，让我挺着个大肚子遭人白眼，让人吐唾沫，真是丢人。”

她低下头，害羞地说，“康乐哥，我迟早都是你的人，你何必那么性急呢？我俩最好到结婚后才同房，那样才幸福。你说对吗？”

“你说得很对。我们不玩了，回去吧。”黄康乐说完拿起木桨划动几下，小船独自转圈。

谢小芳也拿起一把木桨跟着划动起来，她一边划动木桨，一边唱起了那首古老而深情的《渔歌》。

哎！
小船呵小船，
你从哪里驶来？
你要驶到何方？

哦！
我从花山碧湖驶来，
我要驶到理想、幸福的殿堂。

哎！
鱼儿呵鱼儿，
你从哪里游来？
你要游到何方？

哦！
我从桂西的右江游来，
我要游到汹涌澎湃的海洋。

哎！
白鹭呀白鹭
你从哪里飞来？
你要飞到何方？

哦！
我从寒冷的北方故乡飞来，
我要飞到南方温暖的第二故乡。

十五　喜结良缘

第二年9月下旬的一天上午，一部分知青和社员从花山水库挑着或背着行李，风尘仆仆地回到那培屯。

回村屯刚一个多星期，南宁冶矿厂、柳州钢铁厂、桂林橡胶厂等厂矿前来招收工人。由于黄康乐、雷宾等几位知青平日劳动积极，表现较好，得到了招工名额。三天来，大家填好表格，体检身体完毕。

体检结果下来以后，黄康乐立刻将谢小芳约了出来，他兴奋地对谢小芳说："小芳妹，告诉你一个好消息，我得到招工进厂的资格了。我通过了面试，体检也合格，过几天，我就要到柳州钢铁厂工作了。"

"康乐哥，祝贺你啊！将来你娶一个年轻漂亮的柳州妹仔，在那里成家立业，在那里发展，太好了。"谢小芳虽然脸上含笑向他祝贺，内心却痛苦难受，十分不舍。

黄康乐听出了她话里的意思，握着她的手说道："你跟我一起去吧！"

谢小芳摇摇头，道："这里是我的家。"

黄康乐还想劝她，但她转过了身子，不想继续再说。黄康乐本来激动的心绪也冷静了下来，两人看着河面，沉默不语。

过了好一会儿，他喃喃地说："阿芳，我不去南宁，不去柳州，也不去桂林，哪里都不去，我就留在农村上门入赘，我要和谢小芳结婚。"

"康乐哥，是真的吗？"她急切地问。

“嗯，是真的。”他点点头肯定地答道。

谢小芳又犹豫了一会儿，她情深意切地说：“康乐哥，这是一个好机会，如果放弃了，你也许会后悔的。”

“小芳妹，如果不能和你在一起，才是我最大的遗憾。”黄康乐真诚地说。

说完，他将她搂进怀里，俩人甜蜜地亲吻着……

几天后的一天上午，黄康乐和谢小芳来到头塘公社民政办公室，办理了结婚登记手续，领取了结婚证，成为一对合法夫妻。

十六　重男轻女

婚后第三年，谢小芳生下了一个女儿。

出产房后，谢小芳问黄康乐该给女儿起什么名字，黄康乐说：“我们从相识到相爱，最后又一起去花山水库。也就是说，我俩从右江河畔初恋，直到花山水库热恋，就叫她黄山花吧。”

“山花、山花，花山水库恩赐给我们的一朵艳丽的山花，又好听，又有纪念意义。”谢小芳赞同地说。

“黄康乐添了一个闺女”的喜讯在村里传开了，知青们派潘晓宁、荷宁为代表，买了一些礼物，前去医院探望和祝贺。

小女孩出生后的第七天，谢小芳和女儿就出院回家了。

当天下午，知青们收工回来，洗手洗脸后，几位男知青与女知青就相继走到黄康乐的房间，争相看望“千金宝贝”。

“给阿姨抱抱。”林学焯接过小女孩，“叫什么名字?”

“叫黄山花。”谢小芳答道。

“呵，黄山花，多好听的名字。”林学焯一边逗小女孩笑，一边说。

潘晓宁在一旁插嘴说道：“我帮黄山花起个小名，我们就叫她‘小知青’吧。”

“好哇！太好了！”黄康乐在一旁笑着直点头称是。

但是，黄康乐心里渐渐开始不满意起来，可能他自己都没有发现，原来自己更想要一个男孩。虽然他表面不说，但开始对谢小芳有些不耐烦起来。

假如没有谢小芳的母亲前来帮忙照料，可能矛盾早就激化了。果然不久后，丈母娘因为家里农活也多，开始渐渐减少过来帮忙的时间了，有些活就落到了黄康乐的身上，他的怨言开始多了起来。

有一次黄康乐心气不顺，一边干活一边抱怨，这时谢小芳正好抱着孩子路过，他便说了一句："真没用，为什么不给我生一个又胖又乖的男孩子呢?"

谢小芳一听，才知道原来他对生女儿一事耿耿于怀。当时她没有说话，一步不停就进了房间。

接下来的几天，黄康乐动不动就生闷气，找茬发牢骚。

一天傍晚，黄康乐嫌饭菜炒得有些糊，便气鼓鼓地对她说："下一次，你一定要为我生一个胖小子，不然的话，我就和你离婚。"

听到这里，谢小芳终于忍不住了。但她没有发火，她放下来筷子，对他说："康乐，我知道最近天气热，家里活儿也多，你照顾我们母女很辛苦，所以有时候压力很大。但我希望你知道在医学上生男生女不是女方决定的，而是男方决定的。孩子是你的，不论是男孩女孩，叫你一声爸爸，你难道心里不疼吗?"

她说了一大串话，黄康乐一句话也接不上。

此时，小山花在床铺上刚睡醒，开始"哇哇"哭了起来。

谢小芳不再说了，转身回去抱起孩子，给孩子喂奶，小山花渐渐停止了哭声。

几天后，谢小芳的堂嫂来了，谢小芳一向跟这个堂嫂谈得来，就把这件事跟堂嫂说了一下。堂嫂也是一个会来事儿的人，她看见黄康乐在外面劈柴，就拿起张凳子进院内，开门见山地对黄康乐说："小黄姑爷，已婚夫妇生男生女，主要是由男方决定的。女子好比土地，男子好比种子，如果你种下的是麦穗，怎么能长出稻谷来呢?俗话说，种瓜得瓜，种豆得豆，这个道理你懂吗?"她停了一下，接着说，"革命样板戏《红灯记》选段，'穷人的孩子早当家'歌词中'栽什么树苗结什么果，撒什么种子开什么花'说的也是这个道理。小山花长得多水灵，我们做父母的应该好好保护他们长大。"

大嫂说完站起身，就拎起小凳子，走回了屋子。

黄康乐是读过书的人，原先也没有这种重男轻女的思想，只是来到农村后，耳濡目染，心里开始不平衡罢了。经过谢小芳一段时间的开解和疏导，他的心态又渐渐端正了起来。

特别是在女儿刚学会走路的那一天，他看见女儿踉踉跄跄地伸出手朝他走来时，他觉得自己的心都要融化了。

“来，来，让爸爸抱抱。”黄康乐舍不得女儿多走两步，蹲着走上前去接过小山花，看着女儿笑吟吟的样子，黄康乐的怨气突然全消了。

十七　婚礼

转眼间，新一年的国际劳动节来到了，荷宁应邀参加同学梁学珺的婚礼。

梁学珺的爱情故事十分曲折，但是好事多磨，有情人终成眷属，同学们都说他俩的结合，是真爱在人世间的体现。

梁学珺和陆斌相爱两年后，梁学珺终于把这件事告诉了家里人，但是梁学珺的父母都不同意女儿嫁在农村，更不要说对方还只是一个普通的农村人了。

年初的时候，陆斌和梁学珺两人分别挑着一笼土鸡、两袋土特产，去到她家中。但最终，梁学珺的父亲都没有让陆斌进家门，也没有收下他带来的礼物。

这一年，梁学珺只好跟随男友返回田阳农村，在男友的家里过了春节。

梁学珺与陆斌相恋，是由陆斌的大姑妈和大姑丈介绍的，他们也是梁学珺的房东。陆斌刚满19岁就从田阳高中毕业，回到四联大队能那屯务农。5年过去了，直到24岁还没有成家立业。究其原因，一是他家境比较穷困，二是他家的名声不太好。

早年间，陆斌的爷爷家住广东某乡村，爷爷曾患麻风病，被当地民团追赶，他只好躲进一个山洞里，10多天都不敢出来，最后被活活地饿死。

到了50年代，陆斌的奶奶带着陆斌的父亲从广东回到田阳故乡，后来，他父亲娶了一个相貌一般的中年寡妇，婚后第二年，就生下了陆斌。

俗话说：“纸是包不住火的”。陆斌家的身世，本公社本大队本屯的许多中老年社员都知道。

“一朵鲜花插在牛粪上。”

“一个年轻、漂亮的女知青，为什么偏偏要嫁给一个麻风病人的孙子？”

“可能过几年，知青分配回到城市工作，从哪里来，回到哪里去。陆斌是痴心妄想、白日做梦，癞蛤蟆想吃天鹅肉。”

两人相恋的一年多来，总有一些闲言碎语不时传到女方的耳朵里。然而，不管别人怎样议论，甚至是讽刺打击、挑拨离间，梁学珺都一笑置之，她只注重人品、才干和双方的感情与缘分。她认定了陆斌是个忠厚老实，完全可以托付终身的男人。所以，她不顾父母的反对，不听亲友的劝告，毅然地选择与他结婚。

在简朴而热闹的气氛中，新郎和新娘按照壮族的风俗习惯举行婚礼。

当时，梁学珺没有婚纱穿，但她还是选了一套艳丽的新衣服，用红纸在嘴唇含一下，在脸上抹一下，就代替胭脂，使自己更精神、更漂亮。

在婚礼上，荷宁还遇见了好久不见的老同学苏小红，跟其他同学不一样，苏小红没有去当知青，而是分配到了医疗单位，后来到皮防站工作。苏小红也是在宴席上听老同学说起，才知道梁学珺这一段感情故事如此波折。

在婚宴中酒过三巡，大家都稍稍有醉意。

理三弟情不自禁地自言自语：“将来，我想做一个漂亮的女人，当一个快乐的新娘……”说完，他看到一旁的苏小红，便问道：“小红，医学上能将男人变成女人吗？”

苏小红没有料到他有此一问，不知道如何回答，左右看了看，见没有人注意到这边，又沉吟了一下，说道：“这个我不是很清楚，我之前是在皮防站工作，只负责麻风病这一块。”

她这句话不说不要紧，一说出来，所有人都停下了手上的动作，望着她。虽然大家都醉意朦胧的，但她还是看出了众人脸上的惶恐。她不是第一次面对这样的场合了，她曾经在圩日做过好几次的麻风病知识宣讲，所以她只是笑了笑，说起自己在皮防站工作的经历来。

十八 隐情

婚礼后，相聚的同学又要分离，大家回到了自己的生产队。经过七月、八月两个月的艰苦奋战，夏收夏种“双抢”任务终于完成了。今年早造的稻谷获得增产丰收。

当年10月初，新一轮的招工季也到了。黄康乐被分配到南宁机械厂当工人，但是他拒绝了，他要到田阳县内的厂矿企业单位工作，一来可以照顾妻女，二来可以照顾岳父岳母。

一天中午，荷宁收到一封从南宁市寄来的信件，是理三弟寄来的。信上理三弟说自己在上个月被分配到南宁市郊区西津水电站工作，因比较匆忙，临行前没能与他道别，请荷宁谅解。最主要的信息是，理三弟居然告诉荷宁，他听说国外已经有男子可以经过做手术变成女子，所以他打算到区医学院，甚至上海的大医院了解有关变性手术的情况。理三弟说自己想做一个女人，这样就可以光明正大地穿许多花色艳丽的衣服与连衣裙了。理三弟还说自己在初中毕业时，曾到邕江照相馆借穿一套嫁衣、稍作打扮后，请师傅拍了几张新娘相片呢。

这一封信的信息量实在是太大了，荷宁一下子没能缓过神来。

他在椅子上缓缓坐下，开始回忆起跟理三弟的交情。

理三弟的父亲名叫理智德，原来是区级干部。在1967年上半年，他被打成“走资派”，下放到南宁地区四塘煤矿当普通矿工，每天下井挖掘原煤劳动改造。理三弟的母亲是南宁地区煤炭局的食堂管理员。

荷宁与理三弟从小学到中学，都是同班同学。初中毕业后，他们都被分配到头塘公社，只是分属不同的生产队。

少年时代的荷宁就常与理三弟等一帮小男孩玩在一起，“滚铁圈”“打陀螺”是他们常玩的游戏。记得刚上初一那年，学校领导和老师带着全年级的学生，到市郊区的心圩公社某村“支农”“学农”15天。因当时的学生人数较多，农户一下子腾不出那么多房间与床铺。时值冬季，当晚，老师叫几位男同学“孖铺”（两个人同睡一床），荷宁和理三弟就同睡一床。

荷宁还记得理三弟带的是丝绸花色被面的棉被，还有一套花色艳丽的睡衣。

自己盖的是浅蓝素色被面的棉被，睡衣也是蓝裤白衬衣。他问理三弟为什么喜欢花色衣服？理三弟说："我羡慕女孩子可以时常穿一些花样艳丽的衣服，我想做一个漂亮的女孩子。"

后来他们刚去插队时，几位男同学相邀到右江河边洗澡、游泳。理三弟到了河边却不愿意下水，大家劝他一块玩，荷宁也问他："三弟，为什么你不肯下来，跟我们一起游泳呢？"理三弟当时只是不好意思地回答："荷宁，对不起，我有些风寒感冒，怕凉。"

现在想来，其实理三弟一直没有掩饰过自己内心的真实想法，但荷宁自己总是特别粗线条，根本没把这些话放在心上，而原来一切早有端倪。

荷宁反反复复看了理三弟的信，也思考了很久，终于才拿出纸笔，写下回信。

理三弟同学：

您好！

来信收阅，请勿挂念。目前，我仍在农村参加生产劳动。据知，可能过几个月就有招工指标了。如果我被招收回南宁的厂矿工作就好了，到时候，我一定去西津水电站找你，到时咱们兄弟再一醉方休。

你在信中说，准备做变性手术。我认为，我们应该遵照自然规律，苍天要自己做女人就做女人，苍天要自己做男人就做男人。总的来说，还是做一个男子汉为好。在婚礼中，男子穿西服扎领带，显得十分潇洒、神气与雄壮。

可能你不知晓，做女子很辛劳，也很痛苦，十月怀胎，一朝分娩，阵痛难熬。许多中老年妇女成年累月忙忙碌碌干家务活，很容易变为一个老太婆。所以，我还是奉劝你，要当男子，不要做女人。

总之，请你三思而行，要征求父母的意见，争取得到他们的同意及其他亲友的支持。

暂写到此。顺祝

工作顺利，学习进步！

同学：荷宁字

1974年11月1日

在农村参加劳动几个月之后，荷宁果然被分配到南宁市南方化工公司当工人。

十九　真相

12月上旬的一天，黄康乐的岳母因患乳腺癌而留医住院，谢小芳已连续三天到医院照顾母亲，黄康乐和岳父也轮班到医院照顾她。

几天后的一天下午，病危中的母亲把谢小芳叫到身旁，她对谢小芳说："小芳啊！我恐怕不久于人世了，有一件心事在我的心中隐藏了22年，今天必须说出来给你听。"她停了很久，才说，"小芳啊！你……你不是、不是我和老伴亲生的，你是一个养女。"

谢小芳万万没有想到母亲会说出这样一件事，她愣了好久，才哭着说："阿妈，不管怎样，你就是我最亲的妈妈。"

后来，谢小芳的表舅娘才告诉她整件事的来龙去脉：母亲和父亲婚后三年都没能怀上孩子，虽然父亲也懂一些中草药知识，但对不孕不育症却是一窍不通。

一天上午，表舅娘和母亲到那坡街赶圩，回来时走到那坡大桥下洗手洗脸。表舅娘无意中发现草丛里有动静，走过去一看，里面竟然有一个婴儿，看到有人来了，便开始哭起来。喜出望外的表舅娘当下就怂恿母亲将女婴抱回来，自己抚养。当时的襁褓里有一张纸条和一个镀银的小手镯，谢小芳的母亲都还留着，母亲过世后，父亲把两样东西给了她。

谢小芳接过那张纸条和那个小手镯，她跪在地上哭泣着喊道："妈妈，我亲爱的妈妈，你和阿爸的养育之恩永不忘……"

二十　团聚

转眼一年多时间过去了，1975年10月中旬的一天下午，黄康乐收到一封从百色市某中学寄来的家信。

信上说："康乐儿，你好！你寄来的全家福照片收到了，小山花又长高了不少。今年8月初，你父亲已经从百色地区'五七'干校调回百色市，现在在百色高级中学担任语文及历史教师，待遇不变。至于你父亲何时能脱掉‘右派分子’的帽子，还要等待上级或中央文件通知。”

阅信后，黄康乐喜出望外、心情激动。他立即与妻子商量，决定各自请假三天，带家人回百色市探亲。

第二天下午两点多钟，黄康乐一家三口带着一笼土鸡和两箱土特产，乘坐班车到了百色市右江区的家里。刚走进家门口，他就大声地喊道：“爸爸、妈妈，我们回家了！”

“康乐，阿妈终于盼到你们回来了。”母亲一边说，一边走上前。

“妈，你的媳妇叫谢小芳，孙女叫黄山花。”黄康乐介绍道。

“阿妈，您好！”谢小芳有点不好意思地喊道。

“好！好哇！”母亲看着眼前这位身体中等、结实丰满、脸蛋漂亮的媳妇，看着天真可爱的孙女，她笑得合不拢嘴。

“山花，快叫奶奶好。”谢小芳拉着女儿。

“奶奶好！”小山花望着奶奶害羞地傻笑着。

“小山花乖乖，来，让奶奶抱抱。”她说完抱过小山花。

“妈，爸爸呢？”黄康乐问。

“你爸呀，估计要到下午6点钟，学校放学时才回家。”

这时，小山花“嗷嗷”地哭起来。谢小芳接过女儿，教她学唱歌。

“喔，你们先在家休息，我出去一下。”母亲说完拿起一个菜篮，走到附近的市场买菜。

下午6点多钟，父亲下班回到家。他刚走进家门口，黄康乐就迎上前：“阿爸，我带妻子、女儿回家与亲人们团聚了。”

“太好啦，我们一家人总算可以大团圆了。”父亲高兴地说。

久别重逢，格外欢喜，父子俩激动地拥抱在一起。

黄康乐朝房间喊道：“阿芳，快出来拜见父亲。”

“爸爸，你好！”谢小芳抱着熟睡的小山花，有礼貌地说。

“好哇，大家好！首先，阿爸祝你们婚姻幸福，生活愉快。”父亲乐呵呵地说。

小山花“呜哇”一声哭起来，她刚睡醒，睁开小眼睛张望着。谢小芳放下女儿，让她自己走路。

“山花，快叫爷爷，叫爷爷好。”黄康乐教她说道。

小女儿山花害臊地躲到母亲的身旁。

“乖，小山花乖，过来让爷爷抱抱。”父亲一边说，一边伸手把小孙女抱在怀里。

黄康乐找来一个小皮球和几件玩具，小山花双手拿过小皮球，笑哈哈地乐了。

这时，姐姐和姐夫携带小外甥到家了，二姑、二姑丈也来到了，大家高高兴兴地在一起交谈。母亲在厅堂的饭桌上，摆好一碟白切鸡、一碟红焖猪肉、一碟酸甜全鱼、一碟炒油菜及一碗芥菜汤。

亲人们围坐在一起，大家吃一餐团圆饭。亲人团聚，心中欢喜。可是，父亲却百感交集，他的眼眶里，流出了辛酸或幸福的眼泪。

是啊！父亲自1958年被错划成“右派分子”，至今已有16年了。全家人今天还是第一次欢聚一堂吃团圆饭呢！

“阿爸，今天我们一家人大团圆，应该感到高兴才对。”姐姐康华含着眼泪，强装笑脸说道。

“高兴，我太高兴了。一来爸爸获得自由、恢复工作；二来康乐携带妻子女儿第一次回家与亲人们团聚，所以，我感到很高兴。”爸爸激动地说。

一家人一边吃饭，一边交谈，大家有说有笑，沉浸在欢乐与幸福之中……

尾声

曾经在广西田阳县头塘镇各村屯插队的知青于2010年11月13日至14日参加了“知青回访第二故乡”活动。当年的头塘公社革委会，现在是头塘镇人民政府。回访活动里，知青们参观了二塘村新建的“石头纸”纸业工地和百色市新山铝产业示范园。翌日，知青们分别乘车返回原来插队过的村屯。

如今的绿谷屯，已经建起了一栋栋三四层楼的新楼房，在绿树与翠竹的掩映下，显得格外幽雅别致。当年，这个村大部分都是土屋，有的甚至是茅草房，夜晚靠煤油灯照明，直到1971年初才通电。现在的绿谷屯，已经是旧貌换新颜了。

知青们下车后，路边有几个孩童纷纷凑过来，睁大眼睛望着我们。这时，一位中年村民走过来，他认出了知青们，惊喜地上前迎接。不一会儿，其他村民也纷纷走过来。大家都认出了这些老朋友，久别重逢，格外亲热，乐呵呵地握手相认。潘伟仁和黎美芬分别从背袋里拿出一大包奶糖及饼干，忙着分发给村民和小孩，小孩子有零食吃，显得格外开心，异口同声地喊道：“叔婆、叔公好！谢谢叔婆、叔公。”

大家一边走一边交谈，不知不觉来到了屯尾。只见屯尾路边的那棵大榕树还郁郁葱葱的挺立着。村屯旁的晒谷场和水井不见了，取而代之的是几栋新楼房。村民黄保营就在屯尾。他极力邀请知青到他家里一坐，大家欣然前往，屯长黄文英向知青们介绍了绿谷屯这几年的变化，知青与村民们促膝交谈。

临别时，走出村民黄保营的家门口，就有村民挑来10多箱杨桃和小西红柿，送给知青们。在村民的盛情之下，知青只好一一收下了礼物。当即就有人拿出纸和笔，赋诗一首："知青农友喜相逢，回访故乡情谊浓。犁地种田筑水库，当年教诲记心中。"

车开动了，大家仍然依依不舍，摇下车窗玻璃，挥动着手臂，呼喊道："村民们，再见！第二故乡，再见！"

· 后记

2010年11月13日，我参加了田阳县头塘镇政府的回访第二故乡活动。

当天晚餐的时候，我把自己在2008年8月出版的《中越采风情韵》诗文集，送给了50多位知青朋友。当时，李航问我最近忙着写什么文学作品。我有些不好意思地告诉她："我正在写介绍广西景区旅游的诗文集，还着手修改《中越采风情韵》诗文集。"谈洁听后便对我说："壮民，你这么爱好文学，可以写一本反映知青在农村劳动与生活的书，为我们曾经的知青生活增光添彩嘛。"一旁的王平康、何日宁、葛群等也纷纷表示赞同。

肩负着知青朋友们的期盼，我从2011年5月初便开始构思、收集资料，断断续续地开始写作。在《右江日报》社编辑部主任葛军献先生的帮助下，《第二故乡的恋歌》初稿于2014年5月15日至2015年4月24日先后在《百色新闻网》上连载。初稿完成后，广西民间文艺家协会主席韦苏文先生、广西作协秘书长何述强先生对书稿提出了很宝贵的修改意见。

2015年10月中旬，广西作家协会的严风华副主席向我推荐了漓江出版社。我曾在1991年参加漓江文学院与漓江出版社联合举办的文学函授班学习。现在我作为学生将要出版一本中篇知青题材文学作品集，向当年的老师汇报，也是我们的缘分。

在写作本书的过程中，谈洁、吴红、李航、周新、杨潮东等知青给了我很多的鼓励，也得到了原田阳县委书记黄健衡先生、头塘镇领导和绿谷屯村民的帮助以及百色市皮防院和田阳县皮防院医生的支持。在此，特向他们致以衷心的感谢！

此外，我还要感谢《柳絮》《河池》《广西文学》《广西文坛》和广西文学院等文学函授的老师，感谢当年他们对我辛勤的培育。我永远铭记这些恩师与挚友。

《第二故乡的恋歌》能够顺利出书，圆了我们知青的一个梦想。如果在未来的日子里，本书能够改编成影视作品，将是锦上添花的喜事。

插队知青：壮民

2015年6月20日星期六

写于广西百色市迎龙山百色起义纪念馆前门广场